Paul Friedl

Der Wald singt sein ewiges Lied

Paul Friedl

Der Wald singt sein ewiges Lied

Roman

rosenheimer

8. Auflage

www.rosenheimer.com

Titelfoto: Pellinni, Bild Nr. 103355329, stock.adobe.com
Druck und Bindung: BoD – Books on Demand GmbH, Norderstedt
Printed in Germany

ISBN 978-3-475-53436-2

Über dem Bayerischen Wald lodert die Hochsommersonne. Die dunklen Waldgipfel streben gegen einen reinblauen Himmel. Im Dorfe Steinöd knistern die Dachschindeln auf den Bauernhöfen im Sonnenbrand, und im ausgetrockneten Bett des Kobelbachs gluckert leise ein Wässerlein um die Bachkieseln.

Die kargen Bergwiesen dörren braun im heißen Tag, und auf den grünen Feldern neigt sich das dünnständige Sommerkorn in der Reife. Die heiße Luft bewegt sich flimmernd über dem Dorf und dem Feldweg, der wie eine dunkle Narbe schräg den Berghang emporführt, vorbei an den Höfen zur Höhe, wo zwischen Birkenbuckel und Möserstein der dichte Wald des Kobelgrunds sich breitet.

Auf der halben Höhe steht schief und müde ein altes Holzkreuz. Der Rost hat die Inschrift, die ehemals auf dem Blechtäfelchen stand, zerfressen. Morsch und verwittert scharen sich um das Kreuz die Totenbretter des Ameishofs, lehnen sich Halt suchend an das alte Kreuz oder faulen auf dem Boden. So wie die Natur ihre Leiber zerfallen ließ im Friedhof des Dorfes, so haben Wind und Regen die Namen der längstverstorbenen Ameishofer gelöscht von den Brettern, die in diesem Dasein ihre letzte Ruhestätte waren. Neu und aufrecht steht nur das Totenbrett des letzten Ameishofer.

„Zum Andenken an den ehrengeachteten Herrn Ameis, ehemals Bauer am Ameishof, der im Alter von 78 Jahren selig im Herrn verschieden ist. R. I. P.

Ein Leben voll Leid und ohne Freud —
Dir winkt der Himmel, die Ewigkeit.“

Im dürftigen Schatten der Totenbretter tanzen die Mükken. Über die sonnenheißen Steine des Feldweges huscht eine Eidechse und verschwindet in dem gelben Grasbüschel am alten Wegweiser mit der zerborstenen Holztafel, die zu einem schmalen Fußsteig hinüber weist zum hohen dichten Tannenwald im Kobelgrund: „Zur Bauernmarter“.

Hier enden die Felder. Bis hinauf zum Wald dehnt sich ein trostloser, ausgebrannter Hang, übersät von riesigen grauen Granitblöcken und bestanden von einzelnen mageren Kronwittstauden, die in den seltsamsten Formen, geduckt wie schlafende Waldkäuze oder gereckt wie drohende Waldgeister, sich an den Felsen schmiegen.

Die Wegspur führt in das Dunkel des Kobelwalds. Eng beisammen, die halbverdorrten Astzinken ineinander verschlungen, wachsen hier die Schwarztannen, und kein Sonnenstrahl findet durch das Gewirr den Boden, auf dem die Baumnadeln faulen und von den Wurzeln der Stämme zehrend der Hexenpilz wächst. Durch kühles Halbdunkel läuft der Steig, vorbei an den braunen Kreuzwegstöcken, und endet pötzlich vor einem seltsam düsteren Holzbau. Aus unbehauenen Stämmen zusammengefügt, steht in der Stube des Waldes eine freudlose Kapelle. Dichtes Unterholz wuchert bis an die zerfallene hölzerne Galerie, die außen um das Kirchlein führt. Die alten Bäume, an denen der Bau lehnt, strecken ihre dürren Äste gegen die Wände.

Vielhundertjährige Tannen stehen dicht im Kreis und lassen durch ihr Nadeldach kaum ein Fleckchen Himmelsblau blicken. Der schiefe hölzerne Turm der Kapelle verschwindet in ihrem Astwerk und lehnt Halt suchend in einer Astgabel.

Vergessen ist in diesem Halbdunkel bei der Bauernmarter der heiße sonnige Tag, der hoch oben auf den Baumwipfeln glänzt. Hier ist ewiges Düster und der dumpfe, feuchte Geruch des faulenden Waldbodens.

Schnarrend taumelt eine Hornfliege zwischen den Stützen der Galerie, flappt gegen das einzige Fensterchen der Kapelle, zerreißt wütend ein Spinnennetz, das eine langbeinige Totenspinne zwischen den Balken aufgespannt hat, und entflieht der modernden Luft durch das Geäst, empor zum Himmel strebend.

Unter einem zerfallenden Baumstumpf schiebt sich träge eine Kröte mit schwarzem gelbgeflecktem Leib.

Im Innern der Kapelle ist es fast finster, und nicht gleich lassen sich Wort und Bild auf den alten schründigen Votivtafeln erkennen. Im Halbrund der Rückseite steht der Altartisch. Dort erhebt sich auf einem Postament eine sonderbare Figur. Ein Mann im ärmellosen Rock sieht flehend nach oben, die Hände über einer stachelbewehrten Keule gefaltet, diese schlagbereit ausholend. Große blaugläserne Kerzenleuchter stehen um die Figur, und Papierröschen, verblichen und verstaubt, schmücken den Altar.

Hinter der Figur ist an die bröckelnde Kalkwand ein rotes Kreuz gemalt, und die einstmals frische Farbe ist gedunkelt und gebräunt wie geronnenes Blut.

Ein einfacher Betschemel steht wurmzerfressen vor dem Altar. Sechs Holztafeln hängen je zu dreien an der linken und rechten Seitenwand und erzählen in grobschlächtigen, zum Teil kaum mehr kenntlichen Bildern eine seltsame Tragödie.

Als 1742 die Panduren unter ihrem Obersten Trenck den Bayerischen Wald heimsuchten, taten sich die acht Bauern von Steinöd mit ihren Dienstknechten zusammen, um dem Pandurenobersten Widerstand zu leisten. Sie lockten eine Abteilung des Raubgesindels in den Kobelgrund und erschlugen sie dort. Trenck nahm dafür aber blutige Rache und, ließ alle Bauern von Steinöd, deren er habhaft werden konnte, im Wald von Kobel aufhängen. Den alten Ameis Balthes aber, der die Bauern angeführt hatte, ließ er lebend an den Baum nageln, unter dessen Nadeldach heute die Kapelle, genannt „zur Bauernmarter", steht. Ein Jahr lang mußten sich die Steinöder, die den Panduren damals entronnen waren, in den tiefsten Wäldern versteckt halten.

Als sie endlich zurückkehren konnten in ihr Heimatdorf, fanden sie die schönen Höfe in Schutt und Asche. Doch ungebeugt schafften sie am Neuerstehen ihrer Höfe und gaben den Nachkommen die neue Heimat.

Neben der Kapelle steht das Datum des Sterbetages des letzten Ameis, dessen Dasein, wie auf seinem Totenbrett drunten am Wegkreuz zu lesen ist, voller Mühe war beinahe sein ganzes Leben lang.

Ein langbeiniger Weberknecht stelzt an der Wand hoch und verschwindet im offenen Dachgebälk. Durch das Dach der Bäume glänzt blausilbern der Himmel nieder. Irgendwo an einem alten Stamm klöpfelt ein Specht. Der einzige Laut in dem traurigen Waldesdunkel, der das Sommertagleben draußen nur ahnen läßt.

Hoch in den Lüften klingt heiser der Ruf eines Geiers.

1

Ein Herbsttag, verhangen, diesig und mit feinem Sprühregen.

Die Obstbäume um den Ameishof reckten ihre Äste schon starr und laublos gegen den düsteren Himmel. Auf den rupfigen Wiesenflecken, oben beim Feldkreuz, standen die Kühe und bissen unlustig in das letzte magere Gras von der Weide. Mürrisch brüllten sie in den unfreundlichen Spätnachmittag und äugten sehnsüchtig nach Hof und Stall. Beim Feldkreuz neben den Totenbrettern der Ameisbauern stand, frierend unter dem nässelnden Schauer, barfüßig ein Bub und zog den Rupfensack, den er zum Schutz gegen den Regen um die Schultern gehängt hatte, fröstelnd enger. Unter dem schmutzigen grünen Filzhütel, das der Bub auf dem Kopfe trug, strebte ein Schüppel gelockter Blondhaare über die Stirne, und die Blauaugen blitzten mißmutig aus dem hübschen Bubengesicht. Er lehnte sich an das Kreuz und starrte unwillig hinunter zum Ameishof, wartend, ob dort nicht das Zeichen zum Heimtreiben gegeben würde.

Ein kalter Zugwind wehte über die Berge, und unruhig fingen die Kühe zu gehen an.

Wollten dem Stall zu.

Da mußte der kleine Veitl laufen, um ihnen den Weg von der Wiese abzuschneiden und sie wieder zurückzutreiben. Die nassen Bloßfüße waren ihm rot geworden von der Kälte, und nun, da er im Winde stehen mußte, klapperten ihm die Zähne.

Und die Tränen kamen ihm in die Augen.

Heimtreiben durfte er nicht, wenngleich die Kühe nicht mehr fressen und immer wieder von der Wiese zu gehen suchten. Er mußte warten, bis der Vater pfiff! Wenn er eher eintrieb, dann —

Und waren so schwer zu halten, die guten Tiere, wenn sie zum Stall wollten! Unwillig und mit bösen Augen senkte die große Kalbin den Kopf und wollte gegen ihn angehen, als er sie mit dem Haselstecken vom Weg zurücktrieb. Zornig und die Bubenstirne in Falten ziehend, hieb er mit dem Stecken auf einen Felsblock, als wäre dieser Stein jemand, dem er etwas heimzuzahlen hätte.

Wozu mußte das arme Vieh in dieser Herbstkälte heraußen sein? Wo es doch nicht mehr fressen wollte und lieber im warmen Stall wäre? Wenn ein Stückel krank wird, dann hat doch wieder nur der Veitl schuld. Wenn er den Vater nicht gar so fürchten täte, dann triebe er einfach heim, aber er hatte genug an den Schlägen, die er wegen jeder Kleinigkeit bekam. Wenn er halt schon ein paar Jahre älter wäre, auf und davon tät er laufen, so schön wie daheim bekäm er es überall!

Jeder Bauer von Steinöd hatte seinen Hütbuben eingestellt, nur der Ameisbauer, weil er einer der größten im Dorf war, der mußte seinen Buben damit schikanieren, damit ihm der Lohn, den so ein Hütbub hat, zum Versaufen blieb.

Saufen wie ein Bürstenbinder und grob sein, daheim die Mutter und ihn schlagen, wenn er besoffen nach Hause kam, daß sie oft mitten in der Nacht aus dem Haus mußten —

das und so war sein Vater. Aber im Wirtshaus, da war er lustig und redselig, sang mit den anderen und war der große Ameis. Daheim redete er den ganzen Tag kein gutes Wort und war immer fuchsteufelswild und saugrob.

Das war ein Leben — pah!

Ärger als bei den armen Besenbinderleuten drüben im Häusl, die sich höchstens einmal zankten und rauften, weil sie oft vor Not nicht wußten, was sie voreinander anfangen sollten. Der Ameisbauer aber, der im Gemeinderat saß, mit dem Pfarrer so schön und aufrichtig reden konnte und sich überall als den braven Mann hinstellte, der hatte es nötig, daheim einen solchen Lackel zu machen und auf die Mutter einzuschlagen, wenn er im Rausch und im Zorn war. Pah!

Wenn er erst aus der Schule ist, dann wird er, der Veitl, ausreißen und sich draußen im Gäu bei einem Bauern verdingen. Wenn er auch als der einzige Bub einmal den Hof kriegen sollte! Aber da war noch lange hin.

Daheim war er der Niemand, der Rotzbub und der Taugenichts, obwohl er den Hütbuben und den kleinen Knecht ersetzen mußte und nichts als Arbeit kannte, während die anderen Dorfbuben spielen konnten.

Ein kräftiger Regenschauer fegte über den Wald und den Hang her.

Frierend zog er das Filzhütel weiter über die Ohren und sah sich nach den Kühen um.

Herrschaftseiten —

Die Rotscheck riß aus und rannte in queren Sprüngen dem Weg nach dem Hof zu! Hinterdrein stürmte die ganze Herde. Nun konnte er sie nicht mehr halten. Jetzt war es zu spät. Er mußte sie laufen lassen.

„Sauviecher!“ weinte er zornig und warf seinen Hütersteckenhinter der Herde her. Er traf damit die trächtige Kalbin, die als Letzte nachtrabte. In Schmerzen aufbrüllend, stieg sie hoch, raste davon und stürzte, den Zaun des Wurzgartens beim Hof überrennend, gegen das halb offenstehende Tennentor. Sie versuchte sich durch das Tor zu drängen, blieb eingeklemmt zwischen Wand und Verschlußbalken und stieß sich, im Bestreben, wieder freizukommen, ein Horn ab. Röhrend und zitternd vor Schreck und Schmerz blieb sie stehen. Die anderen Kühe drängten sich stoßend und brüllend vor der Stalltüre, als der Veitl laut weinend nachgelaufen kam.

„Jetzt ist es aus! Jetzt erschlagt mich der Vater!“ stöhnte der Veitl und machte die Kalbin frei. Er kam nicht mehr dazu, den Kühen die Stalltüre zu öffnen, denn gerade trat der Ameisbauer aus der Haustüre auf die steinerne Gred, den Steinplattenaufgang, der am Stall und Haus entlanglief.

Groß, mit breiten Schultern und lässig hängenden Armen, den Kopf in den Nacken gezogen, sah er mit den schwimmenden Augen des Säufers auf das brüllende Vieh. Das gedunsene verfärbte Gesicht wurde noch röter, und zornbebend schrie er, rauh und heiser:

„Wer hat dir geschafft, daß du eintreiben sollst!“

„Sind ja nimmer geblieben in dem Regen und in der Kälten“, schluchzte der Veitl, und stand, die Kalbin am Glockenriemen haltend, angstzitternd am Fuß der Gred.

„Wart nur und komm mir nur in die Stube, dann“ — wollte sich der Bauer drohend entfernen, als er plötzlich bemerkte, daß die Kalbin blutete und ihr ein Horn fehlte. Mit sich überschlagender Stimme kreischte er:

„Ja, Kreuzteufel! Lausbub, elendiger! Was ist denn mit der Kalbin!“

„Sie ist —“, stotterte der Veitl, da sprang aber sein wütender Vater schon auf ihn zu, schlug ihn mit der geballten Faust ins Gesicht, daß er auf die Steinplatten der Hausgred stürzte und ihm die Sinne schwanden.

Unter der Haustüre kam nun die Ameisbäuerin, verhärmt und erschrocken, und zuckte zusammen, als der Bauer den Buben zu Boden schlug. Sie duckte sich und hob abwehrend die Arme, als sich der Ameishofer nun schreiend vor Wut an sie wandte:

„Saubande! Jetzt wird es mir zu dumm! Alle jag ich euch noch vom Hof! Die Kalbin — schau dir die Kalbin an!“

Wie ein Rasender fuhr er herum, riß von der Stallwand die schwere Ochsenpeitsche und wollte damit in ohnmächtigem Zorn auf den reglos am Boden liegenden Veitl einschlagen. Da stand vor ihm der Sepp, der Großknecht, der aus dem Stadel gekommen war, entriß ihm die Peitsche und warf sie in weitem Bogen auf den Misthaufen. Dann wandte er sich gegen seinen Bauern, die großen Hände an den muskulösen Armen geöffnet, als wollte er damit zupacken und den Ameishofer der Peitsche nachwerfen. Ruhig sah er dabei den Wütenden an und knurrte:

„Willst ins Zuchthaus, du damischer Teufl? Schämst du dich net, du Unmensch!“

„Du?“ brüllte der Ameis auf. „Was willst denn du?“

„Was ich will? Die Peitschen nehm ich und laß dich durch, daß das Tanzen lernst!“

Verwundert und mit glotzendem Blick starrte der Bauer seinen Großknecht an, schüttelte den Kopf, bewegte den

Mund, als wollte er von neuem losbrüllen, wandte sich aber dann rasch ab und stapfte ins Haus. Dabei stieß er noch rücksichtslos die angstzitternde Bäuerin zur Seite, daß sie an die Wand taumelte. Drinnen schlug er die Stubentüre zu.

Der Großknecht half dem Veitl auf, und dieser stand schwankend und zitternd, mit farblosem Gesicht und erloschenen Augen, und drohte wieder umzufallen. Die Bäuerin stützte ihn. Sie sagte nichts, und ihr Gesicht war hart und verschlossen.

„Tu den Buben ins Bett, Bäuerin", knurrte der Sepp verbissen, „ich bring die Kühe in den Stall. Brauch dich nicht dazu."

Frost und Nässe schüttelten den Veitl, als die Mutter ihn ins Haus zog, vorbei an der Stubentür, hinter der der Bauer wütend auf und ab stampfte. Die Bodenstiege hinauf schleppte die Mutter den Buben zu seinem Bett unterm Dach. Seine Blauaugen im furchtgrauen Gesicht wurden groß, und seine Zähne klapperten laut, als sie ihn zudeckte.

„Mutter", jammerte er, „warum mag der Vater mich gar net? Ich hab die Kühe nimmer halten können!" Er erhielt von der stummen, abgehärmten Mutter keine Antwort, denn gerade brüllte drunten in der Stube der Bauer nach ihr, und eiligst huschte sie die Stiege hinunter.

Zum Ausgehen fertig, stand der Ameisbauer in der Küche und fuhr sie grob an:

„Der Saubub bekommt heute nix zu essen, verstanden?"

Verschüchtert ging sie in weitem Bogen um ihn herum zum Herd, auf dem die Nachtsuppe kochte. Nun kam auch der Großknecht in die Stube, und barsch stellte ihn der Bauer:

„Und du, wenn du noch einmal aufmuckst gegen mich, dann kannst dir einen andern Dienstplatz suchen!“

Verächtlich betrachtete der breitschultrige Knecht das schwammige rote Gesicht mit den wässerigen Augen. Er wußte, daß er der einzige Mensch war, der noch mit dem Ameisbauern reden konnte und gegen ihn aufmucken durfte. Fünfzig Jahre auf einem Hof, vom Hütbuben zum Großknecht heraufgearbeitet, das wog selbst bei dem saugroben Ameis, der sich kaum mehr um seinen Hof kümmerte und sich auf seinen Knecht verlassen mußte. Im Gesicht des Großknechtes wetterte es, als wollte er zupacken und seinem Bauern einmal den Herrn zeigen. Aber der Sepp hatte sich in der Gewalt, und seine Verachtung ließ er dem Bauern in seiner Antwort spüren:

„Daß ich net lache, Ameis! Kann schon sein, daß ich gehe. Dann gehe ich aber selber und schau mir von weitem an, wie der große Ameis noch das Letzte von seinem Gut verwerkelt und versäuft und ins Armenhaus umzieht. Kann aber auch sein, daß mir vorher noch die Geduld ausgeht und ich dich einmal mit einem Haselnußernen tanzen lasse! Mußt dir schon zuerst einmal zusammenrechnen, was ich an Lohn guthabe, dann kannst du mit mir so reden. Leg mein Geld auf den Tisch, dann hast du mich morgen los.“

Hinter der roten Stirne des Bauern arbeitete es, und seine Fäuste zuckten. Dann wollte er sich, auf eine Antwort verzichtend, abwenden. Doch der Sepp war noch nicht fertig.

„Und das sag ich dir: Wenn ich gehe, dann nehme ich die Bäuerin und den Veitl mit, und mein erster Weg ist dann zur Gemeinde und zum Gendarmen. Auch gegen den großen Ameis ist ein Kraut gewachsen, das kannst du dir merken!“

Der Bauer riß den Hut vom Haken und verließ das Haus. Bleich und wie versteinert war die Bäuerin beim Herd gestanden, und nun seufzte sie ächzend auf. Ihre Gebärde bedeutete dem Großknecht: Jetzt geht er wieder hin und säuft.

„Das wird einmal net gut ausgehen, Bäuerin“, zürnte der Sepp, „ich meine, das wissen wir alle!“

Ergeben und bedrückt nickte sie.

„Ich fürchte, daß ich mich einmal nimmer beherrschen kann und ihn zusammenschlage“, murrte der Knecht. „Der Bierteufel hat ihn, und der läßt ihn nimmer los, Bäuerin.“

„Ich weiß net, ob es gut ist, wenn du dich einmischst, Sepp“, bangte sie und wischte sich mit dem Handrücken über die Augen. Es war kaum eine Woche her, da waren der Bauer und sein Großknecht schon aneinandergeraten, als der Ameis betrunken in der Nacht nach Hause gekommen war und das Geschirr zerschlagen wollte, weil nicht gleich das gewünschte Essen auf dem Tisch stand. Da war der Sepp heruntergekommen, hatte den Bauern, ohne ein Wort zu reden, beim Genick gepackt, ihn, ehe er sich wehren konnte, in die Kammer gestoßen und auf sein Bett geworfen, daß er grunzend liegenblieb. Seltsamerweise war der am andern Tag mit keinem Wort darauf zu reden gekommen.

Und heute hatte der Bauer auch wieder nachgegeben!

Sie traute ihm nicht und ängstigte sich vor dem Augenblick, da Bauer und Knecht doch einmal handgreiflich aneinandergerieten.

„Wenn der heut nacht wieder spinnt, dann bin ich da,

darauf kannst dich verlassen, Bäuerin", versicherte der Sepp.

„Laß es gut sein. Warum solltest du dich so um uns kümmern? Er ist der Bauer und du der Knecht, das wird er alleweil herauskehren, und den Zorn, den er jetzt auf dich hat, den wirst auch einmal zu spüren haben. Wirst sehen, der stellt im Rausch noch etwas Ungeheuerliches an, und vor dem Augenblick fürcht ich mich."

Sie hatte sich schon mit ihrem Kreuz abgefunden, hatte sich schon daran gewöhnt, sich zu ducken, wenn der Mann tobte. Aber der Bub! Der Veitl! Und heute das mit der Kalbin! Müde und unlustig zündete sie die Petroleumlampe an und trug die Abendsuppe auf.

„Wenn es net wegen euch wäre, tät ich ihm gönnen, daß er bald seine Sach versoffen hätte und aus dem Haus müßte", meinte der Sepp. Die Dirnen kamen scheu und stumm in die Stube und setzten sich an den Tisch. Da schwiegen auch sie.

Draußen platschte der Regen vom Dach auf die steinerne Gred, und vor dem Fenster schwand der letzte Tagschein. Die Herbstnacht begann ihren trostlosen Regengesang. Die Tropfen trommelten auf das Schindeldach und gluckerten um die Steine.

Auf das Klappern des Regens horchend, sinnierte der Veitl in seinem Bett auf dem Dachboden seinem Jammer nach. Stirn und Wange, wo die Faust des zornigen Vaters ihn getroffen hatte, schmerzten dumpf, und das Gesicht war angeschwollen.

Er fürchtete ihn, und als er drunten die schweren Schritte des Vaters hörte, zuckte er zusammen und zog sich die Zudecke über die Ohren. Erleichtert atmete er auf, als die Schritte nicht zur Bodenstiege kamen, sondern die Haustüre ging. Bald kam ihm aber wieder die Angst. Nun ging er, trank wieder im Zorn in sich hinein, und wenn er dann nach Mitternacht heimkam, würde er erst toben.

Das Bier bringt ihn noch um den Verstand, hatte er die Mutter oft sagen hören, und das mußte wohl so sein, denn immer war sein Vater nicht so gewesen. Wenn es auch schon sehr lange her war, daß er für ihn und die Mutter oftmals doch noch ein freundliches Wort gehabt hatte. In diesem Sommer war es immer schlimmer geworden. Was er noch auf dem Hof mitarbeitete, war gar nicht mehr nennenswert. Dafür verlangte er von ihm, dem Buben, daß er den ganzen Tag half. Für die Schularbeiten ließ er ihm keine Zeit.

Mit dem häufigeren Wirtshausgehen ist es angegangen, dachte der Veitl vor sich hin. Da nahm er das letzte Geld aus dem Kasten und fluchte, wenn keines da war.

Anfangs hatte die Mutter oft noch gebettelt, dann mit dem Vater geschimpft. Das war aber bald anders geworden, und sie schwieg. Dennoch hörte der Veitl es oft bis auf den Dachboden, wenn der Vater betrunken heimkam, die Mutter laut weinte, drunten in der Kammer laut aufschrie, wenn er sie schlug. Vor ein paar Tagen war sie mitten in der Nacht heraufgekommen auf den Dachboden und hatte sich frierend auf einen Schauben Stroh gelegt.

Das vergißt man hundert Jahre nicht, wenn man auch nur ein kleiner Bub ist und noch lange in die Schule gehen muß.

Du sollst Vater und Mutter ehren, hatte der Herr Pfarrer gesagt, und fast ist es dem Veitl gewesen, als hätte er dabei nicht die anderen Dorfbuben, sondern nur ihn angesehen. Es ist oft hart, Gottes Gebot zu halten, sehr hart. Als kleiner Bub, da ihn der Vater noch an der Hand geführt hatte und ein anständiger und fleißiger Bauer gewesen war, da hatte er ihn gern. Das war schon so lange her. Er konnte ihn heute nicht mehr gernhaben und mußte seinen Gedanken eine andere Richtung geben, wenn er sich nicht versündigen wollte.

Die Mutter — ja die! An der hing er mit Leib und Seele. Wenn er an die Mutter dachte, dann kamen ihm die Tränen, und dann ballte er die kleinen Fäuste und mußte sich wieder zusammennehmen, um nichts Ungutes zu denken und zu wünschen.

Du sollst Vater und Mutter ehren. Bei diesen Worten hatte wohl der Herr Pfarrer in der Schule tief in ihn hineingeschaut, und dann war er ihm mit der Hand sachte über das borstige Haar gefahren. Der Pfarrer wußte es — ob er helfen könnte?

Gedämpftes Reden kam von der Stube herauf, unterbrochen, verhalten und in langen Abständen. Denen war heute auch nicht zum Lustigsein.

Er lag noch wach, als die Dirnen und der Sepp die Stiege heraufkamen und ihre Kammern aufsuchten, aber er schloß die Augen und drehte sich dem schrägen Dach zu.

„Der Bub hat wirklich nix Schönes auf dieser Welt“, murmelte die Mitterdirn.

Sie wünschten einander gute Nacht, und dann verschwand der Kerzenschein. Die Kammertüren schlossen sich, und es wurde ruhig im Haus.

Leise tappte der Regen auf das Dach, und in der Finsternis des Dachbodens knisterte es. Nebenan, hinter der Bretterwand, knackte die Bettstelle, in der der Großknecht lag, und bald darauf hörte er seine tiefen Atemzüge.

Da kam der Schlaf auch über den Veitl.

Der Regen wäschelte noch immer unvermindert über das Dach, und lauter lärmte das Sausen des Windes in der Nacht. Die Dachsparren knarzten unter dem Druck, wenn ein grober Luftstoß gegen das Haus fuhr. Dumpf röhrte die Kalbin drunten im Stall und klirrte mit den Ketten.

Schwere Träume plagten den Buben.

Er wälzte sich stöhnend von einer Seite zur anderen und erwachte abgemüht und schweißtriefend.

Immer noch stockfinstere Nacht. Der Regen hatte etwas nachgelassen. Die Geräusche der Nacht wurden deutlicher.

Was war das für ein Gelaufe im Haus? War der Vater schon zurück? Bang horchte er. Auf der gepflasterten Hausflötz tappten Schritte, und ein schwacher Lichtschein drang durch das Stiegenloch auf den Dachboden.

Dann kam der Sepp mit einer Laterne die Stiege herauf und trommelte mit der Faust an die Türe der Dirnenkammer. Ein lautes Gähnen und ein unwilliges Fragen antwortete ihm verschlafen.

„Steht auf und kommt ein bissel fix! Die Kalbin hat geworfen."

Den Veitl riß es auf: „Was?" rief er entsetzt. Zitternd saß er im Bett.

„Ist weiter nix, schlaf nur weiter!" sagte der Sepp, ohne ein Wort von der Kalbin zu erwähnen.

„Was ist mit der Kalbin?" bangte der Veitl erregt.

„Aufstehen, faules Weibsvolk!“ tümmelte der Knecht an die Kammertüre, und erst als ihm von drinnen noch einmal unwillig geantwortet wurde, pumperte er mit der Laterne wieder die Bodenstiege hinunter. Der Veitl hörte, wie er durch die Flötz in den Stall ging. Flüsternd kamen nun auch die Dirnen aus der Kammer und huschten nach unten.

Gedämpft drang das Reden vom Stall herauf. Türen gingen, und Holzschuhe klapperten. Da stieg auch der Veitl aus dem Bett, schlüpfte in die Hose und schlich hinunter. Die Stalltür war nur halb angelehnt, und der Schein der Laterne streute einen Lichtstreifen in die Hausflötz.

Dumpf röhrend in Schmerzen lag die Kalbin auf der Streu. Der Sepp deckte gerade über das tote Kälblein, das zu früh zur Welt gekommen war, einen Rupfensack. Die Mutter kniete auf dem Boden und streichelte, leise jammernd, die Kalbin, und über ihr schreckensbleiches Gesicht rannen die Tränen.

Bestürzt stand der Veitl daneben und starrte düster auf das Unglück.

Der Großknecht und die Mutter beachteten ihn nicht. Schlaftrunken und ratlos stand er und spürte, wie sein Herz sich schmerzhaft zusammenzog.

„So ein Unglück!“ begann nun die Bäuerin zu weinen. „Der Bauer wird närrisch, wenn er heimkommt und das sieht!“

„Da hilft jetzt nix mehr, Bäuerin, das kommt halt einmal vor“, wollte der Sepp trösten und schob der liegenden Kalbin frische Streu zu.

Die Kühe waren aufgestanden und sahen unruhig nach dem Stand, in dem die Kalbin keuchte. Der Schein der schwankenden Stallaterne geisterte an den feuchten niederen Wänden. Wie abgrundtiefe dunkle Augen starrten die Stallfenster in den Raum.

Da stampften draußen grobe, unsichere Schritte auf der Steingred und kamen zur Haustüre. Ein schwerer Körper ließ sich gegen das Türholz fallen, und eine tastende Hand suchte das Schlüsselloch.

Verschreckt sahen sich die Dirnen an: „Jetzt ist er da —“

Sie zogen sich in die Ecke des Stalles zurück und versteckten sich wispernd hinter einem Viehstand.

Gehetzt und hilfesuchend sah die Bäuerin auf den Großknecht. Dieser tat ruhig mit der Gabel weitere Streu zusammen und brummte:

„Der kann es auch net ändern. Haltet euch nur ruhig.“

In seinem Schreck und der Angst unfähig, sich zu rühren, stand der Veitl. Draußen rumpelte der Schlüssel ins Loch und drehte sich kreischend.

Da fuhr die Bäuerin auf: „Schnell, Veitl! Renn ins Bett!“

Der Bub hastete davon, huschte über die Bodenstiege und verkroch sich unter der Zudecke. Die Fäuste preßte er an die Ohren, um nicht mithören zu müssen, wie der Vater in seinem Rausch wütend würde. Drunten wurde die Haustüre aufgeworfen und schlug krachend an die Wand.

Der Sepp hatte die Stalltüre zugezogen und verharrte horchend. Die Bäuerin hielt den Atem an, als könnte der Betrunkene ihn bis auf den Hausgang hören.

Da brüllte die Kalbin und warf sich herum. Der Bauer blieb stehen und bemerkte nun durch eine Ritze, daß im Stall Licht brannte. Grunzend und brummend stieß er die Stalltüre auf.

„Was ist denn da los, he?“ maulte er geifernd und lehnte sich gegen den Türstock. Mit stierem Blick versuchte er sich im Düstern der Stallampe zurechtzufinden, da er keine Antwort erhielt. Die Ameisbäuerin drückte sich bleich an die Holzwand, die den Stand der Kalbin von den anderen Viehständen trennte. Der Ameis taumelte auf sie zu und fragte noch einmal lallend: „Was, zum Teufel, was ist denn —“

Da rumpelten die Dirnen aus ihrem Versteck und schossen zur Stalltüre hinaus. Als sie die Bodenstiege hinauftrampelten und sich in ihrer Kammer einsperrten, schüttelte den Veitl die Angst in seinem Bett.

Im Stall drunten hallten die schrecklichen Flüche des Vaters von der gewölbten Decke, er tobte durch die Hausflötz und schmetterte die Stubentür zu, daß das ganze Haus zitterte.

Wird er sich jetzt niederlegen, fragte sich der Veitl und horchte angespannt in die Finsternis. Er erkannte den Sepp an seinen Schritten. Dieser verließ nun den Stall, kam die Stiege herauf und ging in seine Kammer. Noch einmal klappte die Wohnstubentüre. Das mußte die Mutter gewesen sein. Dann hörte er die harten Schläge, wie er sie in Schreck und Grauen oft gehört hatte, und das Wimmern der Mutter. Er verstand nicht, was der Vater schrie. Dann wurde es ruhig, die Stubentür ging wieder, und die leichten Schritte der Mutter huschten über die Flötzsteine. Dann klappte leise die Stalltür und der Riegel knirschte.

Gottlob, dachte der Veitl erleichtert, sie hat sich eingesperrt, und der Vater wird jetzt wohl Ruhe geben. Die Gedanken schwammen ihm davon, und der tropfende Regen lullte ihn in einen Dämmerschlaf. Er wußte nicht, wie lange er so gelegen hatte, als ihn ein neues Geräusch wieder hellwach werden ließ. Er spürte einen Schreck bis in die schweißverklebten Haare.

Schwere, stoßende Schritte polterten die Bodenstiege herauf, Hände tappten und tasteten im Finstern, und ein bierdunstender Atem näherte sich seinem Bett. Eine klobige Faust fuhr suchend über sein Bett, und die heftigen Atemstöße kamen ganz nahe.

Entsetzt fing der Veitl in seiner Not laut zu weinen und zu bitten an.

„Hundsbub elendiger! Saukrüppel misrabliger! Wart, dir helf ich! Dir schau ich ein andermal besser auf das Vieh auf!"

Zwei Fäuste schlugen wie wahnsinnig auf den Buben ein, trafen krachend auf die Bettkante. Wütend zerrte der Betrunkene den Veitl aus dem Bett und warf ihn die finstere Stiege hinunter.

Droben rief der Sepp aus seiner Kammertür: „Wird jetzt bald Ruhe? Besoffener Teufl, narrischer!"

Stolpernd stampfte der Bauer über die Stiege, trat dem am Fuße der Treppe bewegungslos liegenden Buben auf den vom Körper gestreckten Arm, daß der Knochen knackte und tastete sich in die Schlafkammer, wo er röchelnd auf sein Bett sank und auch gleich schnarchte.

Eine unheimliche Stille im Haus folgte. Die Schwärze der Nacht schien noch erfüllt von den wilden Flüchen des Ameis. Leise rauschte der Regen vor dem Haus auf die Gredsteine, und ab und zu knackte scharf und kurz das Dachgebälk.

Vorsichtig und verhalten quietschend, öffnete sich die

Stalltür, und mit einem Aufschrei stand die Ameisbäuerin mit der Stallaterne vor dem blutüberströmten bewußtlosen Veitl. Die Laterne entfiel der zitternden Hand und schlug polternd auf die Fliesen. Der ausgemergelte Körper des Weibes wurde vom verhaltenen Weinen geschüttelt, und ächzend sank die Mutter bei dem Buben in die Knie.

Über die Bodenstiege kam der Sepp, stellte die Laterne wieder auf und leuchtete dem Buben ins Gesicht. Verschwollen und unkenntlich unter dem aus Mund und Nase sickernden Blut, lag der Veitl, starr und steif wie ein Toter.

Der Sepp stöhnte: „So ein Unmensch!“ schnaufte er, und fast kam ihm das Weinen.

Der Arm des Buben war gebrochen und lag in unnatürlicher Verrenkung, auch der Fuß schien aus dem Gelenk zu sein. Knirschend biß der Großknecht die Zähne aufeinander.

„Was tun wir, Sepp, was —?“ jammerte die Bäuerin.

„Ich hol den Bader, und du bleibst beim Buben, den tragen wir wieder ins Bett hinauf“, sagte der Sepp.

„Nein, net ins Bett, könnt dem Bauern noch einmal einfallen, den Buben zu schlagen!“ Erschreckt wehrte sie ab, und der Sepp mußte ihr helfen, den ohnmächtigen Veitl hinüber in die Streuschupfe zu tragen. Sie betteten ihn auf die weiche Waldstreu, und die Mutter setzte sich zu ihm, den blutenden Kopf in den Schoß nehmend.

Wie er war, in Hemd und Hose und barfuß, lief der Knecht in die Regennacht hinaus, um vom Dorf den Bader zu holen.

Die Bäuerin löschte die Laterne. Mit ihren arbeitsschrundigen Händen streichelte sie das blutverklebte Gesicht ihres Buben.

Ein leises Stöhnen kam von seinen Lippen.

Draußen schoß der Regen von der Dachtraufe und plätscherte auf die Erde. Der Wind trieb die Tropfen gegen die Bretterwand und stäubte sie durch die Ritzen in das Innere des Schuppens. Mutter und Bub froren und zitterten. Sie zog ihn näher zu sich, um ihn zu wärmen.

Drüben im Stall brüllte die Kalbin rauh und lang.

Heiß und leer war das Gesicht der Ameisbäuerin geworden, und die Tränen waren im übergroßen Schmerz vertrocknet. Noch aber folterten sie Angst und Schreck, und das Geschehen der Nacht lastete auf ihr, als wollte es ihr das Herz abdrücken.

Ein halbes Leben steckte sie nun in diesem Elend. Gut genug war sie, um zu arbeiten und zu schuften, vom frühen Morgen bis in die späte Nacht, wie ein Vieh, und wie ein solches geschlagen zu werden. So dumm kann man sein, und so irrsinnig muß man oft in sein Unglück rennen. Sie hatte ihn haben müssen, den Ameisbauern von Steinöd, obwohl die Eltern und Freunde sie vor dem rohen und zum Trunk neigenden Burschen gewarnt hatten. Damals vermutete man schon, daß er oftmals nicht ganz richtig sei, besonders dann, wenn das Bier ihm zuviel wurde. Sie hatte im dummen Unverstand geglaubt, man gönne ihr den reichen Hochzeiter nicht, und hatte mit losem Spott allen gutmeinenden Rat abgewiesen. Sie würde sich ihren Mann schon erziehen, wenn sie erst einmal verheiratet wären, hatte sie im frevlen Übermut geantwortet.

Sauber war er, und schön reden konnte er, aber den sonderbaren Blick, den er schon damals oft in den Augen trug, konnte sie als ledig schon nicht ertragen.

Und dann war es so gekommen. Das Saufen hatte sie ihm nicht abgewöhnen können, aber er hatte ihr bald das Lachen verleidet. Sie glaubte, ihm mit Trotz entgegentreten zu müssen, bis er sie zum erstenmal, vierzehn Tage nach der Hochzeit, schlug wie einen Hund und mehr als zuvor in die Wirtshäuser ging. Schon das erste Jahr ihrer Ehe hatte aus ihr ein verschüchtertes, willenloses Weib gemacht, das einen langen Leidensweg vor sich sah. Daß er aber auch den Buben, der doch sein Fleisch und Blut war, kein bißchen mehr mochte, raubte ihr die letzte Freude am Leben.

War sie nicht selber schuld an allem? Aber was kann so ein junges dummes Bauernmädel schon dafür?

Ach, warum noch darüber nachdenken, wie das alles gekommen, warum all die Jahre der Qual und des Elends immer wieder aufschüren? Jeder Mensch hat wohl seinen bestimmten Weg zu gehen, und auch sie mußte ihre Last zu Ende tragen. Für sich selber erhoffte sie ja nichts mehr.

Der Bub!

Sollte dem auch ein verbittertes Leben beschieden sein? War schon so ein Bauernleben in Steinöd nicht hart genug? Durch die Arbeit auf dem notigen Boden büßte jeder einen Teil der irdischen Freuden ein. Ob das da oben angerechnet wurde? Da oben, wo man die Schicksale in ein Buch eingetragen hatte? Von seinen Bubenjahren hatte der arme Veitl schon nichts Gutes — und wie würde es später sein? Durch die undurchdringliche Finsternis kamen die bösen Ahnungen wie wehende Schleier an sie heran. Fleißig und brav war der Veitl, freundlich und willig, und doch konnte er den ganzen Tag nichts recht tun, wenn der Bauer daheim war.

Zärtlich strich ihre Hand über den Kopf des Buben, und sie flüsterte: „Lieber Herrgott, nur für den Buben bitt ich —“ Dann kam ihr wieder das Weinen, trocken und tränenlos.

Für sich selber wollte sie nichts mehr erflehen. Sie hatte sich ihr Kreuz selber aufgeladen, und so ein zerschlagener Körper, so eine verkümmerte, durch Roheit zerstörte Seele gewöhnt es sich ab, für sich Gutes und Rechtes zu erbitten oder gar zu verlangen.

Über die Wasserpfützen im Hofraum platschten zwei Männer und näherten sich flüsternd der Streuschupfe. Völlig durchnäßt der Sepp, mißlaunig brummend der Bader.

„Bäuerin“, zischte der Sepp, „wo ist die Laterne?“

Sie reichte ihm stumm die Laterne hin, die er anzündete, um dem Bader zu leuchten.

„Ameisbäuerin — was du alles über dich kommen lassen mußt —“

Er beugte sich über den Buben, nahm dem Sepp die Laterne ab, und schüttelte den Kopf.

„Bäuerin, da können wir gar nix machen, der Bub muß zuerst in ein Bett. Der Arm ist gebrochen, und wer weiß, was noch alles fehlt. Das kann man net in der Streuschuppe ausmachen.“

Stumm ließ die Ameisbäuerin es geschehen, daß der Bader und der Knecht den Buben aufhoben und durch die Hausflötz die Stiege hinauf in sein Bett trugen. Sie leuchtete ihnen mit der Laterne voran.

Über eine Stunde hatte der Bader zu tun, den gebrochenen Arm zu schienen und zu verbinden und auf die Abschürfungen, die der Bub am ganzen Körper hatte, Pflaster aufzulegen.

Weiß und eingefallen lag der Veitl, der inzwischen zu sich gekommen war, und starrte teilnahmslos, mit trüben Augen, ohne auf die drei zu achten, gegen das Dach, auf das noch immer der Herbstregen schauerte. Es graute schon düster und verhangen der Morgen herauf, als der Bader sich wieder zum Gehen wandte.

„Das kann man nimmer länger mit ansehen, da muß was geschehen, Bäuerin, ehe der Süffling noch ganz hirnbrandig wird und ein noch größeres Unglück passiert! Ich geh gleich zum Bürgermeister", sagte er.

Sorglich deckte die Mutter den Veitl zu und ging in die Küche hinunter, um im Herd ein Feuer zu schüren, denn wenn der Bauer erwachte und konnte nicht sofort seine Morgensuppe haben, dann gab es einen neuen Auftritt.

Zum Hinlegen war es für den Sepp auch schon zu spät. Er ging gleich hinunter in den Stall, um das Vieh zu versorgen.

Ein feuchtkalter Herbsttag wurde es.

Träge schoben sich die Nebelbänke um die öden Steinhänge, zogen mit flatternden, zerrissenen Rändern über den Wald im Kobel und vereinigten sich mit den tiefhängenden Wolken. Erstarrt unter der kalten Nässe schienen die Häuser in Steinöd. In feinen Schleiern rieselte es auf die Dächer, tropfte auf die abgefallenen Blätter unter den Obstbäumen und gluckerte in vielen kleinen Rinnsalen dem Kobelbach zu, der in Stürzen vom Berg rauschte.

Die Kleindirn vom Ameishof rannte am frühen Morgen hinunter ins Dorf, um den Brandmetzger zu holen, denn die Kalbin mußte geschlachtet werden, ehe sie einging.

Auf den Zehenspitzen schlichen die Ehhalten und die Bäuerin in Haus und Stall herum, um den Bauern nicht frühzeitig zu wecken, sich vor den zu erwartenden neuen Zornausbrüchen fürchtend. Als sich fast gegen Mittag knarrend die Kammertür öffnete, schrak die Bäuerin, die am Herd schon das Mittagessen machte, zusammen. Mit einem scheuen Blick streifte sie den Mann und beeilte sich, ihm einen großen Hafen voll Kaffee auf den Tisch zu stellen. Gähnend streckte er die langen knochigen Arme mit den plumpen Fäusten gegen die Stubendecke, schlüpfte schwerfällig und lässig in die Pantoffeln, die sie ihm stumm hingestellt hatte, und setzte sich, nur mit Hemd und Hose bekleidet, an den Tisch.

Ruhig, als wäre nichts gewesen in der vergangenen Nacht, löffelte er laut schlappernd den Kaffee, nur der finstere Blick unter den buschigen Brauen, mit dem er das fleißig schaffende Weib musterte, zeugte von dem düsteren Feuer des beginnenden Säuferwahns, das in seinem Innern glomm. Ruppig sträubte sich sein Bart, und die Spitzen hingen ungepflegt über die Mundwinkel nach unten. Als er den geleerten Hafen zur Seite schob und sich die Kaffeetröpfchen vom Bart wischte, brummte er unverständlich und suchte mit den schwimmenden Augen in der Stube.

„Wo ist der Bub!“ schnauzte er grob.

Langsam wandte ihm die Bäuerin das gramvolle Gesicht zu und scheute sich, darauf zu antworten.

Der Ameisbauer aber wurde nun abgelenkt durch drei Männer, die draußen, vorbei an den Fenstern der Küche, über die Gred zur Haustür gingen, und so blieb ihr die Antwort erspart.

„Was wollen denn die?“ brummte er verdrossen und verwundert, reckte sich auf, wischte mit der Hand über den Tisch und sah nach der Tür, das Klopfen erwartend.

„Herein!“ rief er mit völlig veränderter harmloser Stimme und begrüßte mit ruhigem, scheinheilig verstelltem Gesicht, aus dem im Nu alle Rohheit geschwunden war, die drei Ankommenden, die sich mit verschlossenen Mienen und großem Ernst zögernd in die Stube schoben.

„Der Bürgermeister! Gibt es was Wichtiges? Setzt euch nur nieder!“ lud der Ameisbauer die Männer bieder und freundlich ein.

Die Bäuerin murmelte ein verlegenes „Grüß Gott“ und machte Miene, aus der Küche zu gehen. Da hielt sie aber der Bürgermeister am Arm zurück und forderte sie auf, zu bleiben.

„Weißt, Bäuerin, wir haben was zu reden mit dem Mann, und da könnten wir leicht dich auch dazu brauchen. Ist uns lieber, wenn du dabei bist, kann sein, daß wir dich allerhand fragen müssen.“

Die Aufforderung des Ameisbauern zum Setzen überhörte er, und auch seine Begleiter, der Klaffer vom Eck und der Meindlbauer, beide im Gemeinderat, nahmen nicht Platz, sondern blieben, die Hüte drehend, an der Tür stehen und schauten sich etwas betreten in der Stube um.

Daß die drei in einer zuwideren Sache kamen, war von ihren Mienen zu lesen, und forschend fixierte sie der Ameis.

In das Gesicht der Bäuerin war eine ängstliche Röte getreten. Sie erriet, was die drei im Namen der Gemeinde wollten. Der Bader hatte also den Bürgermeister von dem Vorgefallenen benachrichtigt.

Seltsam lachte der Ameisbauer auf und tat unbekümmert. Wie eine Drohung klang dieses Lachen in der niederen Stube. Er langte nach seiner Pfeife.

„Da bin ich aber neugierig, was ihr von mir wollt! Also heraus damit!“

Der Bürgermeister, ein starker, gewichtiger Bauer mit rundem und gesundem Gesicht, sah unwillig auf den Ameis, der sich so verstellen konnte, als wäre er der Bravsten einer.

„Was wir wollen, ist in ein paar Worten gesagt“, begann der Bürgermeister. „Ich glaube, du weißt es selber am besten, denn so dumm bist du net, daß du es net kennst, und wir sind auch net so dumm, daß du uns da eine Komödi vormachen kannst.“

„Soso“, zahnte der Ameisbauer und lümmelte sich breit über den Tisch. Spöttisch zwinkerte er.

Der Bürgermeister fuhr verärgert fort: „Das kannst du dir doch denken, daß das net so weitergeht! Schon im Interesse von deinem Weib und dem Buben muß sich die Gemeinde einmal kümmern. Was man da alles hört — und was da heute nacht wieder vorgekommen ist —“

„Meinst du wegen der Kalbin?“ warf der Ameis ein. „Ich könnt sie sowieso alle zum Teufel jagen! So ein Schaden! Da hat man einmal ein schönes Stückl im Stall, aber kein Mensch schaut darauf!“

„Uns interessiert dein Vieh net, Ameis!“ erboste sich der Bürgermeister. „Das ist deine Sach, und ein rechter Bauer schaut selber auf seinen Viehstand. Wenn du dich selber ein bissel um deinen Hof kümmern tätest, dann könnt es net soweit gefehlt sein. Wir sind wegen deinen Leuten gekommen und net wegen dem Vieh.“

„So?“ tat der Ameis lauernd, „was führt also den hohen Gemeinderat zu mir?“

Sein aufreizender Spott ließ dem Bürgermeister die Geduld reißen.

„Das werde ich dir gleich sagen! Du benimmst dich net wie ein rechtschaffener Bauer und ein anständiges Mitglied der Gemeinde, sondern wie ein Rohling und ein Irrsinniger! Der Bader hat uns gesagt, wie du heute nacht deinen Buben zusammengerichtet hast, und da, Ameis, hat die Gemeinde etwas mitzureden! Wenn es dir lieber ist, dann können wir ja wieder gehen, nach uns aber kommt der Gendarm! Darfst es jetzt grad sagen, wie du es haben willst! Du hast keinen Funken Ehr im Leib und machst dem ganzen Bauernstand Schande! Und damit wir gleich deutsch reden: Jetzt ist es uns einmal zu dumm geworden! Einer, der alles versauft, daheim Weib und Kind zum Krüppel schlägt, das ist von uns aus kein normaler Mensch mehr —“

Er unterbrach sich schnaufend, und die Zornader auf seiner Stirne schwoll an angesichts des Bauern, der hämisch lachend auf der Bank saß.

„Du bist kein Mann! Du bist den eigenen Grund und Boden gar nimmer wert, und wenn noch einmal das Geringste vorkommt, dann lassen wir dich unter Kuratel stellen, daß du das nun weißt.“

Das hinterhältige Grinsen verblaßte im Gesicht des Bauern, und sich schwer auf die Tischplatte stützend, schob er sich von der Bank und stand mit glimmenden Augen vor dem Gemeindeoberhaupt.

„Ihr? Ihr wollt mir was vorschreiben? Also jetzt merkt einmal gut auf: In meinem Haus laß ich mir einen Dreck einreden! Ich tu, was ich mag, und ob ich mein Geld versaufe, das geht niemanden was an! Da herinnen laß ich mir überhaupt nix sagen! Wenn du was von mir willst, dann kannst mich in die Kanzlei bestellen! Ob ich dann komme, das ist eine andere Sache. Und jetzt —", er ging zur Stubentür und riß sie auf. „Da schaut, daß ihr rauskommt!"

Der Bürgermeister achtete nicht mehr auf ihn und wandte sich an die Bäuerin.

„Wie geht es dem Buben? Ist er schon bei sich?"

Die Ameisin öffnete den Mund, um etwas zu sagen, preßte aber dann die Lippen wieder fest zusammen und sah mit einem furchtsamen Blick nach ihrem Mann, der, den Kopf vorgebeugt, mit irren, lodernden Augen sie zu erstechen drohte.

„Den Buben will ich einmal sehen. Wo liegt er?" verlangte der Bürgermeister unbeirrt, da er keine Antwort erhielt.

Da baute sich der Ameis vor ihm auf, ganz nah, so daß er den ekelhaften Bierdunst ins Gesicht bekam. Das Weiß in seinen Augen wurde rot gefleckt, und die Muskeln an seinen Armen spannten sich wie Roßstränge.

„Mein letztes Wort! Entweder ihr geht sofort, oder es passiert was! Raus!"

Der Bürgermeister verlor die Ruhe nicht. Er wandte sich an seine Begleiter: „Also Männer, ihr seht es selber, daß da mit der Vernunft nix mehr zu machen ist. Da gehören die Polizei und das Gericht her!"

Sie stapften aus dem Haus und verließen wortlos den Hof.

Der Ameis warf die Stubentüre zu und sah ihnen aus dem Fenster nach. Als sie seinen Blicken entschwunden waren, drehte er sich so plötzlich nach seinem Weib um, daß dieses erschrocken zusammenfuhr. Er steckte die Hände tief in die Hosensäcke und näherte sich ihr mit einem bösen Lächeln.

„Was ist denn eigentlich mit dem Veitl? Was hat denn da der Bader zu tun gehabt?“

An den Buben erinnert, glomm in den Augen der Bäuerin der Zorn auf und verdrängte Furcht und Not. Eine brennende Röte schoß ihr in die Wangen, und ihre Lippen bebten. Aller Jammer und der abgrundtiefe Ekel vor dem Mann brachen aus ihr heraus und überwanden die grenzenlose Furcht.

„Schau nur hinauf! Droben liegt er!“ schrie sie ihn an, gellend und in halbem Weinen. „Schau ihn dir an, wie du ihn zusammengerichtet hast! Der Arm ist gebrochen, und am Fuß fehlt es ihm, und was ihm inwendig noch alles ist, weiß man noch net! Du Unmensch! Du Vieh!“

Mit dummem Gesicht starrte er sie an, ungläubiges Staunen über den Mut seines Weibes in den Augen. Als er langsam die Rechte aus der Hosentasche zog, hielt sie schützend die Hand über den Kopf, um die Schläge abzuwehren, die sie erwartete. Doch er starrte sie nur noch eine Weile verwundert an, drehte sich dann um und verließ die Stube. Hinter ihm ballte die Ameisin die Fäuste und reckte sie gegen die Stubendecke.

„Soll das ein Mensch noch länger aushalten können? Soll einen da nicht einmal der Zorn anfallen, daß man dieses Mannsbild erwürgen könnte? Wär es ein Wunder, wenn einem da Gedanken kommen, die —“

Ihre Stimme überschlug sich schluchzend, und sie sank erschöpft auf die Ofenbank.

Der Regen trommelte gleichmäßig gegen die Dachschindeln und gluckerte in die hölzernen Dachrinnen, prasselte mitunter aufrauschend, wenn ihn ein Windstoß gegen das Dach schlug.

Durch die Dachluke drang das trübe Licht des Tages. Still war der Veitl gelegen, denn die geringste Bewegung verursachte ihm große Schmerzen. Er horchte in das Haus, hörte die fremden Männer kommen und den Streit in der Küche, und war wieder ängstlich und unruhig geworden. Der plump umwickelte und mit einem Brettchen geschiente Arm lag auf der Zudecke. Das frische Jungengesicht schien sich in ein Greisenantlitz verwandelt zu haben. Schmerz und Not hatten Falten um die blutleeren Lippen gegraben. Blau durchscheinend bedeckten die Lider die schwarzgeränderten Augen, ein häßlicher, ins Grüne schimmernder Fleck an der linken Kopfseite entstellte das Gesicht.

Die gesunde Hand suchte tastend auf der Zudecke. Unten hörte er nun die Männer gehen und das Haus verlassen, dann schrie die Mutter zornig auf. Und nun ging wieder die Küchentür, und schwere Schritte kamen die Bodenstiege herauf. Das war der Vater!

Das Gesicht des kleinen Veitl wurde noch um einen Schein bleicher, und er hielt den Atem an. Mit Mühe drehte er das Gesicht der Dachschräge zu, unter der sein Bett stand.

Auf der obersten Stufe verharrte der Ameisbauer eine Weile und trat dann, leise auftretend, an das Bett heran, entfernte sich wieder. Erleichtert schnaufte der Bub auf, als der Vater sich wieder nach unten entfernte.

Den massigen Nacken gebeugt und die eckigen Schultern etwas hochgezogen, wandte sich der Bauer dem Stall zu. Der

Stand, in dem in der Nacht noch die Kalbin gelegen hatte, war leer, und der Sepp räumte gerade die letzte Streu weg.

„Wo ist die Kalbin?“ knurrte der Bauer den Knecht böse an.

Ohne von seiner Arbeit aufzusehen, gab ihm dieser gleichmütig zurück: „Draußen im Stadel hängt sie — haben sie schlagen lassen müssen.“

Ein grober Schelterer hallte im Stallgewölbe: „Wer hat das angeschafft!“

Der Sepp richtete sich auf und sah den Bauern kalt an: „Ich. Länger als ein paar Stund hätte sie nimmer gelebt. Oder hätten wir zuschauen sollen, wie das Stückl verreckt?“

„Bin ich der Bauer, oder bist du es?“ wütete der Ameis.

„Bis jetzt bist du noch der Bauer, aber wenn du so weitermachst, dann bist es nimmer lang.“

Er stand, auf die Mistgabel gestützt, und wartete. Heute sollte ihm alles gleich sein, und wenn der Bauer es haben wollte, dann würde er ihm die Mistgabel um die Ohren schlagen, daß die Zinken davonflogen. Eine Weile sahen sie sich in die Augen, dann wandte sich der Ameis ernüchtert ab.

„Ein Unglück um das andere und alle seid ihr gegen mich. Hab am End wohl selber Schuld, daß die Kalbin hin ist, was?“

Der Knecht gab ihm keine Antwort, spuckte in den zusammengescharrten Mist und nahm seine Arbeit wieder auf. Der Ameis stapfte aus dem Stall in die Küche hinüber, wo die Bäuerin gerade das Mittagessen auftrug und die Dirnen ihr dabei halfen. Keinen Blick warf er auf die Weibsleute, ging in die Kammer und zog sich zum Ausgehen an. Stumm verließ er das Haus, um, wie nun schon jeden Tag, ins Wirtshaus zu gehen.

Der strömende Landregen durchnäßte ihn, dennoch hatte er es aber nicht eilig und wanderte mit gesenktem Kopf dem Dorfe zu. Er achtete auch nicht auf die breiten Pfützen und den aufspritzenden Schmutz.

Das Dorf hatte um die Mittagszeit dieses Regentages kein Leben. Mensch und Tier mieden bei diesem Wetter das Freie. Beim Wirt tappte der Ameis in die Stube und schüttelte die Nässe ab.

„Alles paßt zusammen, sogar das Sauwetter!" knurrte er und hängte den tropfenden Hut auf. Überrascht und betreten hatte der Wirt ihn angesehen, und nun nahm er den Hut des Bauern wieder vom Haken und reichte ihn dem Ameis wortlos hin.

„Was ist?" fuhr dieser auf. „Laß meinen Hut hängen!"

„Ameisbauer", räusperte sich der Wirt etwas verlegen und sah den stutzig gewordenen Bauern nicht an, „tut mir leid, aber ich darf dir nix mehr geben, kein Bier, keinen Schnaps. Gerade vorhin ist der Bürgermeister dagewesen, die Gemeinde hat es verboten, und du weißt, deinetwegen kann ich net meine Konzession in Gefahr bringen."

Der Ameis stand, als hätte er einen Schlag erhalten, und wechselte die Farbe. Er bewegte die Lippen, brauchte aber lange, bis er einen Laut hervorbrachte.

„Was scher ich mich um die Gemeinde!"

„Ich muß mich aber was scheren!" wurde der Wirt fester.

„Du? Ich hab dir das ganze Geld hergetragen, und jetzt —"

„Wär gescheiter gewesen, du wärst net so oft dagewesen", sagte der Wirt achselzuckend. „Bis morgen ist das Bierverbot amtlich, und mir hat es der Bürgermeister ausdrücklich untersagt."

Der Bauer sagte nichts mehr und verließ das Wirtshaus. Draußen blieb er stehen und überlegte.

So weit war es also, daß man dem großen Ameis ein Bierverbot geben wollte? Da mußten aber erst alle Advokaten her, und der Gemeinde sollte das teuer kommen! Jawohl, da wird er sich gerichtsmäßig wehren und keine Minute länger warten. In zwei Stunden war er in der Stadt — dann sollten die Steinöder sehen, ob man dem Ameis etwas vorschreiben konnte!

Unschlüssig starrte er noch auf die regennasse Straße, klimperte mit dem Geld in der Hosentasche und gab sich dann einen Ruck.

„Alle miteinander könnt ihr mich!" murmelte er und verließ das Dorf, getrieben von einem unstillbaren Durst. Gut, dann ging er eben nach Selling hinüber, um zum Bier zu kommen, und dann in die Stadt. Den Steinödern wollte er einmal einen Prozeß anhängen. Der Sepp mußte aus dem Haus, und wenn sie ihn verrückt machten, dann würde er auch die Bäuerin und den Buben und die Dirnen davonjagen. Sicher hatten sie alle ihm den Bürgermeister auf den Hals gehetzt.

Na ja, heute wird er schon lustig heimkommen, ganz lustig, und ihnen etwas aufpfeifen! Jetzt sollte ihm alles gleich sein! Was wollten sie denn von ihm? Sollte er ein anderes Leben anfangen? Welches denn? Die hatten leicht reden! Die wußten nicht, wie das war, wenn der ganze Körper nichts mehr verlangte als Bier. Davon kam er nicht mehr los — und wen ging das auch etwas an?

Ist alles Wurst, mochte es kommen, wie es wollte!

Aber zeigen wird er ihnen, wer der Ameis ist!

In Selling war die Gaststube kalt und unfreundlich. Der Wirt stellte ihm das Bier hin und kümmerte sich nicht weiter um ihn. Die Arme auf den Tisch gestützt, döste er vor sich hin, und die Kälte drang ihm durch das nasse Gewand in die Haut. Er fror und empfand in der Herzgrube ein Stechen.

Der Wirt kam nur, um ihm erneut einzuschenken und überließ ihn dann wieder seinen Gedanken. Er blieb allein, denn an diesem trüben Tag gelüstete es niemanden fort.

Und das Stechen in der Brust wurde lästig und schmerzhaft.

Was sollte das bedeuten? Fraß sich eine Krankheit in ihn hinein? Was sollte sein, wenn ihn ein Schläglein vom Stuhl riß? Wenn die Pumpe da drinnen in seiner Brust auf einmal aussetzte? Standen nicht alle seine Rechnungen noch offen? Lange war er schon nicht mehr in der Kirche gewesen und hatte alles so genommen, als könnte er ewig auf der Welt sein und wäre selbst dem Herrgott keine Rechenschaft schuldig.

Der Wirt von Selling störte den Ameisbauern von Steinöd nicht in seinem Sinnieren. Den Kopf in die Hände gestützt, saß dieser bis zum Dunkelwerden und wollte dann zahlen.

„Wirt, richt mir noch ein Packerl Wurst zusammen, mein Bub mag sie so gern. Oder — ja, mach ein großes Packerl, die Meinige ißt auch gern ein Bröckerl Wurst — und eine Flasche Bier gibst mir auch mit."

Dann taumelte er in die Nacht hinaus.

Im trüben Dämmern lag der Veitl, und durch das kleine Bubengehirn schleppten sich, auftauchend aus den Schmerzen des zerschlagenen Körpers und von ihnen wieder verschlungen, marternde Gedanken. Unruhig schlug das kleine Herz, und jeder der unregelmäßigen Schläge zuckte stechend durch die Brust. Das Wehtun in Arm und Fuß preßte ihm ein Ächzen und Stöhnen ab.

Jeder Tropfen, der draußen auf das Dach klapperte, schien auf seinen Kopf zu pochen. Im Halbschlaf fuhr er schauernd zusammen.

Hinter den geschlossenen Lidern spiegelten trübe Erinnerungen ihre quälenden Bilder. Neben dem traurigen Gesicht der Mutter erschien das zornentstellte des Vaters, die rotgeweinten Mutteraugen, ergeben und dunkel in Furcht, die Blicke des Vaters, schwimmend, trüb wie eine Regenpfütze, in der der seltsam lodernde, unerträglich blaue Augenstern ruhte.

Einen Sommertag täuschte ihm sein fieberndes Gehirn in die Augen, heiß und hell, und er ging hinter den Schnittern, band Garben wie die Knechte, obwohl er sie kaum heben konnte, bis die kleinen Finger bluteten und er zu weinen begann und jammerte, daß er nicht mehr mitarbeiten könne. Er sah die Faust des Vaters zum Schlag erhoben und wollte abwehrend den Arm heben.

Der stechende Schmerz im gebrochenen Arm rief ihn für den Augenblick aus den Träumen.

Der Bergwind polterte gegen das Haus, und die grauschwarzen Regenwolken wischten über das Dachfenster.

Wieder schlossen sich die müden Lider. Stand er schon wieder naß und frierend beim ungebärdigen Vieh auf der Weide? Das Weinen würgte ihn, und den Frost spürte er durch die Knochen ziehen. Blinzelnd rang er die trüben Bilder nieder und suchte das Dachfenster, um sich zu vergewissern, daß er im warmen Bett lag und nicht draußen stand auf dem Wiesenhang unter dem tropfenden Himmel.

Sobald er gehen kann, wird er auf und davon laufen und lieber im Wald verhungern, als sich immer fürchten müssen.

Eine harte Hand strich ihm die blonden Haare aus der Stirne, und das abgehärmte Gesicht der Mutter neigte sich über ihn. Sie setzte sich zu ihm auf das Bett.

„Wie geht es dir, Veitl?“ fragte sie müde und tonlos, und doch klang alle Mutterliebe mit.

„O ja“, mühte er sich, um sie zu trösten, „geht schon wieder besser.“

Wie zu sich selber redend, erzählte sie: „Er ist schon wieder fort ins Wirtshaus.“

Der Bub kuschelte sich zusammen. Sie redete weiter.

„Aber heut bleiben wir nimmer daheim; wenn's Nacht wird, gehen wir zum Simandlbauern und bleiben dort.“

Es klang, als wollte sie ihm gut zureden und die Angst nehmen.

„Mutter, daß der Herrgott so was zulassen tut —“ Er schwieg unter ihrem bange staunenden Blick.

Sie preßte die Hände ineinander. Was so ein Bub sich schon für Gedanken macht! War der Bub schon so weit, daß er den eigenen Vater zu hassen begann und wünschte, daß der Herrgott eingreifen sollte?

„Halt dich nur ruhig, Bub, dann wirst schon bald wieder gesund, ich muß jetzt wieder hinunter — komm aber schon noch einmal.“

Lange dachte der Veitl noch nach, bis ihm die Augen zufielen und der Schlaf ihn wieder umfing.

Am Abend lag er fiebernd und irre redend im Bett, und sie konnte ihn unmöglich zum Simandlbauern bringen. Der Sepp tröstete sie.

„Der Bub wird wieder, Bäuerin, der hält das aus, der ist wie ein Baum. Ein bisserl Fieber halt, und das ist bis morgen wieder vorbei.“

„Ja, wenn der Bauer nur net wieder eine Gaudi macht, wenn er heimkommt“, sorgte sich die Ameisin.

„Da brauchst dich nimmer zu fürchten. Wenn er euch noch einmal anrührt, dann laß ich mich einsperren! Mit dem werde ich fertig!

Die Ameisbäuerin legte sich zur Nacht nicht in das Bett in der gemeinsamen Schlafkammer, sondern blieb wach und saß unterm Dach auf dem Bett des fiebernden Veitl und horchte in Ängsten auf jedes Geräusch, das von unten kam.

Der Ameisbauer kam in dieser Nacht nicht nach Hause. Auch nicht, als der Morgen kam und auf dem Hof das Leben wieder begann. Taumelnd nach der durchwachten Nacht, hatte die Bäuerin die Morgensuppe angerichtet, und dann hatten die Ehehalten draußen im Stadel begonnen, das Korn auf der Tenne auszudreschen.

Der Sechserschlag der Drischeln pumperte durch den frühen Vormittag, als der Bürgermeister, der Meindl und der Klaffer wieder auf dem Ameishof erschienen. Sie gingen gleich in die Küche, wo die Bäuerin gerade spülte.

„Guten Morgen“, sagte der Bürgermeister ruhig und ernst, und sie erwiderte schüchtern den Gruß.

„Wollt ihr den Bauern?" Der Bürgermeister sah sie mitleidig an, als sie fortfuhr: „Der ist heut überhaupt net heimkommen."

„Jaja, das wissen wir, Bäuerin", meinte der Klaffer.

„Freili — er ist net heimkommen —", brummte der Meindl.

Der Bürgermeister wischte sich mit dem Sacktuch den Schweiß von der Stirne und blickte ratlos und fragend von einem zum anderen. Da fing wieder der Meindl an:

„Also, sag es nur, Bürgermeister, jetzt ist nix mehr zu ändern."

Unsicher begann der Bürgermeister wieder:

„Ja, Bäuerin, ich muß dir leider was sagen — darfst aber net erschrecken — deinem Mann ist heut nacht was passiert —"

Mit großen Augen schaute die Ameisin auf die drei und setzte sich auf die Ofenbank, wartend, was nun noch kommen würde.

„Er hat halt wieder einen Mordsrausch gehabt und — hm — ja — weißt schon, Bäuerin — in der Finsternis — er ist in Selling drüben gewesen, weil er bei unserm Wirt kein Bier mehr bekommen hat — und auf dem Heimweg, da ist er halt mit seinem Rausch vom Weg ab- und in den Bach hineingekommen — und, ja — da haben sie ihn heut in der Frühe rauszogen."

Stumm und starr saß die Ameisbäuerin und schaute auf den Bürgermeister, als müßte dieser noch mehr und Genaueres sagen.

Von der Stadeltenne herüber dröhnte das taktmäßige Klappern der Dreschflegel, und auf dem Herd brodelte der große eiserne Hafen mit den zugesetzten Kartoffeln. Sie hielten den Atem an. Die Ameisin war grau geworden und sah auf den Bürgermeister.

Da sagte der Meindl rauh und mit einer Geste, als hätte er etwas vom Tisch zu wischen:

„Es hat so sein müssen, unser Herrgott weiß schon, wann es Zeit ist und wie er es machen muß. Ist am End so das beste gewesen. Der hätte in seinem Säuferwahn leicht noch was Ärgeres anstellen können."

„Ja — und wegen der Leich und so, da helfen wir dir schon", redete der Klaffer geschäftig weiter, und der Bürgermeister atmete erleichtert auf, daß sie es nun der Ameisin beigebracht hatten.

„Wir haben ihn in das Feuerhäusl bringen lassen und dort hingelegt, bis die Kommission kommt. Ich mein halt, daß wir ihn gar nimmer heraufbringen lassen. Schick ein Gewand ins Dorf, und wegen der Beerdigung, das regeln wir schon. Eingegraben soll er werden, wie es einem Bauern zusteht."

Als die Bäuerin immer noch nichts sagte, auch nicht weinte, sondern nur hilflos vor sich hinstarrte, als hätte sie noch nicht verstanden, sahen sich die drei an und verließen dann, sich leise zur Tür hinausdrückend, die Küche.

Sie teilten noch dem Großknecht das Vorgefallene mit und schickten ihn zur Bäuerin hinein. Immer noch saß die Ameisin auf dem gleichen Fleck und achtete gar nicht auf den Eintretenden.

„Der Herr geb ihm die ewige Ruhe. Mehr kann man da net sagen, Bäuerin. Das andere muß man sich denken. Ich geh jetzt hinunter und schau wegen dem Verrichten."

Er ging auf sein Stübl, zog sich an und verließ das Haus.

Im Herd verlöschte das Feuer, da niemand mehr nachlegte, und die Ameisin sah mit leerem Blick vor sich hin. Als die Dirnen in die Küche kamen, verließ sie diese wortlos und stieg hinauf zum Veitl.

„Bub“, schluchzte sie mit heiserer Stimme, „der Vater ist ertrunken — heut nacht.“

Drüben im Stadel begannen die Dirnen wieder, diesmal im trägen Vierertakt, zu dreschen, und der Hall pochte im Haus, als wollte jemand durch Klopfen an die Haustüre Eintritt begehren.

Still betend saß die Ameisin auf dem Bett, und der Schreck ließ den Veitl in die bodenlose Leere der Bewußtlosigkeit sinken.

2

Ein Jahrzehnt mit heißen Sommern und schneereichen Wintern war über den Ameishof gegangen. Die Ameisbäuerin hatte einen erbitterten Kampf um den Besitz durchzustehen, den der verstorbene Bauer fast auf die Gant gebracht hatte, und die Steinöder achteten das mit stummem Respekt. Die Not hatte sie stark gemacht. Sie war nicht mehr das scheue, verängstigte und müde Weib wie zu Lebzeiten des Bauern, sondern eine fleißige Bauersfrau, die an ihrer schweren Aufgabe stark wurde, freundlich und bescheiden, wohlgelitten und geachtet von den Nachbarn und den Dorfleuten.

Es hatte sich vieles geändert. Unweit des Ameisbauern ruhten im Freithof der Bürgermeister und der Klaffer vom Eck. Auf dem Ameishof hausten nur mehr die Bäuerin und der junge Veitl mit dem treuen Großknecht Sepp. Die Dirnen waren gegangen, weil sie nicht mehr entlohnt werden konnten. Die Tagesarbeit stand wie ein grauer, erdrückender Berg vor den dreien, die Schulden und Zinsen lasteten auf allem Tun.

In diesen Jahren hatte die Ameisbäuerin ihre letzte Kraft gegeben. Sie ging mit in den Wald zum Holzeinschlag und schuftete wie ein Holzhauer, ging hinter dem Pflug, als der Sepp wegen einer Blutvergiftung arbeitsunfähig geworden war. Die Blässe in ihrem Gesicht und die ängstlich geduckte Haltung waren verschwunden. Aufrecht, braun und gesund, die Zähigkeit und den Mut einer echten Waldbäuerin in den Augen, schaffte sie für zwei.

Der Sepp war grau geworden. Er arbeitete, als ginge es um seinen Hof. Er fragte nicht nach seinem Lohn, ließ sich sein Guthaben nur in sein Lohnbüchl schreiben und versicherte immer wieder, daß er auf dem Ameishof, auf dem er schon als Hütbub eingestanden war, auch absterben wolle.

Für den Veitl waren es harte Jahre gewesen.

Seit dem unseligen Tag, an dem man den Ameisbauern aus dem Kobelbach gezogen hatte, waren die drei auf dem Ameishof zu einer unlösbaren Gemeinschaft verbunden. Beinahe ein Jahr mußte der Veitl noch liegen, und als er endlich aufstehen konnte, war aus dem ehemals strammen Bürschl ein bresthafter verkrüppelter Bub geworden. Der eine Fuß blieb kürzer, und das Rückgrat hatte sich gekrümmt, so daß der Kopf zwischen den Schultern zu stecken schien. Das traf damals die Ameisin schwerer als der Tod ihres Mannes. So hart den Veitl jede Arbeit ankam, da ihm der Atem bei jeder Anstrengung in der verwachsenen Brust zu kurz wurde, er biß die Zähne zusammen und schaffte keuchend mit, vom frühen Morgen bis in die späte Nacht.

Es war eine traurige Schulzeit, und später vermied er die Gesellschaft der Dorfburschen, denn gar zu leicht traf der Spott der Rohen und Unverständigen den Verkrüppelten.

Sie waren Einschichter geworden auf dem Ameishof, lebten in ihrer eigenen Welt der schweren Arbeit und der ruhigen Feierstunde und hielten sich abseits vom Dorftreiben. Wenn sich das Dorf am Sonntag im Wirtshaus vergnügte, wenn das Rollen der Kegelkugel und das Juchzen der Burschen heraufklang, dann saß der Veitl auf der Gredbank in der Sonne, die Ziehharmonika auf den Knien, oder holte vom Stübl seinen Lieblingszeitvertreib, Bleistift und Papier, und zeichnete. Zeichnen und Malen waren seine heimlichen Freuden, gerne hätte er sich darin seinen Beruf gesucht.

Mit Böllerschüssen und Blasmusik hatten die Steinöder den Kirchweihtag einziehen lassen, und der Himmel schenkte ihnen zu dem Fest die prachtvollste Sonne in seiner reinsten Bläue. Die Kirchenglocken läuteten lange und feierlich am Vormittag, und gemessen, im Feiertagsschritt, wandelten die Bauern und Bäuerinnen, Knechte und Mägde, im Festtagsstaat zum Hochamt. Der Veitl war, wie meistens, auch an diesem Tag lieber zur Kirchenwacht daheimgeblieben, an solchen Tagen ging er nicht gerne ins Dorf, da er die neugierigen Blicke der Leute, die er immer auf sich gerichtet glaubte, nicht ertragen konnte.

Er hatte diese stille Stunde am Sonntagvormittag so gern,

wenn er allein im Haus war. Da ging er um den Hof, schaute in den Stall, setzte sich dann in der Stube an den Tisch und las die Hausbibel.

Die Sonne leuchtete grelle Fenstervierecke in die stille Stube, und die fächelnde Bergluft flutete durch die offenen Flügel. In der Vogelsteige an der Fensterwand schlief der Kanarienvogel. Eine Hummel sang um das Geranienstöckl am Fensterbrett und setzte sich auf den rotglühenden Blumen zur Rast. Ganz ferne und leise murmelte draußen auf der Gred der Wassergrand, und ein junges Schwalbenpaar wispelte auf dem Holzstoß an der Hauswand.

Das war das heimliche Glück des Veitl, wenn nur Stille, Sonne und linde Luft um ihn waren, und wenn er ein Stück aus der Bibel gelesen hatte, dann konnte er sich lange gedankenverloren der heiligen Ruhe hingeben.

Bis dann die Kirchengänger wieder heimkamen. Niemand erfuhr von den trüben und guten Gedanken, die er zu solchen Zeiten in seinem Gehirn blätterte, wenn er die Seiten seines vergangenen Lebens, der zwanzig Jahre, aufschlug.

Am Nachmittag drängte es ihn ins Freie, und meistens hatte er die geliebte Ziehharmonika bei sich. Er überließ es den Fingern, sehnsüchtige Weisen auf den Tasten zu suchen, und träumte über die Berge hinaus und suchte in seinen Vorstellungen die Welt in der blauen Ferne.

Ob sie anders war als die von Steinöd?

Wenn dann die grünen Wälder seinen Blick anzogen, die ernsten Tannenforste und die hellgebuschten Birkenberge, dann verflog wieder das Sehnen nach dem Unbekannten über den Bergen, und das Herz wurde ihm warm über die Schönheit seiner Heimat.

Das liebe Tal hinunter, mit den Wiesenbuckeln und den goldrollenden Feldern, die Häuser, die sich drunten um den spitzen Kirchturm im Dörfl scharten, die stolzen Höfe an den Leiten und Lehnen, prächtige Holzbauten mit braunen Altanen — und Sonne, unbeschreiblich schöne Sommersonne über allem — schöner konnte es doch nirgends sein.

Er hielt inne mit dem Spiel, und summend entschwanden die Töne, als stiegen sie durch die Kronen der Birnbäume gegen den Himmel.

Ein Juchschrei gellte im Dorf, jubelnd und übermütig, und die Luft trug in fliegenden, summenden Stücken aus dem Wirtsgarten die Töne der Kirchweihmusik auf die Höhe.

Da drunten waren sie lustig und guter Dinge, lachten und scherzten, und er wäre auch so gerne dabeigewesen. Da mühten sich jetzt wohl die Burschen, die gesund und gerade waren um die Dirndl — und er?

War er denn nicht auch ein junger Bursch? Durfte er gar nicht teilnehmen an der Freude und dem Vergnügen der anderen? Mußte er sich nur immer schinden, mußte er nur rakkern, solange er auf der Welt sein würde? Für wen denn? Seine Nachkommen?

Mit einem bitteren Lächeln wies er diese Gedanken von sich. Warum auch sich in die Gesellschaft der anderen mischen, die ihn ja doch nicht wie ihresgleichen nahmen! Einmal waren sie seine Schulkameraden gewesen, die da so juchzten und lustig waren. Der Meindl, der Simandl — und wie sie hießen. Sie konnten ihn leicht über die Schulter ansehen im Bewußtsein ihrer Kraft und ihrer strotzenden Gesundheit.

Hinter ihm im Haus war das gedämpfte Reden. Die Mutter und der Sepp sprachen wohl über die kleinen Dinge, die sie beim vormittägigen Kirchgang gesehen und erfahren hatten. Dann kam die Mutter auf die Gred heraus und begann vorsichtig:

„Willst net ein bissel zum Wirt gehen? Vielleicht zur Nacht, da wird getanzt. Ist ja nix für ein lediges Mannsbild, alleweil so daheimbleiben."

Er lachte: „Oje, was sollt denn ich da drunten? Tanzen tu ich net, und wegen der Unterhaltung? Da tu ich net nach."

Dringlicher bat die Mutter: „Geh halt zu, Veitl, geh unter die Leut. Tu mir den Gefallen. Wennst meinst, dann geh ich mit, oder es begleitet dich der Sepp. Daheim hast du ja nix, und der Mensch braucht ein bisserl Ablenkung."

Ihrem Drängen nachgebend, war er einverstanden, und nach dem Nachtessen zog er das Feiertagsgewand an, kämmte sich das wirre Blondhaar sorgfältig, steckte sich eine Geranie ins Knopfloch und stieg ins Dorf hinunter. Seine Bedenken schwanden, als er die Kirchweihstimmung empfand, die über den Häusern lag. Lachen und Scherzen überall und aus jedem Haus fröhliches Reden. Schon wankten die ersten Knechte zum Füttern heim oder steuerten die Alten, gesättigt vom Schmaus und Trunk, den Häusern zu. Die Hitze des Sommertages hatte den Bierverbrauch gefördert.

Die Musik war vom Garten in die große Hochzeitsstube des Wirthauses umgezogen, und dort begann schon der Tanz. Die Paare stampften und sangen nach dem Takt der zwiefachen Bauerntänze, drehten sich wirbelnd im Dreher und wanden sich in den Figuren des Spinnradltanzes.

Unschlüssig blieb er an der Türe eine Weile stehen und sah dem Treiben zu. Hier würde er sich nicht recht heimisch fühlen, unter diesen schon angeheiterten und lustigen Menschen. Neben seinem Nachbarn, dem Simandl, war noch ein Platz frei, und er setzte sich zu ihm. Freuen tat ihn das ganze Gewerkel nicht, aber wenn die Mutter unbedingt meinte, daß er auch einmal unter die Leute gehen sollte, dann wollte er sich eben ein paar Glas Bier kaufen und sich die Lustigkeit der anderen eine Weile ansehen. Hernach konnte er ja heimgehen, wann er wollte oder wenn es ihm nicht mehr gefiel. Morgen war wieder ein Arbeitstag.

Er spürte, daß er wohl kaum so lustig sein könnte wie seine Altersgenossen. Ihm hatte halt das Leben doch schon ein wenig anders aufgespielt wie ihnen. Für das, was diese Vergnügen nannten, hatte er nicht viel Sinn. Was sollte bei diesem Drehen und Stampfen, bei diesem Juchzen und Singen schon sein? Wenn einer jahrelang nichts mehr kennt als lauter Arbeit und dabei froh ist, wenn er eine Stunde für sich haben kann, dann taugt er vielleicht nicht mehr in die lockere Gesellschaft.

Mit dem Simandl unterhielt er sich über das Vieh und die bevorstehende Ernte und andere bäuerliche Angelegenheiten.

Erstaunt rückte er zur Seite, als ein Bursch ein schwarzäugiges, bildsauberes Bauerndirndl an den Tisch brachte und, für den Tanz sich bedankend, sich wieder entfernte. Erhitzt setzte sie sich zwischen den Veitl und den Simandl und wischte sich mit einem weißen Tüchlein den Schweiß von den heißen Wangen.

„Das ist meine Basl“, sagte der Simandl, „von Siebeneck herüber, und bleibt über die Ernte bei mir.“

„So“, sagte der Veitl nur verlegen und machte sich eng,

um dem Mädel Platz zu machen. Unsicher und verlegen musterte er sie. Nun reute es ihn schon, daß er gekommen war. Was sollte er jetzt tun und sagen? Gar nichts? Dann mußte sie ihn für dumm halten. Etwas mußte er ja schließlich reden, denn auch sie betrachtete ihn neugierig.

Bis er es sich überlegte, wartete die lebensfrohe Basl des Simandlbauern nicht, sondern sie fing gleich selber zu plaudern an, so daß er nur zu antworten brauchte.

„Bist der Ameis, gell?" sagte sie und sah ihn voll an. „Ich kenn dich schon, wenn ich dich auch vor Jahren nur ein einziges Mal gesehen habe."

„Bin halt leicht zu kennen — mit meinem Buckel", bemerkte er lächelnd, und es klang doch bitter.

Verwundert sah sie ihn mit großen Augen an: „Wie kannst du nur so daherreden? Ich spott dich net und hab auch net so was gedacht."

„Hab es ja auch net so gemeint", lenkte er ein, „ist mir halt so herausgerumpelt. Weißt ja, daß es auch andere Leute gibt, die gern über einen Krüppel die Nase aufziehen."

„Willst du gar net tanzen?" wollte sie ihn ermuntern.

Er lachte nun wieder: „Gelernt hab ich es net. Ich kenn nur das Arbeiten, und für das Tanzen hab ich noch keine Zeit gefunden. Aber ich glaube, ich kann so einen Zwiefachen tanzen, weil ich den Takt vom Ziehharmonikaspielen her kenne."

„Na, also!"

„Probieren könnten wir es, aber, Dirndl, ich möcht net, daß du dich mit mir schämen mußt. Gibt andere und saubere und geradegewachsene Burschen genug."

Sie wurde zornig.

„Recht gut reden kann man mit dir net! Was hast denn alleweil? Kein Mensch kann was dafür, wie er gewachsen ist.“

„So? Dann tätest du mit mir einen tanzen?“

„Freilich!“

Da spürte er eine plötzliche Freude und eine Lust, auch einmal auf den Tanzboden zu gehen, und er sprang auf.

Die Musik setzte gerade ein. Er bemerkte wohl die neugierigen und erstaunten, aber auch spöttischen Blicke der Burschen, die sich so sehr um die Gunst der Zenzl beworben hatten, aber er achtete dies nicht. Als er mit ihr durch den Saal tanzte und sie federleicht in seinen Armen spürte, da wußte er nicht mehr, ob der Tanz lange oder kurze Zeit gedauert hatte. Seine Augen blitzten, als er sie wieder an den Tisch führte.

„Ist es net schön gewesen?“ fragte sie ihn heiter und unbefangen.

Er nickte und fühlte sich sicher und selbstbewußt. Dieser Tanz hatte ihn aufgemuntert, und während er das Dirndl in seinen Armen spürte, war eine sonderbare Wandlung mit ihm vorgegangen. Lustig, wie die Steinöder ihn noch nie gesehen hatten, beteiligte er sich an der übermütigen Unterhaltung.

Noch mehrmals tanzte er mit der Zenzl und dachte gar nimmer daran, daß er schon um zehn Uhr hatte heimgehen wollen. Es war schon lange nach Mitternacht, als der Simandl aufbrach und seine Base mitnahm. Der Veitl schloß sich an und begleitete die Zenzl heim. Beim Abschied fragte er:

„Wenn du also eh länger da bist, darf ich dann einmal in die Sitzweil kommen?“

„Freilich!“ lachte sie verhalten, fuhr ihm schnell über die Wange und rannte dem Simandl nach ins Haus.

Gut aufgelegt und vor sich hinpfeifend, stolperte der Veitl durch die Nacht heimwärts, hinüber zum Ameishof. Er war stolz, daß er die Zenzl hatte heimbegleiten dürfen und daß sie gar nicht abweisend zu ihm gewesen war.

Grübelnd saß er noch eine Weile in der dunklen Nacht auf der Gredbank vor dem Haus, bis fast der Morgen graute. Dann legte er sich nieder, obwohl er kaum eine Stunde später schon wieder zur Tagesarbeit aufstehen mußte.

„Schön ist es gewesen, wirklich schön!“ gab er der Mutter lächelnd Bescheid, als sie ihn fragte. Er erwähnte aber nichts von seiner Bekanntschaft.

Am Abend, gleich nach dem Abendbrot, machte er sich auf den Weg hinüber zum Simandlbauern zur Sitzweil. Seine Ziehharmonika nahm er mit. Es gefiel ihm nicht, daß sich auch andere Burschen aus dem Dorf eingefunden hatten, und aus der Nachbarschaft waren auch ein paar junge Mädel gekommen. Das trübte seine den ganzen Tag gehegte Freude an diesem Hausbesuch. Zur Nachkirchweih hatte der Simandl ein Faß Bier aufgestellt. Das frohe, ungezwungene Leben der bäuerlichen Sitzweilstube war bald in Schwung. Die Burschen sangen und scherzten, und dann spielte der Veitl zum Tanz auf. Die Bauernstube dröhnte von dem Getümmel, und das Kirren der Weibsleute und ihr überlautes Gelächter schallte in die Nacht hinaus.

Als der Veitl immer wieder spielen und zusehen mußte, wie die anderen Burschen die Zenzl in der Stube herumdrehten, kam ihn plötzlich ein Neid an. Der Abend freute ihn nimmer, und er empfahl sich bald.

Gar wunderliche Gedanken kamen ihm, als er langsam durch die laue Sommernacht heimging, durch das Birkenbergl, das zwischen beiden Höfen lag, und über die große Point. Schwarz verhüllt lag das Dorf im Tal. Er hing seinen Gedanken nach. Drüben am Weg hörte er noch die anderen Burschen heimwärts plaudern.

Dann entwirrten sich seine Gedanken und formten sich zu Wünschen und Plänen. Wenn die Zenzl Bäuerin auf dem Ameishof wäre, kam ihm in den Sinn, als er Haus und Stadel dunkel vor sich sah. Das könnte wohl schön und richtig sein, und dann tät wohl auch wieder ein bißchen mehr Freude ins Haus kommen! Alles würde leichtergehen.

Wenn er ihr das einmal sagte? Eine Frage war ja frei, aber vor der Antwort fürchtete er sich.

Das bedrückte ihn in den folgenden Tagen.

Die Fröhlichkeit, die er von der Kirchweih mit heimgebracht hatte, war wie weggeblasen und wich einem Träumen und Sinnieren. Unlustig tat der junge Ameis seine Arbeit und war so mit sich beschäftigt, daß er oft jede Anrede überhörte.

„Bäuerin, laß ihn nur, das ist eine Weibergeschichte", mutmaßte der Sepp, „da soll man sich net hineinmischen. Hab mir schon so was gedacht, als er am Sonntag so lange ausgeblieben ist. Wär ein Wunder, mit zwanzig Jahren kommt es über jeden, und ich kann mir auch denken, was es für eine ist."

„Ganz anders ist er auf einmal", spann die Ameisin die Gedanken weiter, „aber mir ist gar net wohl dabei. Weißt ja, wie die jungen Dirndl sind: Die denken da noch ganz anders. Bäuerin auf dem Ameishof möchte wohl eine werden, aber solange sie jung sind, schauen sie halt, daß sie einen sauberen und feschen Burschen erwischen. Wenn er nur zum Gesicht steht, Herz braucht er keines zu haben. Ich hab das mitgemacht und bin auch einmal so dumm gewesen. Mir ist richtig angst um den Veitl.“

Der Sepp versuchte, ihr die Sorge auszureden: „Ein Luder braucht er nicht, das wär keine Bäuerin für den Hof. Wenn es eine rechte ist, dann nimmt sie den Veitl, weil er ein guter Mensch ist, und net deswegen, weil er einen Hof hat.“

Sie seufzte. Die Mädel gehen halt zu sehr dem Äußerlichen nach, da meldet sich das Herz und hält den Verstand nieder, da hängt der Himmel voller Geigen. Keine merkt, wie sie sich bei der Wahl ihres Zukünftigen oft eine Gerte auf den Buckel bindet, die sie ihr Leben lang nicht mehr losbringt. Sie hatte das alles mitgemacht, und wie viele werden noch drunten sein im Dorf und draußen in der Welt, die dafür büßen, daß sie in jungen Jahren zu wenig überlegt haben? Freilich, es wird auch viele Glückliche geben. Wie das ist, das wußte sie nicht, denn ihr vermeintliches Glück und der Stolz, Ameisbäuerin zu sein, hatten nur wenige Tage gedauert.

Der Veitl wich ihnen an diesem Tag aus, und seine Unruhe wuchs. Als er sich nach der Abendsuppe wusch und ein besseres Gewand anzog, fragten sie nichts, sondern sahen sich nur stumm an.

„Geh noch ein bissel zum Simandl hinüber“, sagte er verlegen, und als müßte er sich deswegen entschuldigen.

„Geh nur“, tat die Mutter heiter und unbefangen, und auch der Sepp nickte wohlmeinend und war anscheinend guter Dinge.

Es sank ein schöner Sommerabend nieder zur Nacht.

Das letzte Rot, das die Sonnenwolken widerstrahlten, lag auf den Baumgipfeln und leuchtete brennend aus den Fenstern des Ameishofes zurück. Im Dorf drunten stieg der Rauch kerzengerade aus den Kaminen und löste sich am Himmel zu einem rötlichen Schleier. Der letzte Ton der Arbeit war verhallt.

Diese Abende hatten den Veitl schon immer feierlich gestimmt, heute aber war ihm zumute, als wäre ein besonderer Abend, leuchtender und glänzender als sonst. Nicht die stille Freude war es, mit der er oft an solchen Abenden noch um den Hof gegangen war, sondern eine bange Glückseligkeit, die ihn vergessen ließ, daß er sein Herz in einer zerbrochenen Brust und unter einem krummen Rücken trug. Eine Gerte schnitt er sich von einer Haselstaude und schlug damit nach den langen Gräsern am Feldweg, der hinüber zum Simandl führte.

Lieber wäre er rasch ausgeschritten, um bald drüben zu sein, doch zwang er sich zum langsamen Gehen und sah noch einmal zurück zum Hof.

Das braune Holzhaus, umgeben von Apfelbäumen, stand stolz und behäbig am Hang. Es gab weitum keinen schöneren Hof als den der Ameisbauern. Und bald würden die letzten Schulden abgearbeitet sein. Mit Zwanzig durfte man schon daran denken, wie es künftig sein sollte. Die Mutter konnte die Last der Bäuerin nicht mehr lange tragen, und es war an ihm, bald eine Junge ins Haus zu bringen. Angedeutet hatte die Mutter das schon oft.

Im Birkenbergl schwegelte noch ein Finkenpaar, und am Waldrand kauerte ein Bub und spielte auf der Mundharmonika das ewig junge und unvergängliche Lied vom Böhmerwald.

Die Schritte des Veitl wurden langsamer, und er fragte sich, ob es nicht besser wäre, wieder umzukehren und noch einige Tage zuzuwarten. Vor dem Simandlhof stand die Zenzl, und sie hatte ihn schon gesehen. Er atmete tief auf. Also denn, jetzt konnte er nicht mehr zurück, und nun mußte auch alles heraus, wie er es sich den ganzen Tag lang ausgedacht hatte. Ihr freundliches Lächeln machte ihm Mut.

„Ist ein schöner Abend, gell?“ begrüßte er sie. „Wenn du nix dagegen hast, dann gehen wir ein bissel spazieren. Wirst dich in Steinöd noch net viel umgesehen haben. Ist aber so schön bei uns.“

Sie musterte ihn ein wenig mißtrauisch und ging dann neben ihm her, bergaufwärts, hinüber gegen den Kobelwald. Es dämmerte, und die Mondscheibe, die über Steinöd aufgestiegen war, löste das Tageslicht mit ihrem fahlen Schein ab. Die weißen Stämme der Birken schimmerten, Grillen zirpten am Feldrain und die Wiesen schenkten der Nacht die laue Wärme.

Schweigsam geworden und den Blick auf den Boden gerichtet, ging der Veitl, bis sie ihn nach einer Weile aus seinen Gedanken riß:

„Reden tust du aber net viel.“

Mit einem Ruck blieb er stehen und sah sie ernst an.

„Oh, ich hätt viel zu reden, weiß nur net, wie ich das alles sagen soll, damit du mich auch net falsch verstehst.“ Unter dem forschenden Blick seiner tiefblauen Augen wurde sie unsicher, und verlegen an ihrer Schürze streichend, sagte sie hastig:

„Ich meine, wir kehren wieder um — frisch wird es auch schon — und allzulang möcht ich net ausbleiben, der Vetter weiß ja gar net, wo ich bin.“

Damit wollte sie umkehren, und sie schien es plötzlich recht eilig zu haben. Da faßte er sie an der Hand und hielt sie zurück. Bange räusperte er sich und sagte:

„Grad einen Augenblick bleib noch, Zenzl. Sagen muß ich dir doch, was ich mir Tag und Nacht alles ausgedacht hab.“

Angst und Abwehr hatten sie rot werden lassen, und das Mondlicht spiegelte sich in ihren großen erschreckten Schwarzaugen. Sie erschien ihm nun ganz anders, und er drückte krampfhaft ihre Hand.

„Zenzl, ich meine, daß ich weiß, was du jetzt denkst — und wenn du mich jetzt so anschaust, dann fällt mir wieder ein, wie ich aussehe. Das vergesse ich oft. Aber glaub mir, ich bin auch einmal ein geradegewachsener und frischer Bub gewesen und hab es meinem eigenen Vater zu verdanken, daß ich ein Krüppel geworden bin. Das ist wohl ein Unglück, an dem ich net schuldig bin. Wie das aber oft brennt da drinnen, das kannst du net wissen — ich hab auch ein Herz wie die anderen, und darum meine ich halt, ich dürft auch von dem reden, worüber die jungen Leute halt reden. Sagen kann ich es net so, wie es in mir drinnen ist — aber das darfst du mir ehrlich glauben — wenn du halt Ameisbäuerin werden möchtest — fehlen tät dir deiner Lebtag nix, ich tät alles für dich, arbeiten tät ich wie ein Wilder — und der Hof müßt werden wie keiner weit und breit. Wenn du dich halt über das hinwegsetzen könntest, daß ich — verwachsen bin — und wenn du ja sagen könntest —“

Betroffen schwieg er, als er bemerkte, wie sie bleich wurde und die Lippen aufeinanderpreßte. Ihre Hand war in der seinen kalt und fremd geworden, und er ließ sie los. Als hätte er ihr etwas Böses angetan, so drückte es ihn plötzlich, und er spürte, wie alles in ihm langsam erstarb. Nun wäre er am liebsten davongelaufen, aber wie angewurzelt stand er da und wußte nun nichts mehr, duckte sich, als erwartete er, daß sie ihm ins Gesicht schlüge. Wenn sie gar nichts sagen täte, dachte er, das wäre vielleicht gut, denn er kannte und verstand sich selber nicht mehr. Erstaunt und gleichmütig, fast etwas hochmütig sah sie ihn an. Er stand wie ein Verlorener, der nicht wußte, wohin er sich nun wenden sollte, um schnell hinter sich zu bringen, was wie ein Trümmerhaufen von all seinen Träumen geblieben war.

„Veitl", begann sie nun ruhig, und es klang, als wäre sie die Mutter, die einen unerfahrenen und unwissenden Buben zu belehren hatte, „ich versteh dich schon. Du bist mir net zuwider, bist mir wie ein Freund und ein guter Bekannter — aber zum Heiraten? Weißt — und das mußt du verstehen — ein junges Dirndl stellt sich halt seinen Hochzeiter anders vor. Du kannst ja nix dafür, aber —"

„Hast recht", unterbrach der junge Ameis sie rauh und wandte sich ab, um ihr nicht mehr ins Gesicht sehen zu müssen. „Es war ja nur eine Frage."

Unschlüssig und stumm standen sie, und die Birken säuselten leise im Nachtwind. Die Grillen zirpten aufgeregt.

Gingen denn diese unseligen Minuten überhaupt nicht zu Ende, und warum stand er wie festgenagelt und fand das letzte Wort nicht mehr?

„Gute Nacht", flüsterte schließlich die Zenzl, sah ihn noch einmal scheu von der Seite an und lief davon. Im

Mondlicht sah er ihr nach, wie sie den Weg zurück zum Simandlhof rannte und hinter den Stauden verschwand. Dann starrte er gegen die Mondscheibe, die zwischen den Birken hing, sah wieder auf den Fleck, auf dem sie gestanden hatte, und fand den Anfang zum Weiterdenken nicht. Das Feuer, das tagelang in seinem Herzen gebrannt und ihm die Zukunft hell und froh erleuchtet hatte, war jäh ausgelöscht, und in der plötzlichen Leere fand er sich nicht mehr zurecht. Er griff sich besinnend an den Kopf und fing zu gehen an wie ein Träumender, den Birkenberg aufwärts bis zu den Feldern unterm Kobelwald. Vor den Mond hatte sich eine Wolke geschoben, und das Düster fiel ihm auf. Er ging an seinem großen Kornacker entlang und streifte mit der Hand die Ähren, daß sie leise rauschten und wisperten. Ein langstieliger roter Mohn blieb in seinen Fingern, und er zerdrückte ihn.

Er kannte sich selber nicht mehr. Was soeben geschehen war, vermochte er der Zenzl nicht nachzutragen, nur gegen sich selbst empfand er jetzt einen Zorn. Aus diesem unsinnigen Traum war er nun erwacht, und es war ganz recht so. Ein böser Traum mußte es gewesen sein, denn sonst hätte er daran denken müssen, daß der bucklige Veit Ameis nicht einfach verlangen konnte, daß ein junges Dirndl übersehen sollte, welch jämmerlichen Menschen sie vor sich hatte.

Er hatte ja nun die Antwort bekommen, wie sie seiner Frage gebührt hatte, und einem solchen Esel gehörte auch eine solche Decke. Aber weh tat das, brennen tat es wie ein Messerstich oder als ob eine starke Faust sich um sein Herz schlösse und es zusammenpreßte.

Ohne auf den Weg zu achten, stolperte er weiter, quer

über die taunassen Wiesen und die krummen Feldraine, und als der Mond wieder hinter der Wolke hervorkam, stand er vor dem Felderkreuz der Ameisbauern und vor dem grauen Totenbrett seines Vaters, das aufrecht in der Reihe der faulenden und schiefhängenden Ahnenbretter stand. Die seltsame geisterhafte Ruhe um das aufragende Holzkreuz berührte den aufgewühlten Veitl nicht. Die Totenbretter riefen die Vergangenheit wach. Breitspurig stellte er sich vor dem Totenbrett des Vaters auf und schob den Hut ins Genick. Es überkam ihn wie ein Rausch. Die Fäuste in die Seiten stemmend, als hätte er jemanden vor sich, mit dem er abzurechnen hätte, starrte er eine Weile düster auf den verwaschenen Namen, der einmal den Ameisbauer bedeutet hatte, las murmelnd „Durch einen Unglücksfall —“ und redete rauh und heiser:

„Vater, weißt du überhaupt noch, was du angerichtet hast? Du! Ameis! Weißt du, was du deinem eigenen Buben angetan hast? Zu einem Krüppel hast du mich gemacht — zu einem abscheulichen Menschen! Zertreten hast du mich wie einen Wurm, und das Herz hast du mir auch verkrüppelt.“

Er war ins Schreien gekommen und horchte erschrocken auf den Widerhall aus dem Kobelwald. War das seine Stimme gewesen? Warum war es plötzlich so unheimlich und scheusam an diesem Ort?

„Der Herrgott mag dir verzeihen — ich kann es net“, stöhnte er.

Da fiel polternd ein Totenbrett zu Boden, das morsch am Kreuze gelehnt hatte, und wie ein Seufzen klang das Zerbrechen des mürben Holzes. Entsetzt sprang der junge Mann zurück und stierte auf die Brettergruppe, die wie eine Schar betender und bittender Menschen, als dunkle Schatten um das Kreuz standen.

Einen Schreckensschrei ausstoßend, sprang er zurück.

„Heilige Maria!“

Die Arme über den Kopf schleudernd, als wollte er einen Schag abwehren, der ihn gerechterweise treffen mußte, raste er davon, überschlug sich auf dem Feldweg, hörte seine eigenen Schritte und glaubte sich verfolgt, rannte durch ein Kornfeld, daß ihm die Halme das Gesicht peitschten, und ließ sich auf der Hauswiese vor dem Ameishof, völlig außer Atem, keuchend ins Gras fallen. Die Furcht schüttelte ihn und trieb ihn wieder hoch. Er schlich ins Haus und schob sich zitternd und auf Händen und Füßen die Bodenstiege hoch. Erst als er sich in seiner Kammer eingesperrt hatte, kam er zur Ruhe, und keuchend warf er sich auf sein Bett. Die Mondscheibe hing wie ein spottverzerrtes Galgenvogelgesicht an der Fensterscheibe.

Diese Nacht schloß er kein Auge.

Am nächsten Morgen, einem schön beginnenden Sonntag, warteten sie in der Stube drunten vergeblich auf ihn.

„Ist fort gewesen. In der Nacht hab ich ihn heimkommen hören, weiß aber nimmer, wie spät es war“, meinte der Großknecht.

„Dann warten wir nimmer“, sagte die Bäuerin. Sie tranken schweigsam den Kaffee und hatten die gleichen Gedanken.

Erst zum Mittagessen nahm die Ameisin den Besenstiel und klopfte gegen die hölzerne Stubendecke, das Zeichen, mit dem sie den Veitl täglich zur Arbeit weckte.

Er kam dann auch, übernächtig und mit dunklen Augenringen, nahm wortlos am Tisch Platz und sah weder seine Mutter noch den Sepp an.

Bäuerin und Großknecht wechselten heimlich besorgte Blicke. Wortlos verließ der Veitl nach dem Essen wieder die Stube und stieg in seine Kammer hinauf.

„Bäuerin", vermutete der Sepp, „da ist was gewesen, heut nacht, das hat ihm zugesetzt. Ich meine, der hat sich drüben einen Korb geholt, und wer weiß, wie das zugegangen ist." Er deutete mit dem Daumen in die Richtung des Simandlhofes. Sie verstand ihn wohl und seufzte:

„Was wird der Veitl noch für einen Kreuzweg gehen müssen, bis er einmal alles überstanden hat! Wenn mit mir einmal was sein sollte, Sepp, dann mußt du bei ihm bleiben, das mußt mir versprechen."

„Was sollte denn mit dir sein!"

„Oft ist mir, als tät alles davonschwimmen und sich in mir alles auflösen. Das Herz will halt nimmer recht."

Gegen Abend hielt sie es nicht mehr aus und ging die Stiege hinauf. Sie klopfte an die Kammertür, und als er nicht antwortete, trat sie ein. Der Veitl saß auf dem Bett und hatte den Kopf in die Hände gestützt. Bei ihrem Eintritt sah er auf und erwiderte ihren forschenden Blick mit einem kargen Lächeln, das traurig in seinem verhärmten Gesicht stand.

„Was ist, Bub?"

„Mir ist was unterlaufen, Mutter, und das hat mir ein wenig zu schaffen gemacht. Ist aber schon wieder vorbei."

Sie verstand ihn und sagte nichts mehr. Was hätte sie auch sagen sollen? Waldleute mußten die schweren Dinge immer mit sich selber ausmachen. Dabei war ihnen nicht zu helfen.

„Es ist Zeit zum Essen“, sagte sie schließlich leise, und er hörte aus ihrer Stimme, was sie gerne in Worten noch gesagt hätte: Wir wären halt auch noch da.

„Ist schon recht, Mutter, gleich komm ich.“

Er hatte seine Ruhe wiedergefunden, doch eine herbe Falte mehr hatte sich um seinen Mund gebildet, und die Augen hatten den Glanz verloren. Er streckte sich und bildete sich ein, daß sein Herz nun wieder freier schlüge in der engen Brust.

Was war es denn gewesen? Doch weiter nichts als ein bißchen Einbildung, eine Täuschung! Das sollte den künftigen Ameisbauern nicht beugen.

Er lachte, überlaut. Das hatte er hinter sich, und die Zenzl sollte sich nur ihren geradegewachsenen und sauberen Hochzeiter suchen. Ihm sollte das nichts mehr ausmachen. Vielleicht gab es doch noch irgendwo eine, die mehr Herz und Verstand hatte als diese dumme Gans. Eigentlich war ihm recht geschehen, und wer weiß, wozu diese Enttäuschung gut war. Was wäre denn das für ein Leben, wenn er eine schöne Bäuerin hätte, die vielleicht von der Bauernarbeit gar nicht viel wissen wollte?

Vielleicht war er gerade noch gut davongekommen und hätte später einmal diese wundersame Mondnacht, die ihn so durcheinandergebracht hatte, bereuen müssen.

Trotzdem folterte ihn eine Vorstellung, und ihm war, als wäre er auf einer öden Insel zurückgeblieben, während sein Traumschiff vom Glück mit den weißen Wölkchen am Himmel davonsegelte.

„Ich habe ja noch eine Mutter — eine gute Mutter“, redete er sich zu.

3

Ein halbes Dutzend Jahre waren wieder über Steinöd gegangen.

Das Tal und die Hänge prangten in den Farben des Vorsommers. Es war der Tag vor Fronleichnam, und die jungen Männer holten aus dem Wald Birken und schmückten damit die Häuser. Die Mädchen banden Kränze und hingen sie an die Hauswände. Es waren keine Vorbereitungen wie zur lustigen Feier der Kirchweih oder eines anderen weltlichen Festes, sondern man zierte eifrig und besinnlich den Ort für den Tag, da der Pfarrer, gefolgt von der ganzen Gemeinde, feierlich das Allerheiligste über die Fluren und durch das Dorf tragen würde.

Auf dem Ameishof nagelte der Großknecht frischgrüne Birkenbäumchen an die Holzwand des Hauses. Auf der großen Hausaltane blühten und glühten die vielen Nelken, herzbraun, mit hängenden Köpfchen, und ihr feiner Geruch lockte die Bienen. Die Ameisin band in der Stube aus kleinen Birkenästchen die Kränzlein, die zur Weihe getragen wurden, um dann, in Stall und Stube aufgehängt, Segen unter das Dach zu bringen und das Unglück fernzuhalten.

Für den Ameishof war es jeweils ein großer Tag.

Jeden Fronleichnamstag, nach der Vesperandacht, zogen seit altersher die Steinöder noch einmal aus, um wallfahrend und betend zur „Bauernmarter“ im Kobelgrund zu gehen und dort für ihre Ahnen zu bitten. Das Holzkapellchen für diesen Tag besonders herzurichten, war immer schon Sache der Ameishofer gewesen. Das selber zu tun, hatte sich die Ameisin nie nehmen lassen. Der Wäschekorb voller Feldblumen, mit den alten zinnernen Kerzenleuchtern und dem rotgläsernen Weihwassergeschirr stand schon bereit, und noch vor dem Mittag dieses Vortages sollte das Kapellchen geschmückt werden.

Die Ameisin war schmal und grau geworden, und als sie vor die Haustür trat, zog sie fröstelnd die Schultern ein, als wäre es Winter und nicht der schwelendheiße Tag vor Fronleichnam.

„Ist mir gar net gut heute“, meinte sie zum Großknecht, „grad als tät ich frieren.“

„Bleib halt da, Mutter, dann gehen wir zwei hinauf“, riet der Veitl.

„So ist es auch wieder net“, lächelte sie. „Die Marter hab ich alle Jahr gerichtet, tu ich es also auch heuer wieder.“

Sie nahmen den Wäschekorb auf und gingen den Felderweg hinan zum Kobelwald. Der Sepp sah ihnen, mit der Hand die Augen schattend, nach, und die zurückgebliebene Stille um den Hof fiel ihm auf.

Scheu sah er sich um und dachte bei sich: Ich werde halt auch schon wunderlich. Ist ein heller Tag, und mir ist, als müßte der Bauer aus dem Haus oder dem Stadel kommen. Daß ich grad heute alleweil an den Bauern denken muß! Der Herr lasse ihn ruhen in Frieden!

Auf der Höhe verschwanden die Ameisin und der Veitl, den Korb tragend, zwischen den Kornfeldern.

Wie sie sich dahinmühte, als zöge der Boden sie an, gebückt und taumelnd, abgearbeitet und krank! Die Bäuerin wurde schier von Tag zu Tag weniger, und auf ihn, den Großknecht, wollte sie halt nicht hören, wenn er ihr riet, einmal zum Doktor in die Stadt zu gehen.

Wie das noch werden sollte auf dem Ameishof?

„Wenn sich der Bub nun endlich einmal um eine Bäuerin umschauen tät, ich glaube, ich mache es nimmer lang", hatte die Bäuerin am Morgen noch gesagt.

Seit nun schon vor Jahren, der Veitl sich in die Basl des Simandl vergafft hatte und daraus nichts geworden war, hatte er sich schon gar nicht mehr um die Weibsleute gekümmert. Nun war der Hof wieder aus den Schulden, und der Bub könnte sich die Seinige auch unter den armen Leuten suchen. Aber er tat nichts, und man durfte mit ihm nicht einmal davon reden, daß es Zeit wäre, eine junge Frau auf den Hof zu bringen.

Gar so eigenwillig waren sie, die Ameis. Dickschädlig waren sie, und warum sollten sie auf einen alten Knecht hören?

Bekümmert sah indessen der Veitl immer wieder nach seiner Mutter, die oft verhalten und verschnaufen mußte. Fahl im Gesicht, rastete sie auf einem Steinblock am Weg, und er stand dabei und meinte:

„Laß dir nur Zeit, Mutter."

„Gar nimmer erschnaufen kann ich es, und das Herz schlegelt, als möcht es herausfallen", klagte sie leise.

Er sah sie bange an, und sie fuhr fort: „Ist halt nix mehr mit so einem zusammengeschundenen Körper. Und wenn man schon auf den Siebziger zugeht, da laßt alles aus."

Unter ihnen im Hang steckte das Dach des Ameishofes und schäubten sich die Bäume um das Haus. Wie ein blitzender Glasscherben glänzte die Hausschwemme in der Wiese. Die Hänge mit den gelben Löwenzahnteppichen schwangen sich zum Dorf hinunter, wo die bunten Flecken der Ziegel- und Schindeldächer, wohltuend unterbrochen von den mächtigen Kronen alter Lindenbäume, in der Sonne glasten. Darüber hinaus ging der Blick zu den Waldbergen, gefleckt im hellen und dunklen Grün und überspannt von einem herrlich blauen Himmel.

„So schön ist es bei uns“, sagte die Ameisin mehr zu sich selbst, „so schön, daß einem das Herz weh tut, wenn man daran denkt —“

Woran dachte sie?

„Am allerschönsten ist doch unser Sacherl.“

„Da hast du wohl recht“, pflichtete der Veitl ihr zerstreut bei. Was hatte die Mutter heute? So hatte sie schon lange nicht mehr dahergeredet. Grad, als hätte sie etwas Besonderes zu sagen und wollte das nur auf Umwegen tun. Ehrfürchtig betrachtete er das zerfurchte Gesicht der Alten mit dem weißen Haar, das sich etwas strähnig unter dem Kopftuch hervorschob.

Nun sah sie den Buben voll an. „Solltest halt doch bald heiraten“, sagte sie bittend.

Das war es also, was sie bedrückte und was sie ihm sagen wollte. Lange hatte sie mit ihm nicht mehr vom Heiraten gesprochen, heute aber machte sie es so ernst und so dringend.

„Es geht mit mir nimmer lang, Veitl, ich kenn es — mittendrin kann es mit mir einmal aussein. Wär halt gut, wenn du vorher noch heiraten tätest — ich möchte die schon noch sehen, die nach mir auf dem Hof ist. Mit fremden Leuten kannst net wirtschaften."

„Brauchst dich net zu sorgen, Mutter, ist ja der Sepp auch noch da." Er zog einen Grashalm vom Wegrand und kaute daran. Eine helle Röte fuhr ihm in die Wangen, und fast heftig stieß er hervor: „Meinst du, daß sich eine finden läßt, die einen Bestraften heiraten will?"

Niedergeschlagen schwieg sie, saß zusammengesunken auf dem Stein und hatte die Hände gefaltet.

Der Bub hatte keinen Glauben an die Zukunft. Und so leicht war es nicht, ihm diesen zu geben. Die Mutter konnte das nicht, aber wenn doch einmal ein Dirndl käme, das diesen guten Burschen verstehen könnte — ja so ein Dirndl brächte das fertig.

Sie stand auf und faßte wieder den Korbhenkel. Schweigend stiegen sie wieder bergan. Vor den Totenbrettern der Ameishofer unter dem Feldkreuz blieben sie stehen und verweilten eine Vaterunserlänge. Deutlich war noch der Vers zu lesen, der unter Namen und Todestag des letzten Ameisbauern hingemalt war:

„O Herr, verzeih, was Unverstand
und schwacher Geist gesündigt haben.
Sein Los liegt nun in Deiner Hand,
sein Schuld, die ist mit ihm begraben."

Die Ameisin atmete erleichtert auf, als sie weitergehend in den kühlen Schatten des Kobelgrundes kamen. Ihren zähen Gedankengang hatte sie nicht aufgegeben und ließ ihn nun wieder laut werden.

„Umschauen solltest dich halt, Veitl, vielleicht ist es gut, wenn du einmal herumgehst in den anderen Dörfern. Man kann ja nix verreden. Urdings kann dir eine begegnen, die zu dir paßt. Alleweil gehören auf dieser Welt zwei Menschen zusammen, alleweil sind zwei füreinander bestimmt, aber zusammenkommen müssen sie halt, sehen müssen sie sich."

Er wußte darauf nichts zu sagen, und bekümmert gingen sie weiter. Er verstand sie wohl, sie sorgte sich halt um ihn und den Hof, aber wenn das so einfach wäre! Hatte er denn nicht selbst schon mehr darüber nachgedacht, als die Mutter vermeinte? Vielleicht gäbe es eine, die alles übersehen wollte, wenn sie nur Ameisbäuerin werden konnte? So eine wollte er nicht. Ein Weib mußte man ein Leben lang ertragen können, sonst ging es daneben. Er hoffte doch selber, daß ihm einmal eine unterkäme, die eine gute Bäuerin wäre. Eine Hauserin brauchte er und keine Verzehrerin. Und so dachte auch die Bäuerin weiter, als sie sagte:

„Kann auch ein armes Luder sein, Veitl, wenn sie nur arbeiten will und das Hausen versteht."

„Ich schau mich schon einmal um", wehrte er unwirsch ab, und da sagte sie nichts mehr.

Sie waren bei der Bauernmarter angelangt. Die düstere Umgebung, die alte Kapelle mit dem hölzernen verfallenen Laufgang um die Außenwände hatten die Ameisin immer scheu und still gemacht. Die Tür schrie und knarrte in den Angeln, als der Veitl sie öffnete, und die modrige Luft der feuchten schimmligen Mauern schlug ihnen entgegen.

„Gar so duster ist es da herinnen und so scheusam, daß man sich schier fürchten möchte", flüsterte die Ameisin und schauerte zusammen.

An den kleinen Fensterchen hatten Spinnen ihre Netze gezogen, und diese hingen, schwer und grau vom Staub, wie Trauerfahnen an den Scheiben, zogen sich auch überall in den Ecken von Wand zu Wand. Staub lag auf dem Altar, über den blaßroten Papierblumen und auf den Schultern der Muttergottes. Grünschimmlige Flecken hatten sich in den Kalk gefressen. Schweigend begannen sie, das Innere zu säubern. Dann richteten sie die Feldblumen in die Krüge, stellten die blankgeputzten Kerzenleuchter auf, und das Kapellchen wurde bunt und freundlich. Hinter die Tafeln an den Wänden steckte der Veitl Tannenzweige und betrachtete dabei kopfschüttelnd die schrecklichen Bilder aus der Pandurenzeit. Drastisch und blutrünstig war die Darstellung, wie man seinen Urahn, den wackeren Ameis, an den Baum nagelte. Ungelenk und plump waren die Figuren gemalt, wirkten aber so eindringlich, daß dem Veitl das Schaudern kam. Sooft er diese Bildtafeln auch schon gesehen hatte, immer wieder flößten sie ihm ein Grauen ein.

„Was müssen das für Leute gewesen sein!" sagte er.

Die Ameisin hatte sich schwer atmend auf die wacklige Betbank gesetzt und sah sich mit seltsam glänzenden Augen in dem kleinen Raum um.

„Ist wohl net schön zum Anschauen, aber — was wär gewesen, wenn sich unsere Alten net so gewehrt hätten? Vielleicht wär heut auf dem Ameishof kein freier Bauer mehr. Sind harte Zeiten gewesen, und wenn man diese Bildl anschaut, müßt man eigentlich alle Stund dem Herrgott danken, daß uns so was erspart geblieben ist, und ihn bitten, daß nie wieder so eine unselige Zeit über Steinöd kommen möge. Aber die Leute denken ja heute gar nimmer daran.

Sie leben in den Tag hinein, als müßte es auch ohne Gottes Hilfe alleweil so gut weitergehen, und als könnte überhaupt nix mehr über sie und ihre Höfe kommen."

Verwundert sah der junge Ameis seine Mutter an. Über ihrem Gesicht, das so seltsam blaß geworden war und auf der Stirne glänzenden kalten Schweiß trug, war ein fremder Schein. Sie wandte sich der Muttergottes und der sonderbaren Heiligenfigur zu, die einen rauflustigen Bauern darzustellen schien.

„Die da, die alten Steinöder, haben sich net unterkriegen lassen. Das merk dir, Bub. Wenn es auch einmal ganz hart hergeht im Leben, wenn die Arbeit so schwer wird, daß die Haut in Fetzen von den Händen hängt und der Kopf vor lauter Schinden nimmer klarwerden will, wenn Blitz und Hagel alles zusammendreschen, was wäre, wenn da der Bauer den Mut verlieren täte und die Arbeit liegen ließe? Er muß alleweil wieder anfangen. Kann sein, wie es will, und kann kommen, wie es will, ein Bauernleut muß sagen können, wenn es einmal vor den Herrgott hintreten muß: Ich hab meine Sach gemacht, wie es sich gehört, hab mein Glück und mein Unglück ertragen."

„Wirst wohl recht haben, Mutter."

Sie schwieg und sann, die Hände gegen die Brust drükkend, vor sich hin. Er ordnete die letzten Blumen auf dem Altar und steckte die Kerzen in die Leuchter. Draußen sangen die Waldvögel auf den Bäumen, und die Bienen summten um die Kapelle.

Ein verlorener Sonnenstrahl leuchtete durch das dichte Geäst und fand durch das Fenster zu den Feldblumen und dem Bauernheiligen.

So sonderlich schien ihm heute das Gerede der alten Mutter und ihr ganzes Gehaben. Er störte sie nicht, und sie kauerte zusammengesunken auf der Betbank, den Kopf in die Hand gestützt. So still wurde es auf einmal in der Kapelle. Dann war ihm, als bewegte sich die Luft, und eine unbestimmte Furcht kam ihn an, kroch kalt über seinen Rükken. Da flüsterte wieder die Mutter hinter ihm, heiser und stockend:

„Veitl — oh — mir ist so schlecht."

Erschrocken wandte er sich um, da sank die Ameisbäuerin schon von der Betbank und schlug schwer auf den Boden.

Er sprang zu ihr und richtete sie auf. Mit einem letzten Seufzer entfloh das Leben der Katharina Ameis. Er lehnte sie an den Betstuhl. Über dem brechenden Blick ihrer guten Augen schlossen sich die Lider. In seinem Schrecken schrie er laut und gellend auf.

„Mutter!"

Entsetzt ließ er die Tote los, daß sie wieder auf den Boden sank. Er sprang auf und streckte die Arme abwehrend von sich. Die Augen quollen ihm aus den Höhlen, und fassungslos mußte er sich festhalten, um nicht umzufallen. Dann brach er in die Knie und ein rauhes Weinen schüttelte ihn und hallte in dem unheimlichen Bauwerk. Flatternd erhob sich, in seiner Ruhe gestört, ein Nachtvogel aus dem Balkenwerk unterm Dach und taumelte durch die offene Türe ins Freie.

Er sprang wieder auf, rannte aus der Kapelle und stürmte davon, zum Hof hinunter.

Der Sepp stand noch vor dem Haus und freute sich über

den Birkenschmuck und die roten Geranien auf den Fensterbrettern. Der Ameishof war für den Fronleichnamstag gerüstet. Das verzweifelte Rufen des Veitl riß ihn herum, und als der hilflos stammelnde junge Bauer vor ihm stand und ihm die Tränen über die verhärmten Wangen rollten, wußte der Sepp, was los war.

„Die Bäuerin!“

„Ja, die Mutter, droben ist sie — tot.“

Der Großknecht sah sich nicht mehr um. Mit langen Schritten ging er davon gegen den Kobelwald, greinte den Simandl, der ihm begegnete, an: „Die Ameisin liegt tot in der Bauernmarter droben!“ und ließ sich nicht weiter aufhalten. Vor der stillen, verlassenen Kapelle hielt er an und atmete tief auf.

„Oh, lieber Herrgott — die Bäuerin!“

Zögernd trat er ein, und ein kalter Schauer erfaßte ihn. Entgeistert starrte er auf die Tote! Im Zwielicht schimmerte ihr Gesicht weiß und verklärt. Die Knie hatte sie angezogen und die Hände in die Schürze verkrallt. Über ihr leuchteten auf dem Altar die blauen Vergißmeinnicht und der rote Mohn, der Flieder und der gelbe Löwenzahn.

„Oh, Bäuerin — gute Bäuerin!“ ächzte er. Die Hände löste er von der Schürze und legte sie auf ihrer Brust zusammen.

„Da muß man ja was tun“, sagte er, nur um sich reden zu hören und die schauerliche Einsamkeit zu überwinden. Er zündete die Kerzen an, schob der Toten einen Rest verbliebener Tannenäste unter den Kopf, und nun lag sie wie eine friedlich Schlafende.

Hastende Schritte kamen auf dem Weg und näherten sich zaghaft der Kapelle. Banges Flüstern, und durch die Tür sahen mit furchtgeweiteten Augen die Simandlbäuerin und ihre Dirn. Erschöpft und schwer atmend folgte der Simandl.

„Nachbar, die Bäuerin hat es überstanden — muß ein Herzschlag gewesen sein — hat heut früh schon geklagt wegen dem Herzen“, flüsterte der Sepp, und die hellen Tränen rannen ihm über die Wangen. Die Weibsleute jammerten, und als der Sepp meinte, sie sollten dableiben, bis man eine Trage geholt habe, wehrten sie erschreckt ab.

„Wir machen das schon“, entschied der Simandl und ging mit seiner Bäuerin und der Dirn fort. Nun war der Großknecht wieder allein.

Mußte ja doch der Veitl auch bald wiederkommen. Er hatte sich nimmer um den Buben gekümmert. Wird wohl ins Dorf gegangen sein, um Hilfe zu holen. Er setzte sich auf die Betbank, faltete die Hände und sah auf die Ameisin nieder.

„Hast deiner Lebtag nix Gutes gehabt, Bäuerin, jetzt hast wenigstens deine Ruhe und deinen Frieden. Bist ein so braves und duldsames Bauernleut gewesen. Daß du jetzt gehen mußt, ist freilich hart für den Veitl, aber den schönen und schmerzlosen Tod — das stille Einschlafen hast du verdient.“

Auf das dichte eisgraue Haar des treuen Knechtes schien die Sonne durch das Kapellenfenster. Die zerarbeiteten Hände faltete er und horchte in die unerträgliche Stille. Es mußte schon die Mittagsstunde sein, weil der Wald gar so ruhig und verlassen war und kein Vogel sang. Draußen, unter dem verfallenen Umgang, raschelte es einmal, wohl eine Schlange, die vom heißen Tag aus ihrem Schlupfwinkel gelockt wurde. Eine Fliege schoß summend durch die Tür und verfing sich unterm Dachgebälk in einem Spinnennetz. Der Sepp sah zu, wie sich das Tierchen immer mehr in den Fäden verstrickte, bis sein hohes Singen erstarb. Eine große Spinne stelzte aus dem Dunkel, faßte die Fliege und zog sie in ihren Lauerwinkel zurück.

So ist es auf der Welt — hat jedes sein eigenes Schicksal.

Der Großknecht spann zwischen Beten und Grübeln seine Gedanken. Alles rennt selber seinem Ende zu. Da mußte diese Fliege in das Dunkel der Kapelle fliegen, um ihren Tod zu finden. War so ein eigenes Werk, diese Welt und ihre Natur, daß man es gar nicht aussinnieren konnte. Kommt alles, wie es kommen muß, und da meint der Mensch, es hinge soviel von ihm ab, tut, als wäre er selber Herr. Da denkt so ein alter Bauernknecht anders. Auch er kann die Rätsel nicht lösen, aber er weiß, daß er zur Arbeit da ist und, wenn der Beindlkramer winkt, gehen muß, und dann ist es nach kurzer Zeit so, als wäre er gar nicht gewesen ...

„Aber was oft ein Mensch durchmachen muß, bis er es hinter sich hat —"

Er mußte reden, sonst hätte er das Alleinsein mit dem Tode nicht mehr ausgehalten. Die Kerzen knisterten und ihr Brandgeruch stand wie Weihrauch im kleinen Raum. Er konnte die Tote nicht mehr ansehen, weil ihm zumute war, als müßte sie doch noch etwas fragen oder sagen. Mit einem scheuen Blick rückwärts trat er ins Freie. Mit dem Handrükken wischte er sich die Augen und atmete in der frischen Waldluft tief auf. Er suchte das Fleckchen Himmelsblau zwischen den Baumwipfeln.

Was wird mit dem Veitl? Sie ist ihm alles gewesen. Sie hat sich den Himmel verdient, und wenn man das net wüßt, dann hätte ja das Leben überhaupt keinen Sinn mehr. So ein armes Leut rackert und schindet sich zusammen und hat so wenig Freud sein Leben lang, und dann wäre das mit einem kleinen Atemzug aus? Drum muß es was geben, eine andere und eine schönere Welt, wo einem zugeteilt wird, was er sich hier verdient hat an Gutem und an Bösem.

Auf der Waldstreu raschelten die Schritte der Männer, und ihnen voran kamen der Veitl und der Simandl. Der junge Ameis weiß wie ein Leintuch, der Simandlbauer stumm und verschlossen, im hilflosen Mitleid. Sie brachten die Trage, auf die sie die Tote legten und schweigend zum Ameishof hinuntertrugen. Das Haus war festlich für den kommenden Tag geschmückt, ein seltsamer Gegensatz zu dem Leid, das mit der Toten einzog.

Als der Tag zu Ende ging, lag die alte Ameisbäuerin auf dem Brett in der Stube aufgebahrt, und die Ruhe einer sorglos Schlafenden, die Heiterkeit der erlösten Seele lag über dem eingefallenen Gesicht unter dem schwarzen Kopftuch. Ein Leinentuch deckte die eingesunkene Gestalt, die schmal und klein geworden war, und die weißen Finger schlossen sich um den Rosenkranz.

Der Sepp kümmerte sich um das Vieh und störte den Veitl nicht, der unbeweglich und mit rotgeweinten Augen nicht von seiner Mutter wich.

Bis der Sepp ihn gemahnte, ein anderes Gewand anzuziehen, weil doch bald die Nachbarn zum Aufbleiben kommen würden, und auch ein weniges zu essen.

„Ist halt einmal so auf dieser Welt“, meinte er tröstend, „alle müssen wir einmal fort — und du hast doch auch gewußt, daß die Mutter net alleweil bei dir sein kann.“

„Es ist halt hart, Sepp, so hart —“

Die Nacht kam, und die Stube füllte sich mit Nachbarn und Bekannten aus dem Dorf. Sie beteten bis Mitternacht, dann hielten der Veitl und der Großknecht der Ameisbäuerin die Totenwache bis zum Morgen.

„Frei und stolz ist das Bauernleben, hat die Bäuerin oft gesagt", erinnerte der Sepp flüsternd, „seit der Bauer nimmer gewesen ist, hat sie am Hof und an der Arbeit viel Freude gehabt. Aber sie hat auch gesagt: Oft ist das Bauernleben wie ein Kreuzweg —"

„Und eine Station kommt nach der andern", stöhnte der Veitl.

Man weiß im Waldland oft nicht, woher die Leute zum Begräbnis kommen und was sie herführt. Oft hat man schon einen der Angesehenen und Reichen begraben, und man konnte die Leute zählen, die ihn auf seinem letzten Weg begleiteten, als man aber die Ameisbäuerin von Steinöd begrub, die doch so einschichtig und bescheiden gelebt und keine Zeit gefunden hatte, sich viele Freunde zu erwerben und zu erhalten, da kamen sie von weither, und Freithof und Kirche konnten die Trauergäste nicht fassen.

Unter ihnen war auch die Basl vom Simandlbauern, gealtert und verbittert. Sie hatte einen Holzhändler geheiratet, der sich herumtrieb und lieber mit anderen Frauenzimmern abgab, als sein Weib in Ehren zu halten. Als sie dem Veitl die Hand drückte, brachte sie kein Wort hervor und ging wie eine Geschlagene davon.

4

Über Steinöd rollte die Zeit im ewigen Gleichmaß. Sie brachte dem Ameisbauern mehr Sorgen als Freude und rief ihn immer wieder zu seinen Pflichten, zu Saat und Ernte. Um Segen bittend, baute er das Korn in die Erde, und mit Dank brachte er es im Herbst in die Scheune. Jeder Morgen rief ihn zur mühseligen Arbeit, und der Abend ließ ihn todmüde auf sein Lager sinken. Der verunstaltete Körper wollte sich nicht abringen lassen, was einem gesunden und geradegewachsenen Menschen noch lange keine Last war. Doppelt verpflichtet fühlte er sich nun dem Hof, da er der Bauer war und für das Erbe der Ameis verantwortlich sein mußte.

Er war noch stiller und verschlossener geworden seit dem Tod der Mutter. Seinen alten Knecht verehrte und achtete er, als wäre dieser sein eigener Vater. An den Schläfen des treuen Sepp waren die grauen Haare schlohweiß geworden, aber immer noch stand er seinen Mann, und seine unbändige Kraft hatte ihn noch nicht verlassen. Der junge Bauer unternahm nichts und schaffte nichts, ohne den Sepp zu fragen. Auf dem Hof war eine Hauserin aufgezogen. Eine Weile stand ihr eine jüngere Dirn zur Seite, die aber wieder aus dem Dienstverhältnis gegangen war, um einen Bauernknecht zu heiraten.

Man hatte sich auf dem Ameishof beholfen, bis das Bestellen der Felder die Mannsbilder wieder im Freien beschäftigte und deshalb im Haus und Hof die Kleindirn fehlte.

Zu dieser Zeit kam die Annamirl auf den Ameishof.

Der Veitl und der Sepp waren gerade dabei, den Bergacker aufzureißen für die neue Saat. Während der junge Bauer das Gespann führte, stemmte der Sepp sich in den Pflug und drückte die Schar in die dampfende Erde, daß sie auf dem Steingrund knirschte.

Das Feld hauchte noch die Kälte des Winters aus, und kühl zog der Wind noch von den Bergen, die den Gipfelschnee wie eine weiße Haube zeigten. In Steinöd aber wollte der Frühling schon seinen Einzug halten.

Die ersten Lerchen jubelten in den Vormittag, und der Bauer verfolgte ihren Stieg zum Himmel.

Ochsentreiben vor dem Pflug war als Bub auch immer sein Geschäft gewesen. Hin und her, hundertmal und noch öfter über das Feld, auf dem sich Furche um Furche umlegte. Kommt keine neue Arbeit in so einem Bauernleben, dachte er, alles hat man schon einmal getan. Bleibt sich so ziemlich alles gleich, die Natur, und auch so hatte sich nicht viel geändert. Und doch schien ihm, als läge etwas in der Zeit, etwas Neues. War es der Jahresanfang, war es das Hoffen auf den neuen Sommer? Nie gehen die Jahre vorüber, ohne etwas umzugestalten, wenn man es auch nicht merkt. Über ein Jahrzehnt und zwei, da hat die Heimat ein anderes Gesicht. Der Meindl hat sich ein neues Haus gebaut, protzig stand der Ziegelbau mitten im Dorf. Der Alte hätte es ja nicht zugegeben — aber die jungen Leute halt, wenn die ans Ruder kommen . . .

Als Bub hatte er vom Bergacker aus noch die Gred und die Haustüre des Hofes gesehen und heute hatten sich die Kirschbäume und die alten Apfelstämme so breitgemacht, daß sie die Aussicht auf das Haus völlig verdeckten.

Das Schindeldach auf dem Haus hatte noch der Vater neu machen lassen. Jetzt war es schwarzgrau vor Verwitterung, und der Regen suchte schon durch die Ritzen. Im Herbst mußte es gerichtet werden, eine gute Ernte würde das schon abwerfen.

Ja, ja, grübelte er vor sich hin. Das Bestehende wird alt und fällt. Neues muß einmal geschaffen werden. Und damit sollte auch immer ein neues Leben aufziehen. Heute sind halt ganz andere Leut im Dorf wie damals; die damaligen hat man schon alle zusammengetragen im Freithof bei der Kirche. Wurde er nicht auch älter? Freilich — und ein gebrechlicher Körper merkt das gar bald. Wär gar kein Alter, vierunddreißig, so das rechte Mannesalter, aber ihm war, als hätte er die Fünfzig schon auf dem Rücken. Weiter wollte er gar nicht mehr sinnieren, denn das tat er sowieso zuviel, ohne daß er zu einem Ende kam. Was nützte das Spekulieren, was aus ihm und dem Hof werden sollte, wenn er es doch nicht ändern konnte oder wollte? Es war ihm nicht wohl dabei. Wenn einer sich nicht umtut, um eine Lebensgefährtin zu finden, dann —

Er fing zu pfeifen an und schob sich neben den Ochsen her, seine Aufmerksamkeit wieder dem schönen Frühlingstag zuwendend.

Das war doch eine Fremde, die da auf dem Feldweg heraufkam? Die war nicht vom Dorf, sonst hätte er sie kennen müssen. Ein Dirndl mit einem knallroten Kopftuch und einer weißen Bluse mit bauschigen Ärmeln unter dem schwarzen Brustleibl. Die war auf dem Umgang, weil sie ihr Kleiderbündel bei sich trug.

Sie wandten den Pflug zur neuen Furche, und nun sah auch der Sepp die Ankommende.

„Ist keine von da“, stellte auch der Sepp fest, „die will uns was, weil sie sich pfeilgrad zu uns hersteuert.“

Das schmächtige Dirndl schlenderte langsam und etwas unsicher über eine Ödung auf sie zu. Interessiert und unauffällig betrachtete der junge Bauer sie. Ein bildsauberes Dirndl, stellte er für sich fest. Er hielt das Gespann an, lehnte sich an den breiten Rücken des Handochsen und wartete. Was die wohl von ihnen wollte?

„Grüß Gott, ihr zwei“, sagte sie mit einer hellen und reschen Stimme, und man merkte, daß sie ihren ganzen Mut zusammennahm. Zuerst wandte sie sich an den Sepp und fragte: „Seid Ihr der Ameisbaüer?“

Der Sepp schmunzelte und deutete nur stumm mit dem Daumen auf den Veitl.

„Du bist der Ameis?“ meinte das Dirndl naiv und sah ihn kritisch an. Der junge Bauer nickte nur schweigend, und sie redete tapfer weiter: „Hab gehört, daß du eine Dirn brauchen könntest — und da möcht ich halt nachfragen —“

Innehaltend schaute sie, über und über rot werdend, von einem zum andern. Der Veitl wechselte einen Blick mit dem alten Knecht, und als dieser ihm zuzwinkerte, sagte er langsam:

„Ja, täten eine Dirn brauchen.“

Die Dirn sah ihn mit ihren kecken braunen Augen wartend an, und er fragte weiter:

„Wo bist denn her?"

„Von der Greinernäherin von Siebeneck bin ich das Dirndl. Die Mutter ist vor acht Tagen gestorben." Ein heißer Schimmer trat dabei in ihre Augen. „Und die Gemeinde verlangt, daß ich in Dienst gehe."

„Kannst denn die Bauernarbeit?" forschte der Veitl.

„Wird schon zu lernen sein."

Rasch und fast schnappig war die Antwort gekommen. Der alte Sepp zahnte belustigt und nickte. Dazu meinte er:

„Ja, eine Dirn könnten wir jetzt grad notwendig brauchen — und —"

Der junge Bauer verstand ihn. „Also, dann kannst ja gleich dableiben, gehe nur zur Hauserin hinunter, die wird dich schon einweisen", gab er ihr nun Bescheid.

„Dank schön", tat sie fleißig, drehte sich rasch um und ging zum Hof hinunter.

„Das Dirndl hat eine Schneid!" lachte der Veitl hinterdrein.

„Und bildsauber ist das Madl. Gar net grob, naja, probieren wir es halt mit ihr."

Auf diese Rede aber ging der Veitl nicht ein. Er wandte sich wieder den Ochsen zu und trieb sie an.

Die ist gerade nicht gebaut wie eine Bauerndirn, dachte er sich, und wird sich vielleicht hart tun mit der schweren Arbeit. Aber wo sollte sonst so ein Dirndl hin, wenn keine Mutter mehr ist?

Daß er sie genommen hatte, machte ihm nun eine heimliche Freude und erfüllte ihn mit dem Stolz, der einem guten Werk zukommt. Wenn sie sich gut anschickte, sollte sie es nicht schlecht haben auf dem Ameishof!

Sie hatten längst wieder ein weites Stück geackert und wohl schon ein dutzendmal die Feldlänge abgeschritten, da sagte der Sepp, so selbstverständlich, als wüßte er, daß auch der Veitl sich noch mit der neuen Dirn beschäftigte:

„Und ein Mundwerk hat die, gar net übel, die ist net auf das Maul gefallen!“

„So?“ tat der Bauer gelangweilt, was ihm einen belustigten Seitenblick vom Sepp eintrug. Als die Turmuhr im Dorf hastig elf Schläge abzählte, spannten sie aus und trieben heimzu.

Die Annamirl, die neue Dirn, half schon fleißig beim Füttern, als sie auf den Hof kamen, und zufrieden nickte der Sepp.

„Die hat es bald heraus, das ist keine Dumme.“

Beim Mittagstisch tat sie ungeniert, als wäre sie schon lange auf dem Ameishof eingewohnt, redete daher, daß die anderen über ihre Ungezwungenheit zu lachen hatten, und fing auch gleich nach dem Essen an, beim Abspülen zu helfen.

Mit der Annamirl war ein neues Leben auf den Hof gekommen, das spürte der Veitl, und das war ihm nicht zuwider. Lieber eine revierische und muntere Dirn, als eine, die alle halben Stunden ein Wort daherbrachte und bei der Arbeit auch nicht eiliger war als beim Reden.

Aus ihrem Dienstbüchl ersah er, daß sie Anna Maria Greiner hieß und dreiundzwanzig Jahre alt war. Gehalten hätte er das federleichte Ding für etwa siebzehn oder achtzehn Jahre. Grad ein schönes Alter, dachte er sich. Die würde bald wieder wegheiraten.

Das Dienstbüchl warf er in die Schublade und ging aus der Stube.

Draußen wartete das Tagewerk. Hier waltete die Hauserin, und die würde mit der Neuen schon auskommen.

Ein heißer Vorsommer mit Regennächten ließ Gras und Feldfrucht gedeihen, daß es eine Freude war. Noch vor Peter und Paul konnten die Steinöder mit der Altheumahd beginnen. Der Ameis, dessen Wiesen auf der Sonnenseite lagen, lud schon die ersten Fuhren zum Einfahren. Die Annamirl stand auf dem Wagen und baute das Fuder, der Sepp gabelte die Heubuschen auf, der Veitl und ein Häuslweib aus dem Dorfe rechten nach. Sie arbeiteten stumm ihrer Wege, schweißtriefend im heißen Tag und in der schwülen Luft, die unbeweglich im Tal stand. Rasch ermüdend, hinkte der Veitl dem Wagen nach.

„Gell, tust dich hart mit deinem Fuß. Tät halt ein bissel langsamer, muß ja net sein, daß der Bauer mehr schafft als seine Dienstboten", meinte die Annamirl mitleidig, und der Ton, in dem sie es sagte, zeigte, wie sie den Veitl bedauerte.

Der Bauer wurde rot bis über die Ohren und sah unwillig auf.

„Das ist meine Sach!" entfuhr es ihm grob, aber schon reute ihn die heftige Erwiderung. Mit einem Lächeln versuchte er, es wieder gutzumachen. Betroffen senkte die Dirn den Kopf und redete lange kein Wort mehr.

Ein leiser Groll wollte ihn ankommen. Mußte er sich schon von seinen Ehehalten bemitleiden lassen? Stand nicht gar zu oft Spott und Geringschätzung, sogar das Vergönnen hinter mitleidigen Worten? Er hatte das zu oft erfahren und konnte es nicht ertragen. Wenn einer so gestellt ist wie ich, der weiß, was oft hinter den Reden steht. So aber ist die Annamirl nicht, sprach ihm seine bisher gute Meinung von ihr zu. War ein gutes Ding und konnte ja nicht wissen, wieviel boshafte Nadelstiche er schon hatte hinnehmen müssen, wenn von seiner Verunstaltung gesprochen wurde. Er wußte, daß die Leute darüber nachdenken mußten, wenn er ihnen unter die Augen gehen mußte.

Mißtrauisch sah er auf den alten Knecht und das Häuslweib und wollte von ihren Gesichtern lesen, was sie sich jetzt dachten. Diese arbeiteten ruhig weiter, nur der Sepp hatte kurz aufgesehen und still gelächelt, als er sah, wie die Annamirl den Kopf hängen ließ.

Der Nachmittag ging zur Neige, und das Wetter schien nicht beständig zu bleiben. Da gab es keine Zeit zum Reden. Das Heu mußte unter Dach. Ein sonderbares fahlgelbes Wolkenhaus baute sich im Westen auf, wie ein frühes Abendrot. Schweflige Strähnen stießen in den Himmel, und in der Natur wurde es totenstill, als sie mit der letzten Fuhre zum Hof kamen.

Gleich nach dem Abendessen suchten sie die Betten auf, denn an Erntetagen war die Unterhaltung knapp, die Müdigkeit machte unlustig und drückte bald auf die Augen. Die Annamirl, die sonst am meisten redete, war heute auch still und verschlossen und ging als erste auf ihre Kammer. Der Veitl trat noch einmal vor die Haustür, um nach dem Wetter zu sehen. Die Wolkenbank hatte sich düsterrot gefärbt und stand wie ein drohendes Himmelszeichen geballt über dem Kobelwald, mit bleifarbenem Rücken, unheimlich still und unbeweglich. Stickigheiß war die Luft, und eine beklemmende Ruhe lag über den Hängen und dem Dorf.

Der Abend hatte keine Kühlung gebracht. In den einfallenden Dunstschleiern und der Dämmerung war das Dorf kaum mehr zu unterscheiden.

„Wird ein scharfes Wetter werden, ist kein Wunder, nach dieser Hitze“, murmelte er und schloß die Haustür ab. So unheimlich ruhig dünkte es ihn heute im Haus, und die heiße Luft drang von außen ein und erfüllte die Räume.

Er tastete sich in seine Kammer. Dort öffnete er das Fenster, zog sich aus und legte sich auf das Bett, ohne sich zuzudecken. Dennoch preßte ihm die Schwüle den Schweiß aus allen Poren.

Eine Unruhe ließ ihn nicht schlafen, und er grübelte über den vergangenen Tag. Warum war die Annamirl am Abend so schweigsam gewesen und ihm ausgewichen? Sicher hatte sie es gut gemeint, als sie ihn bedauerte, und er war daraufhin grob gewesen. Aber er konnte nicht anders. Alles konnte er ertragen, doch jede Anspielung auf seine körperliche Dürftigkeit, auf seinen hinkenden Fuß und den krummen Rücken, empfand er wie einen Nadelstich, der ihn schmerzte. Er brauchte und wollte kein Mitleid! Wenn es ihn auch hart ankam, er tat die Arbeit wie die anderen.

Grob hätte er gerade nicht sein sollen. Das Dirndl war gut, und seit sie im Hause war, hatte sich viel geändert. Keinen Augenblick war sie verdrossen, auch bei der schwersten Arbeit nicht, und wenn sie im Frohsinn ihrer Jugend plauderte und lachte, dann war es so heimelig auf dem Hof, wie es schon lange nicht mehr gewesen war. Der Sepp hatte sie ja bald in sein Herz geschlossen und hielt dicke Freundschaft mit ihr, schäkerte wie ein junger Bursche und nahm ihr an Arbeit ab, was er konnte.

Und wie sie sich eingearbeitet hatte, kaum zu glauben! Dem schmächtigen Mädel, das sich damals auf dem Acker vorgestellt hatte, hätte er das nie zugetraut.

Er wollte sie doch nicht verletzen. Das könnte er ihr eigentlich sagen. Die Müdigkeit drückte ihm endlich die Augen zu.

Draußen war es Nacht geworden, und die schwarzen Wolken über dem Kobelgrund waren in Bewegung geraten. Aus dem Tal dampfte die Hitze und wurde von ersten Windstößen fortgeweht. Es sauste leise um die Kirschbäume, und die Luft wurde kühl, fast eisig. Tiefer ging das Gewölk, und es wetterleuchtete.

Ein kalter Windstoß, der durch das offene Fenster in die Kammer fuhr, weckte den Ameisbauern. Ein greller Blitz blendete ihn, und die Kirschbäume rauschten auf. Der folgende Donnerschlag war so heftig, daß die alten Holzwände des Hauses erzitterten. Wie ein Böllerschuß knallte es um den Hof. Er stand auf und trat ans Fenster. Tiefe Dunkelheit deckte das Tal und die Berge, und wie ein Funken in einem finsteren Schlund leuchtete aus der Tiefe des Dorfes ein verlorenes Licht. Ganz plötzlich war es wieder unheimlich still, als hätte sich eine schützende Wand vor den Wind geschoben. Da drunten wachte auch noch jemand, war wohl ebenfalls vom ersten Donnerschlag aufgeschreckt und hatte Licht gemacht, um der Finsternis das Unheimliche zu nehmen. Bald würden mehr bange in die Nacht hinaushorchen und auf das Gewitter warten, das nun jeden Augenblick losbrechen mußte.

Der nächste Blitz flammte auf und riß die Dunkelheit für einen Augenblick vom Tal wie einen Vorhang. Die roten Ziegeldächer und der Kirchturm waren für einen Moment gestochen scharf aus der Nacht gehoben. Nun drängte wieder aus dem Tal die erhitzte Luft, die der Erdboden wie ein geheizter Ofen abgab.

So schrecklich still war es, und das Röhrlen des Brunnens auf der Gred drang zu ihm herauf. Sonst hatte die Nacht keinen Laut. Rascher war die Folge von Blitz und Donner, die grell und hallend über den Kobelwald rollten. Dort machte sich ein feines Singen und Pfeifen auf, sausten die Baumwipfel, wuchs zu einem schrillen Lärm, kam näher, und dann fegte der Sturm über die Hänge herunter und prallte gegen das Haus, daß der Bauer vermeinte, es würde angehoben wie eine Pappschachtel, die der Wind auf der Dorfstraße treiben wollte. Die Wolken, aus denen Blitz um Blitz schoß, hingen fast auf dem Hausdach. Donner und Sturm klangen zu einem Schmettern und Heulen zusammen, daß er sich die Ohren zuhalten mußte.

So ein Gewitter hatte es noch nie gegeben. Draußen stand das Korn. Und der Sturm wird die Halme in den Boden schlagen.

Der kalte Schreck erfaßte ihn. Im Blitzschein sah er, wie ein großer Ast des alten Kirschbaumes davonflog, als wäre es eine Feder, und ein Feuerstrahl ritt auf dem Stadeldach und zerknallte. Der Ameis wurde bleich und horchte angespannt. Hatte es nun eingeschlagen? Heilige Maria! Die Furcht preßte ihm die enge Brust zusammen.

War alles Holz! Der Stadel und das alte Haus! Ein Funke könnte in einer Stunde alles vernichten, was die Ameisbauern erarbeitet hatten! Mit der Versicherung war nicht mehr zu rechnen, sie war zu gering. Grellweiße, rote, grüne

Streifen liefen über den Himmel, sprangen von Wolke zu Wolke, schienen aus der Erde unendlich hoch aufzufahren, oder von oben herab zu stürzen auf das Dorf.

Der Veitl bekreuzigte sich und schloß die Augen, um dieses schreckliche Himmelsfeuer nicht mehr zu sehen. Der Sturm ließ etwas nach, und es folgte wieder eine Ruhe, als hätten sich die Elemente bereits ausgetobt. Im Haus gingen Türen, und eilige Schritte trabten. In der Stube unter sich hörte er die Hauserin und den Sepp reden. Die hatte auch das Gewitter aus dem Bett getrieben, und sie beteten den Wettersegen.

Neuerdings fing es an zu stürmen, und tickend schlug ein kleines Steinchen gegen die Fensterscheibe und kollerte in die Kammer.

Um Gottes willen — es wird doch nicht hageln, dachte der Ameis.

Ein hartes Rauschen lief über die Felder herab, und schon schauerte es nieder mit entsetzlichem Lärmen, trommelte an die Hauswand und auf die Dächer und platschte auf den Blättern der Bäume. Nur kurze Zeit dauerte es, dann schien das Unwetter über das Dorf hin davonzulaufen, vor der neuerdings folgenden Stille. Wie das Rauschen eines fernen Wasserfalls drang es vom Dorfe herauf, wo der sich entfernende Schauer auf die Dächer hämmerte.

Drunten in der Stube beteten sie nun zu dritt, und die helle Stimme der Annamirl übertönte das Murmeln der Alten. Erleichtert atmete der Veitl auf. Gott sei dank, für diesmal war es noch gut abgegangen. Seltener wurden Blitz und Donner. Er lauschte auf die Stimmen, die monoton die Gottesmutter anriefen, und die drückende Angst wich von ihm.

Da stieß ein neuer Wind nieder und schoß eine neue lärmende Welle herab vom Kobel, tobte über den Hof, als würde mit Stöcken auf Haus und Stadel eingeschlagen. Es dröhnte und prasselte, daß er sich duckte und vom Fenster zurückwich. Mit Schrecken sah er in einem lang anhaltenden Blitzfeuer das wütende Stürmen und Hageln. Die weißen Schloßen waren größer geworden und schlugen nun die Blätter von den Kirschbäumen, der Sturm riß die Bretter vom Stadel, wirbelte sie empor, als wären es Papierfetzen, und trug sie fort. Das Haus bebte und wurde vom Sturm gehoben.

Über dem Tal loderten die Blitze in ununterbrochener Folge und beleuchteten ein schauerliches Bild.

Seinen Schrecken schrie der junge Bauer in das Toben hinein, als er im gelben Licht sah, wie der Sturm, als wären unsichtbare Hände am Werk, im Dorf die Dächer abhob und fortriß. Leichenblaß starrte er hinüber zum Möserstein, wo die Gewalt des Windes den Wald, die schönen Tannen und Fichten, die hundertjährigen Baumriesen, die den Stolz der Ameisbauern und ihre Vermögensreserve dargestellt hatten, niedersinken ließ wie die Kornhalme unter der Sense. Zugleich legte sich der alte Kirschbaum krachend in die Hauswiese.

Mit zitternden Armen hielt er sich am Fensterstock fest. Wieder brüllte der Sturm auf und preschten die Schauer nieder. In diesem Toben gab es keinen eigenen Laut mehr, es verschlang das Knattern und Krachen alles, als der Stadel zusammengedrückt wurde wie ein Kartenhaus. Über seinem Kopf polterte es, als wollte das Haus auseinanderfallen, und durch die Dachschindeln regnete es in den Hofraum.

Dann ging ein Ruck durch die Wände, daß er sich festhalten mußte, um nicht zu Boden geworfen zu werden.

Weiß wie ein Schneegestöber stürzte der Hagel im Schein der Blitze vom Himmel, und wie im Winter leuchteten die Wiesen und Felder aus der Nacht.

Die Fensterscheiben splitterten, und dann begann es durch die Decke der Kammer auf ihn herabzunässeln. Da brach er vor dem Fenster in die Knie und schrie und weinte laut und verzweifelt hinaus in das Toben.

„Alles ist hin, o du lieber Herrgott, alles ist hin!" und barg das Gesicht in den Armen, um diese entfesselte Hölle nicht mehr sehen zu müssen.

Da ließ der Sturm nach, es schien ihm an angerichtetem Schaden genug zu sein, und der Hagel verrauschte auf der anderen Talseite, abgelöst von einem leichten Regen. In die folgende Stille jammerte die Feuerglocke vom Kirchturm, hastig und hilferufend. Der letzte Donner verrollte leise, einige blaue Wetterblender huschten noch über das Land und erhellten gespenstisch die Verwüstung. In der Kammer des Ameis tappten die Tropfen von der Decke. Er stand auf, ging aus der Tür und stöhnte auf. Frei lag der Dachboden unterm Himmel, und die Sparren ragten gebrochen in die Finsternis. Die Hagelschloßen lagen gehäuft in den Ecken, lösten sich im fallenden Regen auf, und das Wasser rann schon über die Stiege in die Hausflötz. Lose Balken knarrten und klapperten über ihm, und der Wind fuhr nun eiskalt in das abgedeckte Haus.

Im Finstern suchte er über die Bodenstiege, und das murmelnde Beten drang peinigend aus der Stube.

Da riß der Veitl die Tür auf, käsweis im Gesicht. Zusammengedrängt saßen die Annamirl und die Hauserin am Tisch, während der Sepp am Ofen lehnte. Beim Eintritt des Bauern sahen sie auf.

„Alles ist hin, Leut, alles ist hin!“ ächzte der Bauer und nun rannen ihm die Tränen über die eingefallenen Wangen.

Sie rumpelten auf und rannten aus der Stube. Über dem Loch der Bodenstiege sahen sie in den grauen Nachthimmel.

Die Hauserin jammerte, der Sepp stolperte die Stiege hinauf, und die Annamirl begann zu weinen.

Der Ameis taumelte vor die Haustür. „Sepp, hol die Latern!“ kreischte er, „und schau raus!“

Die Hauserin nahm die Lampe aus der Stube und leuchtete auf den Hofraum. Ein Gewirr von Balken, der gestürzte Kirschbaum, alles ragte gespenstisch auf, und wo Stadel und Kirschbaum gestanden hatten, war es frei, und in der heller werdenden Nacht sahen sie zum Berg. Dann stiegen sie auf den Boden. Das Dach war weg, die Giebelwände ragten auf wie bei einem ausgebrannten Haus. Die Kammer der Annamirl war eingedrückt und voll Schutt und Holztrümmer. Nur die Kammern vom Veitl und vom Sepp waren verschont geblieben, da sie entgegen der Wetterseite lagen. In der guten Stube im Oberstock hatte die einstürzende Wand die Truhe zertrümmert, in der die Familiensachen, die alten Urkunden und die wichtigen Papiere des Hofes aufbewahrt waren. Im trüben Schein der Laterne holte der Bauer die Papiere aus dem Fach und trug sie in die Stube hinunter.

„Jetzt können wir net viel machen, ehe es net Tag ist“, ordnete er an. „Räumt nur weg, was unterm Regen ist, und bringt es hinunter. Ich geh gleich ins Dorf, wird alles unterwegs sein, und ich schau auch, ob ich net ein paar Leute zum Helfen haben kann. Das Dach muß zugemacht werden, sonst ist noch mehr hin durch den Regen.“

Er hatte sich wieder gefaßt, einsehend, daß hier das Jammern nichts nützte, sondern zugegriffen werden mußte. In der Flötz rann das Wasser wie ein Bächlein zur Haustür. Der Veit schloff in die Joppe und drückte den Hut auf den Kopf. Die Füße in die Holzschuhe stoßend, forderte er die Laterne und verließ das Haus. Über Balken und Bretter mußte er steigen und gestürzte Bäume umgehen.

Der Regen ließ nach, aber in der Dunkelheit kannte er den Weg nicht mehr. Die Laterne zeichnete nur einen kleinen, schwach erhellten Kreis, in dem die Hagelkörner weiß schimmerten, und wo er jeden Flecken gekannt hatte, gab es keinen Unterschied mehr zwischen Feld und Weg, Wiese und Acker.

Eine lastende Ruhe trug die Nacht, als schliefen die Elemente nach diesem Toben ermüdet. Hinkend stolperte er über die Hauswiese, stieß überall an die Dachschindeln, und unter seinen Schritten knirschten die Hagelkörner. Alles war ihm fremd, die sonst nächtlich noch wahrnehmbaren Baumsilhouetten wären verschwunden. Hinter ihm knackte es im zersplitterten Gebälk des Stadels, und von den Hängen kamen auf den Feldwegen rauschende Bächlein. Er fand die breite Fahrt zum Dorf nicht. Alles um ihn war zerstampft und zerschlagen, verschwemmt, weiß und graufleckig, soweit er mit der Laterne sehen konnte.

Die kleinen schießenden Rinnsale sammelten sich zu einem Bach, der quer durch einen Acker zu Tal schäumte. Er kannte sich nicht mehr aus und stolperte geradewegs abwärts. Wieder ein Baum querüber. Er ging um den geborstenen Stamm herum.

Das mußte der Holzbirnbaum bei seinem Kornfeld sein, überlegte er, blieb stehen und leuchtete gebückt den Erdboden ab.

Das sollte doch sein Winterkorn sein!

Hier begann doch sein Kornacker? Oder täuschte er sich und war ganz woanders hingeraten?

Wo er hinsah: trüber, lehmiger Schlamm und Steine. Der Boden aufgewühlt und aufgefressen vom Wasser. Das war doch kein Kornacker!

Er stapfte weiter, leuchtete wieder nieder, hob die Laterne, um sich an einem aufrechten Ziel zurechtzufinden, und erkannte mit einem jähen Schreck, der ihn schüttelte, daß doch hier sein Brotfeld gewesen war. Kein Büschel Halme mehr, alles niedergewalzt und ausgeschwemmt.

Keuchend strebte er weiter ins Tal, stolperte über einen wirren Ballen und leuchtete ihn an. Sein Winterkorn, das die Wasser hier zusammengetragen hatten.

Er wußte nun nicht mehr, wozu er eigentlich unterwegs war. Mitten in der Nacht würde keiner mit ihm auf den Ameishof gehen, um zu helfen. Ratlos und verzweifelt stand er, umschlossen von der Finsternis, wie in dem kleinen Schein der Laterne gefangen. In welcher Richtung das Dorf lag, konnte er nicht sagen, er kannte sich auf seinem eigenen Grund nicht mehr aus.

In der Nachtschwärze tauchte ein Licht auf, weiter unten, bewegte sich hin und her. Dort mußte er hin. Er hastete weiter, über einen Feldrain, stürzte und kannte sich aus. Das mußte der Weg sein!

Nichts zu erkennen, alles ein Geröll und Erdmasse, klikkernde Wasser und Schüppel von Gras, Kartoffelkraut und Getreidehalmen.

Wieder horchte er in die Nacht. Die Lichter vor ihm wurden mehr. Ein rauhes Rufen und das verzweifelte Weinen einer Frau waren schon ganz nahe. Da fing er zu laufen an, stürzte über einen umgerissenen Schrenkenzaun und zerschlug sich das Gesicht.

Das Glas der Laterne splitterte, und das Licht erlosch. Er kümmerte sich nicht darum und tastete sich weiter. Die kleine Hohlgasse kannte er wieder. Nun mußte doch bald das Hirtreiterhäusl kommen, oder war er daran vorbeigekommen, ohne es zu sehen?

Die schaukelnden Lichter waren schon ganz nahe, das Rufen und Reden wurde deutlicher, und die Frau schrie nach Hilfe. Nun spürte er die Dorfstraße unter den Holzschuhen. Häuser und Stadel zeichneten sich schwach gegen den Himmel ab, und er kannte sich aus. Eine rauhe Männerstimme fluchte, lange und lästerlich, und schwieg mit einem Ton, als wäre sie in Schluchzen übergegangen.

Dachziegel lagen auf der Straße, Bretter und Dachschindeln, ein Dachsparren reckte sich querauf. Dann war er bei den Lichtern. Kühe brüllten dumpf und verängstigt in den Ställen, und von allen Seiten kam nun das Klagen und Reden, das Befehlen und Hilferufen. Und wieder wurde das Schreien des Weibes laut, das er schon auf halbem Weg gehört hatte.

„Mein Bub, Leut, helft doch, mein Bub!“

Dann sah er das Unglück, vor dem die Dörfler ratlos standen.

Das alte Hirtreiterhaus hatte dem ungeheuren Druck des Sturmes nicht mehr standhalten können, und die morschen Holzwände waren zusammengebrochen.

Er kannte sich aus. Unter den Trümmern lag noch der Bub der Hirtreiterwittib. Wie irrsinnig rannte die von einem zum anderen, bittend und schreiend, wollte selber an den gestürzten Wänden zerren, um den Buben zu finden.

Nun sah sie den Ameisbauern und rannte auf ihn zu: „Ameis! Mein Bub! Jemand muß doch was tun!“ Sie klammerte sich an den Bauern und fing wieder zu jammern an. Da vergaß dieser, daß er gekommen war, um für sich Helfer zu holen. Er wandte sich an die Männer:

„Mehr Laternen müssen her und Stützen und Hebbäume, soviel ihr auftreiben könnt. Wer eine Winde hat und einen Flaschenzug, soll das schnell bringen! Herstehen können wir uns net und warten, bis es Tag wird.“

Mehr und mehr wurden die Helfer, und als der Tag graute, hatten sie die Kammer freigelegt und konnten den Buben, der unter der eingestürzten Decke unversehrt geblieben war, heil hervorziehen.

Der Himmel hatte sich wieder gesäubert, und der blaue Frühhimmel kündete einen schönen Tag an. Der neue Tag aber kam über zerstörte Höfe, zerstampfte Fluren und ein Dorf, das wie abgebrannt im Tal lag.

Sie schafften noch bis in den Vormittag hinein, um auch noch den Hausrat der Hirtreiterin zu sichern, und dann wankte der Ameisbauer heimwärts.

Er scheute sich, auf die verwüsteten Felder und Wiesen zu schauen. Es gab keinen Unterschied mehr zwischen Wiese und Feld, alles war gleich.

Gar nicht denken durfte man, sonst wurde alles noch grauer und trübsinniger. Hilfe hatte er holen wollen und war selber nicht mehr gekommen, was würden sie daheim getan haben? Er spürte kein Glied mehr, alles schmerzte. Das Reißen und Zerren an dem Balkenwerk, das Heben und Schuften hatte ihn ganz wirr gemacht.

Dann sah er auf und hatte den Hof vor sich. In der Tageshelle erkannte er erst das Ausmaß der Verwüstung. Es war, als wären Haus und Stadel niedergebrannt. Ihn fror in den dämpfigen, durchnäßten und verschwitzten Kleidern. Die Sonne schien wieder heiß, und ihm klapperten die Zähne. Er hätte sich vor Müdigkeit in das vermurte Feld legen mögen, um nichts mehr zu sehen und zu hören.

Wie durch einen roten Schleier sah er die Annamirl am zerschmetterten und auf dem Hof liegenden Gebälk zerren. Er taumelte auf die Gred und sah sich um, wischte sich über die Augen und brachte den trüben Schein nicht weg. Der Sepp rief ihm etwas zu, und die Annamirl hatte sich aufgerichtet und starrte ihn erschrocken an.

O Not, o Not!

Auf den Feldern bleichten faustgroße Steine, die von den Wassern vom Berg getragen waren.

Die Sonne brannte ihm ins Gesicht. Sie stand am Himmel wie ein roter Glutballen und drehte sich — erst langsam, dann immer schneller, schwang feurige Bögen — da brachen ihm die Knie ein, und er schlug auf die Gred hin.

Sie trugen ihn ins Haus. Der Sepp und die Hauserin schlugen in der großen Wohnstube ein Bett für den Bauern auf, während die Annamirl ins Dorf rannte, um den Bader zu holen.

„Dem Buben ist das alles zu mächtig geworden", sagte bekümmert der Sepp. Wenn es ihm ans Herz ging, dann nannte der alte Großknecht den Veitl, der nun ein Mannsbild in den Dreißigern und sein Bauer war, immer noch den Buben. „Müssen halt das Gröbste allein schaffen, Hauserin, denn ich meine, daß der Veitl schwer krank ist."

Gebeugt stand er vor dem Bewußtlosen, die breiten, starken Schultern vom Alter geduckt. Nun mußte er zusehen, wie man sich gegen das große Unglück wehren konnte, jetzt mußte er handeln, als wäre er der Bauer.

Der Bader kam und nannte das Übel, das den Ameisbauern befallen hatte, das Schreckfieber.

„Der ist zäh wie eine Katze", versicherte er. „Umreißen tut ihn das net."

Der Sepp und die Annamirl räumten weiter auf. Es war eine schwere Arbeit, die Dirn schleppte wie ein Mannsbild.

„Ist grad net die rechte Arbeit für dich", bedauerte der Sepp, „und tu net so wild, laß dir Zeit, sonst könnt dir was passieren."

Sie lachte ihn nur aus und zeigte ihm ihre aufgerissenen schrundigen und blutenden Hände.

„Das macht gar nix! Jetzt können wir den Bauern net im Stich lassen!"

Der Sepp holte die Zimmerleute aus dem Nachbarort, und sie leisteten ihnen Handlangerdienste. Ein neuer Dachstuhl wurde aufgestellt, und unter dem Pochen und Schlagen ächzte drunten in der Stube der Kranke.

Auf Feld und Wiese gab es nichts zu tun. Dort mußte von vorne angefangen werden. Wichtig waren jetzt Haus und Stadel.

In den Nächten lösten sie sich ab, um am Bett des kranken Bauern zu wachen.

Seit dem Unwetter waren drei Tage vergangen.

Zwischen Dahindösen und Fiebern lag der junge Ameis. In hellen Augenblicken sagte und fragte er nichts, als fürchtete er sich vor der Wirklichkeit.

Die Ehehalten gingen nur barfuß über die Stiege, damit den Kranken kein Schritt störte, und unterhielten sich nur flüsternd, damit er wenigstens am Abend und in der Nacht, wenn die Handwerksleute aus dem Haus waren, seine Ruhe hatte.

Es war wieder ein langer und schwerer Tag gewesen, und schweigend nahmen sie das Abendessen ein. Sie horchten auf, und die Löffel ruhten, als der Bauer im Bett in der Ecke stöhnte.

„Jetzt darf es bald besser werden mit ihm, morgen müssen wir noch einmal den Bader holen“, argte die Hauserin leise, und wispelnd ordnete der Sepp an:

„Heute nacht kann die Annamirl bei ihm wachen, wenigstens bis Mitternacht, dann lös ich ab. Dürfen ihn net allein lassen. Wenn er wieder das Herumschlagen anfängt, muß jemand dabei sein.

„Oh, ich bleibe auch gern die ganze Nacht, mir macht das nix aus“, tat die Annamirl fleißig und wurde dabei rot.

Der Sepp wehrte ab: „So ein junges Leut muß schlafen, und bei mir alten Kampl ist der Schlaf eh nimmer viel.“

Sie hatten gegessen und rüsteten zum Bettgehen. Die Hauserin verlöschte die Lampe am Tisch und stellte ein kleines Lämpchen auf das Fensterbrett neben dem Bett, und der Sepp sperrte die Haustür ab. Dann begaben sich die beiden zur Ruhe und ließen die Annamirl mit dem Kranken allein. Sie rückte sich einen Stuhl ans Bett, nahm das Strickkörbl und begann zu stricken. Auch so eine Krankenwache konnte man nützen, und beim Stricken kam der Schlaf nicht so schnell. Blieb ohnedies keine Zeit mehr zum Strikken und Flicken, solange nicht alles wieder in Ordnung war.

Der Lampendocht summte leise, und die Stricknadeln klirrten.

Wie viele Nächte war sie so am Bett der kranken Mutter gesessen, bis diese erlöst war? Das gleiche Wehtun und Mitleiden verspürte sie jetzt. Auf dem Hof hatte sie ein Daheim gefunden, und sie hatte sich an diese guten Leute gewöhnt, als wäre sie ein Angehöriges und nicht eine fremde Kleindirn.

Ab und zu sah sie auf den Kranken, der unbeweglich und mit geschlossenen Augen lag. Es ging ihm ja schon wieder besser, und heute nachmittag war er auch schon fieberfrei gewesen, da konnte es nimmer so weit fehlen.

Wie abgezehrt und eingefallen er war. Sah aus wie ein alter Mann und konnte doch noch gar nicht so alt sein.

Immer wieder mußte sie in das blasse Gesicht sehen. Der Bauer erbarmte sie, daß es ihr ganz weh tat. War so nicht zu beneiden mit seinem verkrüppelten Fuß und dem Buckel. Nun hatte ihm auch noch der Sturm alles zusammengeschlagen. Was der wohl schon alles mitgemacht hatte, bis sich die vielen Gramfalten um den Mund eingruben. Darum war er auch meist so hintergründig schweigsam, oft so bedrückt, als hätte er einen großen Kummer zu tragen. Dann konnte er aber auch wieder mittendrin heiter und froh sein, so eigenfroh und so still lustig. Das gefiel ihr an diesem Mann.

Sie hatte es gut getroffen, als sie sich zum Ameishof aufgemacht hatte, obwohl sie diesen Weg in Furcht gegangen war, da man die Ameishofer als Einöder, sonderlich und leutscheu verschrien hatte.

Seit sie da war, hatte sie noch kein grobes Wort zu hören bekommen, nicht vom Bauern und nicht vom alten Großknecht.

Im Stricken hielt sie inne, legte die Hände in den Schoß und sah nachdenklich auf den Kranken nieder. Ein großes Dankgefühl spürte sie. Wie ein Kind vom Haus galt sie hier, und was wollte eine Kleindirn sich Besseres wünschen? Hier war sie nicht nur Dienstbote.

Unsauber war der Veitl nicht, trotz der herben Falten um Mund und Augen. Die schönen blonden Haare —

Wie alt er wohl sein mochte? Und wieviel Freundschaften er wohl schon mit den Weibsleuten gehabt hatte? Man hörte wenig vom Ameishofer, und überhaupt: Warum war er noch nicht verheiratet, wo doch eine Bäuerin hier so notwendig wäre?

In der warmen Nacht wollten die Fliegen nicht schlafen. Sie tummelten sich um den Lichtschein, liefen über die Wände und auch über die Bettdecke. Immer wieder setzte sich eine auf die Hand des Kranken, und dieser zuckte zusammen. Die Annamirl verjagte den Plaggeist. Dabei strich sie leicht über die heißen Finger des Veitl, und plötzlich öffnete dieser die Augen.

Er sah an ihr vorbei in die Stube, lange, bis die Augen heller wurden und sich auf sie richteten. Sein Mund zuckte in einem schwachen Lächeln, und er sah sie fortdauernd an, so daß die Annamirl schon vor Verlegenheit glühte, nach ihrem Strickzeug griff und aufstehen wollte. Da murmelte er:

„Du bist da? Das ist schön.“

Ein heiteres Staunen und erleichtertes Wundern lag in seiner Stimme.

„Hab heute die Nachtwache“, erwiderte sie schüchtern und, um etwas Belangloses zu sagen: „Gestern ist der Sepp aufgeblieben und vorgestern die Hauserin.“

„Geh zu, Annamirl, leg dich nieder, ich brauch ja niemanden“, hauchte er.

„Nein, nein“, wurde sie energisch, „da muß jemand sein, wenn du was brauchst.“

Nun fing sie wieder zu stricken an, aufmerksam und schnell. Nach längerer Pause fragte er:

„Wie steht es denn — draußen — wie schaut es aus?“

Sie antwortete schnell: „Brauchst dich um gar nix kümmern, Bauer, wird alles wieder. Morgen werden sie mit dem Dachstuhl fertig, und übermorgen wird gedeckt. Keine Schindeln mehr — schöne Ziegel kommen drauf. Und der Stadel wird auch in dieser Woche noch aufgestellt.“

Obwohl sie ihn nicht ansah, fühlte sie, daß er immer noch wach lag und sie beobachtete. Nach einer Weile sah sie auf, rückte ihm den Polster zurecht und bot ihm Wasser zu trinken an. Seine blauen Augen waren hell geworden und hatten nichts Fiebriges mehr:

„Vergelt dir's der Herrgott, Dirndl. Möcht man oft meinen, es gäb die rechten und braven Dirndl gar nimmer, aber du bist die Bravste, die ich kenn“, sagte er.

Darauf fiel ihr nichts ein, und so strickte sie wieder eilig weiter. Als sie seine ruhigen und regelmäßigen Atemzüge hörte, zeigte ihr das an, daß er eingeschlafen war. Er hatte sich der Wand zugekehrt.

Schon vor Mitternacht kam der Sepp, um sie abzulösen.

„Jetzt hat er es überstanden", berichtete sie leise, „er hat schon geredet und gefragt, wie es mit dem Hof steht, und jetzt schläft er ganz ruhig."

Da freute sich auch der Sepp.

„Du wärst halt die beste Krankenschwester für ihn. Aber leg dich nur jetzt nieder, und in der Früh bleibst ein wenig länger liegen, sonst wird dir die Arbeit zu hart."

In ihrem Bett konnte sie lange nicht einschlafen. Es war, als hätte sie diesen Ameisbauern schon immer gekannt, und Augen hatte er! Augen wie ein Waldsee, der den Himmel spiegelte. Aber wenn er sie so ansah, so, als wollte er auch in sie hineinsehen, dann konnte sie das nicht leiden. Ein guter Bauer war er, kein Ehhaltenschinder. Wenn es nach ihr ginge, dann wollte sie immer auf dem Ameishof bleiben.

Könnte aber auch sein, daß einmal eine fade Bäuerin aufzog, dann wäre wohl kein Bleiben mehr. Wie es damit aussah, das mußte sie einmal dem Sepp herauslocken. Zwar hatte sie noch keinen fremden Weibsleutbesuch auf dem Hof bemerkt, doch sie war ja erst etwas länger als ein Vierteljahr da. Der Veitl war auch nie fort gewesen, also schien es da keine künftige Bäuerin zu geben.

Ähnliche Wege gingen auch die Gedanken des Großknechtes, doch drehten sie sich mehr um die Kleindirn als um den Bauern.

Das war eine, die Annamirl — das wäre eine — für den Buben! Die könnte sich vielleicht über die Bresthaftigkeit vom Veitl hinwegsetzen, weil sie gescheit und erbarmerisch war.

So ging es ja nimmer weiter! Und wenn er, der alte Knecht, dem Bauern gegenüber auch nur eine Andeutung vom Heiraten machte, dann wurde dieser mürrisch und war einmal sogar heftig geworden. Sollte er ein wenig mithelfen, daß der Veitl auf die Annamirl mehr aufmerksam wurde? Loben würde er sie künftig über den Schellenkönig, bröckelweise und schlau, bis er einmal würde sagen können: Na, Bauer, wär das keine Hochzeiterin?

Überall im Tal wurde nun aufgebaut, was das Unwetter niedergerissen hatte, und die graue Sorge wurde mit jedem Tag größer. Wer hatte in Steinöd schon so viel übrig, um diesen Schaden verschmerzen zu können? Reiche Bauern gab es nicht, und kaum einer hatte das Geld im Kasten, das er jetzt brauchte. Wie schwer der Flurschaden sie traf, das würden sie erst im nächsten Jahr merken. Verbissen gingen sie nun daran, die Äcker und die Wiesen zu räumen, um wenigstens noch eine Wintersaat eineggen zu können und noch ein wenig Grummetheu zu erhalten. Die Kartoffelfelder konnten noch, soweit das Wasser sie nicht abgetragen hatte, eine kleine Ernte bringen. Wie sie den Viehstand über den Winter bringen sollten, wußten sie nicht. Jeder konnte zwar seinen Schaden bei der Gemeinde melden, ob aber etwas zu erwarten war, ein Zuschuß oder billiges Geld, das konnte der Bürgermeister auch nur mit einem Schulterzucken beantworten.

Lachen und Fröhlichkeit waren in Steinöd gestorben.

Auf dem Ameishof trug die Annamirl mit dem Buckelkorb die angeschwemmten Steine von den Äckern und warf sie in den Weg. Dann ackerte sie, den Ochsen vorgehend, mit dem Sepp und ruhte auch im Hause keine Minute, immer der Hauserin zur Hand.

Das Dach war gedeckt, der neue Stadel ging der Fertigstellung entgegen. Die Handwerker hielten die Hand auf. So viel hatte der Ameis nicht im Wandschrank, als der Zimmerer ihm in Rechnung stellte, und er mußte auf den Tag vertrösten, an dem er wieder gesund sein würde und sich um einen Geldgeber umsehen könnte.

In diesen Tagen kam der Makler Moritz Klöpfl in den Ort, der als ein gerissener Mann bekannt war. Jetzt witterte er in der Not der Steinöder und in ihrer Geldverlegenheit das große Geschäft. Beim Dorfwirt mietete er eine Stube zu ebener Erde und richtete sein Kontor ein. An der Türe verkündete ein Schild: „Kaufe Vieh und vergebe Darlehen."

Hinter einem Schreibtisch wartete der kleine bebrillte Mann auf seine Opfer. Und sie kamen.

Das Geschäft lief an. Schon am dritten Tag ließ der Klöpfl eine Schreibkraft nachkommen. Die ersten Viehkäufe wurden getätigt, die angekauften Rinder wurden fortgetrieben, und der Makler lächelte selbstzufrieden. Er konnte sich über den regen Zuspruch der Bauern von Steinöd freuen, die kamen, um bei ihm gegen hohe Zinsen Geld aufzunehmen.

Acht Tage mußte der Veitl liegen, dann konnte er mühselig Bett und Stube wieder verlassen. Die größten Schäden am Hof waren behoben. Der Stadel brauchte nur noch das Dach. Es war ein trauriger Gang über die Felder, der ihn zum erstenmal ins Freie führte, und den Berg hinauf stieg er zum Wald am Möserstein. Dort hatte der Sturm entsetzlich gewütet. Kopfschüttelnd stand er vor der grauenhaften Verwüstung. Das Waldstück an der Windseite war niedergelegt. Hier hatte der tobende Sturm die ganze Bergseite zerdroschen, die Bäume entwurzelt und abgesprengt, und haushoch türmten sich die Stämme und das Geäst.

An diesem Schaden hatten die Ameisbauern noch in fünfzig Jahren zu tragen! Der schöne schlagbare Wald, der eine dauernde Einnahmequelle gebildet hatte, war in einer Stunde niedergeschmettert, und nun mußte das fast wertlose zersplitterte Holz abgeräumt werden, sonst kam ein noch größeres Unglück — der Käfer.

Dazu brauchte man aber Arbeitskräfte. Allein würden sie das nie schaffen — und woher überhaupt das Geld nehmen, um Arbeitsleute zu bezahlen? Waren die Handwerksleute für die Arbeit am Hof noch nicht bezahlt! Es gab heuer kein Korn einzubringen, also mußte auch das Brotkorn bis zur nächsten Ernte gekauft werden — vielleicht auch die Kartoffeln.

Noch war der ganze Schaden nicht zu überschlagen.

Sollte das das Ende des Ameishofes sein? Er sah eine sorgenvolle und trübe Zukunft. Ob sich das überhaupt noch schaffen ließ?

Er ging zum Haus zurück und rechnete lange, schrieb und zählte zusammen und machte sich gegen Abend doch auf, schweren Herzens zum Makler zu gehen, Vieh anzubieten und ein Darlehen aufzunehmen.

Überlegend und langsam ging er ins Dorf hinunter, und der Gang kam ihn hart an. Wie eine böse Ahnung bedrückte ihn die kommende Schuld, die er auf den Hof nehmen mußte. Vor der Tür des Geldverleihers blieb er stehen und studierte den Zettel, als wollte er aus den wenigen Worten etwas Ehrliches und Tröstendes herauslesen.

Dann gab er sich einen Ruck und trat in das Kontor.

Das Zimmer war einfach und unfreundlich. Ein Regal, ein Tischchen, an dem ein junger blasser Mann schrieb und rechnete, und der Schreibtisch an der Längswand, hinter dem Moritz Klöpfl saß und den Eintretenden hinter der Brille hervor einschätzend musterte. Er war ein dicklicher Mann mit schwarzen Haaren und gelbem Gesicht, hängender, wulstiger Unterlippe, den Mund etwas offen, so daß sich die schlechten Zähne zeigten. Die Füße mit abgetretenen Schuhen streckte er unter dem Schreibtisch hervor. Zwischen den dicken Fingern hielt er eine Zigarre, die er, als der Veitl an den Tisch herankam, lässig in den Mundwinkel steckte.

Der Ameisbauer vergaß vor Befangenheit und Abneigung etwas zum Gruß zu sagen, und stand, den Makler forschend ansehend, vor ihm. Leutselig reichte der Klöpfl dem Ameis die Hand und wünschte ihm einen guten Tag.

„Der Ameisbauer, nicht wahr? Freut mich, freut mich!" Er nötigte den Bauern zum Sitzen und redete drauflos. Erkundigte sich, wie es denn auf dem Ameishof gehe, und haspelte, ohne eine Antwort abzuwarten, etwas von dem großen Unglück. Während er immer noch sprach, machte er es sich bequem, lehnte sich genießerisch zurück und blinzelte lauernd. Ein Blatt Papier an sich heranziehend, fragte er nun:

„Ich weiß, was du willst, Bauer, und da muß auch geholfen werden, vor dem Winter muß wieder Ordnung werden.

Aufgebaut muß werden, und bis zur nächsten Ernte müssen die Leute leben", schwätzte er mit großspurigen Armbewegungen, während die kleinen flinken Augen den Ameisbauern auf seinen Wert hin abschätzten.

Der Veitl saß und hörte zu, war unsicher und drückte den Hut auf den Knien. Als der Makler in seinem Redestrom innehielt, wußte der Ameis nicht gleich die rechten Worte für sein Anliegen. Die falsche Freundlichkeit des Klöpfl hatte ihn mißtrauisch gemacht. Da kam ihm dieser zu Hilfe und meinte so beiläufig und während er sich den Zigarrenstumpen anbrannte:

„Na? Wo drückt also den Ameisbauern der Schuh?"

Der Veitl wetzte auf dem Stuhl und stotterte:

„Ja, weißt du, bin halt auch in der Zwickmühl wie die andern. Kann das Vieh net durchfuttern und muß ein paar Stückl hergeben." Nun hatte sich die Rede eingefädelt, und geschäftig fuhr er fort: „Sind lauter Prachtstückel, gäb sie auch net her, aber es hilft halt net."

Selbstgefällig und vergnügt schmunzelte der Makler in sich hinein und ließ den Ameis eine Weile warten. Das Geschäft blühte, und mit den treuherzigen Waldbauern war gut zu handeln.

Er lief ihnen ja nicht nach, sie kamen selber und boten an. War eine reelle Handelschaft. Sie mußten verkaufen, und er wollte kaufen. Daß dabei die Notlage bei ihnen und der Vorteil bei ihm lag, dafür konnte er nichts. Jeder brachte sein Heu heim, wenn Zeit dazu war. Man mußte nur den Menschenfreund spielen können.

Er schnitt ein bitteres Gesicht und zog die Augenbrauen hoch. Dazu wiegte er den Kopf, als hätte er schwere Entschlüsse zu fassen. Er legte seine breite Hand mit den dikken Fingern auf den Tisch, beugte sich zu dem Bauern hinüber, und sein glitzernder Blick ließ diesen nicht mehr los.

„Ameis, warum bist du nicht eher gekommen? Ich hab hier schon so viel Vieh gekauft, daß ich schon gar nicht mehr weiß, wohin damit. Mein Risiko wird alleweil größer. Weißt ja, je mehr Vieh man auf den Markt bringt, desto tiefer sinken die Preise. Auf die letzten Viehkäufe hab ich direkt draufbezahlt! Wie es heute ist, kann man mit dem Viehhandel gar nix mehr verdienen." Zufrieden bemerkte er, wie sich der Bauer verfärbte. Jetzt hatte er gut vorgearbeitet, und nun galt es, das Eisen zu schmieden, solange es heiß war.

Der Ameis hustete verlegen. „Hab mir halt gedacht, daß du mir wenigstens drei Stückl abnimmst. Ich kann's net verhungern lassen und auch net zusammenschlagen. Wer soll mir denn das Fleisch abkaufen?"

„Ich tät sie halt doch noch behalten, bis die Preise wieder steigen und der Absatz wieder besser ist", stichelte der Makler, „jetzt ist halt das Vieh gar nix wert."

Betroffen starrte der Veitl ihn an. „Ist gar nix zu machen?"

„Lieber tät ich dir schon ein Darlehen gegen gute Sicherheit geben, als daß ich einen Handel mache, der nix bringt."

Mit rotem Gesicht gestand der Bauer: „Ein Darlehen hätt ich so auch gebraucht, weil ich mit dem Viehgeld nicht alles decken kann."

Der Klöpfl sah nachdenklich zum Fenster hinaus und runzelte die Stirn, wandte sich wieder dem Ameis zu, der wie auf Kohlen saß, und meinte bedächtig und gönnerisch:

„Also, Ameis, will sehen, was sich machen läßt. Hängen

lassen will ich dich auch net. Ich gebe dir das Darlehen, und du machst mir dafür einen annehmbaren Viehpreis, dann nehme ich deine Kühe, wenn es schon net anders geht."

Tief und heuchlerisch schnaufte er auf und fuhr sich durch das Haar. Der Bauer ließ ihn nun nicht mehr aus den Augen und überlegte. Er ahnte, daß der Makler ein falsches Spiel trieb, und war gewitzt genug, um zu wissen, daß er in die Hände eines Gauners geriet, wenn er sich mit ihm einließ. Er sah aber keinen anderen Ausweg. Das Geld mußte er haben, der Zimmerer wartete darauf. Sofort brauchte er das Geld.

„Mußt halt einmal hinaufgehen zu mir und dir die Kühe anschauen. Werden schon handelseins werden."

„Wieviel Geld soll es denn sein?" fragte nun der Klöpfl geschäftsmäßig und begann, auf einem Blatt Papier zu schreiben.

„Zweitausend brauch ich auf jeden Fall", preßte der Veitl heraus.

Der Makler schrieb den Schein aus, nahm aus seiner Brieftasche zwei braune Scheine und legte sie dem Ameis hin, schob ihm den Schuldschein zu und gab ihm den Federhalter zum Unterschreiben.

Bedächtig nahm der Ameis den Schuldschein und las ihn aufmerksam durch.

„Schuldschein auf 2500 Mark, welche der Unterzeichnete heute von Moritz Klöpfl, Viehhändler und Makler, zum vereinbarten Zins und auf monatliche Kündigung erhalten hat."

Der Bauer stutzte und sah von dem Blatt auf die zwei Geldscheine, die auf dem Tisch lagen. Das waren zwei Tausender, und da standen um fünfhundert Mark mehr. Er nahm die zwei Banknoten in die Hand, um sich zu vergewissern.

„Zweitausend — mehr hab ich auch net wollen."

Hämisch lachte der Klöpfl.

„Stimmt schon. Zweitausend. Da sind sie ja, ich habe sie dir ja hergelegt."

„Da stehen aber fünfhundert Mark mehr", stellte der Ameis fest.

Das Lächeln des anderen wurde mitleidig und nachsichtig, und die Hände reibend, redete er dem Ameis zu, in einem Ton, wie man ein unwissendes Kind aufklärt:

„Man sieht, daß der Ameisbauer bisher in der glücklichen Lage gewesen ist, daß er niemals Geld hat aufnehmen müssen. Darum weiß er auch net, daß zu dem Darlehen auch noch die Spesen, das Risiko und die Gebühren kommen."

Angestrengt dachte der Veitl nach und überlegte. Dann wandte er forschend ein: „Aber gleich fünfhundert — das ist ja —"

Das Gesicht des Maklers wurde kalt und starr. Er nahm die Geldscheine, die der Bauer wieder auf den Tisch gelegt hatte, an sich und tat sie wieder umständlich in die Brieftasche.

„Wie gesagt, Ameis, ich hätt dir gerne geholfen, anderseits ist es mir aber net zuwider, wenn du kein Geld brauchst, denn das ist heute knapp."

„Aber die Kühe — du kaufst mir doch die Kühe ab?"

Achselzuckend und mit einem kurzen spöttischen Lächeln bedeutete ihm der Klöpfl: „Tut mir leid, tut mir wirklich leid, aber es geht beim besten Willen net. Kann die Kühe gar net brauchen, wüßt net, wie ich sie wieder losbringen sollt."

„Aber wenn ich das Geld nehm — hast doch gesagt — nimmst du dann die Kühe?"

„Das ist was anderes, Bauer, so haben wir ja gehandelt."

Da fuhr dem Ameis der Zorn rot ins Gesicht. Schon wollte er die rechte Antwort geben, sah dann aber den Wucherer nur verächtlich an, setzte den Hut auf und verließ ohne Gruß das Kontor. Draußen spuckte er seinen Abscheu auf die Dorfstraße, zog den Hut ins Gesicht und hinkte davon.

So ein Blutsauger! Der wollte wohl von der Not der Bauern fett werden! Wenn man da nicht gut aufpaßte, dann wäre man eingewickelt und könnte sich blutig zahlen! Das mußte er sich schon noch alles gut durch den Kopf gehen lassen.

Gab es keinen anderen Ausweg? Im Dorf war sonst keiner, an den er sich hätte wenden können, in der Nachbarschaft wußte er auch niemanden, dort hatte ja auch das Wetter so übel gehaust, daß wohl jeder sein Geld selbst brauchte. Nun wäre es so weit gewesen, daß der Ameishof wieder schuldenfrei dastand, da mußte jetzt dieses Unglück kommen. Markweise hatte er abgetragen, was der Vater an Schulden zurückgelassen hatte, und jetzt stand er wieder am Anfang.

Der Wald, das Holz, das müßte doch auch etwas einbringen, redete er sich ein und glaubte doch nicht recht daran. Nicht nur sein Wald war geworfen, sondern ringsum lagen die Wälder nieder. Wer sollte all das Holz kaufen? Wer? Gute Stämme würden nicht viel dabei sein, und Brennholz brachte nichts ein.

Er war aus dem Ort gerannt und humpelte den Weg zum Hof hinauf. Je mehr er auf die Höhe kam, desto langsamer wurde er. Der Zorn verrauchte, und die Wirklichkeit stand wieder vor seinen Augen.

Die Sonne rüstete sich zum Untergehen, und das rote Ziegeldach auf seinem Haus leuchtete ihm entgegen. Auf dem Stadel flatterten die bunten Bänder des Firstbäumchens. Morgen wollte der Zimmerer das Geld haben.

Es ging einfach nicht mehr weiter. Geld für die Zimmerleute, dann kam die Bauholzrechnung, die Dachziegel, und auf dem Möserstein mußte mit der Holzarbeit begonnen werden. Sie schafften es nicht allein, und die Arbeitsleute hielten nach der ersten Woche die Hand auf.

Die verwüsteten Felder und Wiesen konnte er gar nicht mehr ansehen. Seitlich vom Hof arbeiteten der Sepp und die Annamirl, trugen Steine ab und versuchten, das niedergewalzte Kartoffelkraut frei zu machen, damit es sich wieder aufrichten konnte. Ob sie wohl ahnten, daß dem Hof eine Schuldenlast drohte, die nimmer zu verkraften war? Sollte er nicht alles liegen- und stehenlassen und dem Wucherer seinen ganzen Besitz anbieten?

Den Hof verkaufen?

Dann wäre diese Schinderei der Ehhalten umsonst. Ob er ihnen nicht zurufen sollte, es sein zu lassen, weil doch nichts mehr zu retten wäre?

Er blieb stehen und wischte sich den kalten Schweiß von der Stirne. Jetzt lastete alles auf ihm, und er war der Bauer, der die Entscheidung zu treffen hatte. Sollte er nicht dazu seine Ehhalten fragen? Damit es aussah, als würde er allein nicht fertig und brauchte ihren Rat und ihre Hilfe? Nein!

Hinter ihm klangen die Glockenschläge der Turmuhr und rissen die Erinnerung an die Vergangenheit auf.

Die Mutter! Was würde sie sagen, wenn sie noch lebte?

Oft ist das Bauernleben wie ein Kreuzweg, und wer sein Kreuz nicht tragen will, der geht so und so zugrunde.

„Nein!“ sagte er heiser vor sich hin. Wie konnte er nur einen Augenblick daran denken, den Hof zu verkaufen! Da müßten sich die Ameisbauern im Grabe umdrehen! Aufgeben konnte er nicht!

Er brauchte das Geld.

Mit einem Ruck kehrte er um und stieg hastig den Weg wieder hinab. Ohne aufzusehen, hinkte er zum Kontor. Die Tür war schon zugesperrt, das Dorf lag im Abendschatten, und der Tag ging zu Ende.

Er brauchte das Geld.

An der Schenke des Wirtshauses läutete er und ließ den Makler herausbitten.

Dieser kam und sah ihn protzig und kalt an: „Ameisbauer?“

„Hab es mir überlegt, Klöpfl. Ich brauche das Geld.“

„Hast es ja net wollen, und heut hab ich schon zugesperrt, kommst ein andermal, vielleicht können wir uns dann zusammenreden.“

Die Erniedrigung tat dem Bauern weh wie ein Schlag. Der Grimm wollte ihn wieder ankommen. Aber es half nichts.

„Wenn es dir nix ausmacht — wär mir lieber, wir könnten das gleich noch machen“, murmelte er.

Schweigend ging der Makler ihm voran zum Kontor, sperrte umständlich auf, ließ ihn eintreten und legte ihm wortlos den Schuldschein, den er aus einer Schublade nahm, hin.

Der Veitl unterschrieb und nahm die zwei Geldscheine in Empfang.

„Morgen kommst du doch wegen der Kühe?“ fragte er.

„Wenn ich Zeit habe“, antwortete ihm der Makler mit einem hinterhältigen Grinsen. Da hastete der Ameis davon, weil er das widerliche Gesicht nicht mehr sehen konnte.

Die Sonne war schon hinter dem Möserstein und zeichnete die gebrochenen Baumstümpfe gespenstisch gegen den Himmel.

Abgehetzt kam der Ameisbauer daheim an. Sie hatten mit dem Essen auf ihn gewartet, sahen ihm den Groll und den Kummer an und schwiegen. Der Veitl legte bald den Löffel hin, und als der Tisch abgeräumt und die Lampe angezündet war, zog er den Kalender hinter dem Spiegel hervor und schrieb auf die Notizseiten, rechnete und sinnierte, stützte den Kopf in die Hände und vergaß alles um sich. Er merkte nicht, wie die Zeit verging, achtete den Gutnachtwunsch nicht, mit dem sich die Hauserin in die Kammer zurückzog.

Der Sepp war, wie alltäglich vor der Nacht, noch einmal um den Hof gegangen, das Stadeltor zu schließen und überall noch einmal nachzusehen.

Die Annamirl saß bekümmert auf der Wandbank und hatte die Hände im Schoß. Als sie leise zu reden anfing, sah er auf.

„Mußt net alleweil gar so spekulieren, Bauer, es wird schon wieder recht.“

Er brauchte eine Weile, um aus seinen Gedanken zu kommen, und sah sie geistesabwesend an. Nur langsam kam ihm zum Bewußtsein, was die Dirn gesagt hatte. Heftiger fuhr sie fort:

„Ist ja nimmer zum Anschauen, wie du dich marterst! Gibt freilich viel Sorgen und viel Arbeit, aber was macht's? Bist ganz kopfhängerisch geworden.“ Nun wurde sie rot und entschuldigte sich: „Ich meine halt, weil —“

Er atmete tief auf und schob den Kalender von sich.

„Recht hast du, Annamirl, und ich dank dir auch dafür, daß du mir das gesagt hast. Es ist halt net leicht. Hat mich ein bissel hart getroffen, und das geht mir im Kopf um. Wenn man halt alles auf zwei Schultern tragen muß, wenn man allein in so einer Zwickmühl sitzt, dann ist das härter.“

Heftig antwortete sie: „Ich versteh dich net. Bist doch alt genug! Mußt halt —“ Sie preßte die Lippen zusammen und stand auf, um aus der Stube zu gehen. Er hätte sie gerne zurückgehalten. Was sie sagen wollte, konnte er sich denken. Heiraten sollte er halt, weil zwei die Sorgen leichter tragen könnten als so ein einschichtiger Bauer ...

Der Sepp kam wieder in die Stube und murrte: „Gehen wir ins Bett, morgen ist wieder ein harter Tag.“ Er und die Annamirl gingen hinaus, und der Veitl räumte den Kalender fort.

Morgen war auch noch ein harter Tag, und viele harte Tage würden noch kommen. Aber die Annamirl hatte recht. Er mußte sich den Kopf freihalten, die Zahlen würden ihn ständig an die Not erinnern. Nur die Arbeit konnte ihm helfen. Warum redete er nicht einmal mit seinen Ehhalten darüber, was nun alles zu geschehen hatte? Der Sepp war so wortkarg und verdrossen geworden, doch nur deswegen, weil der Bauer den Mund nicht auftat. Alle waren sie so schweigsam geworden in diesen Tagen.

Am anderen Morgen war der Ameisbauer wie ausgewechselt. Er kümmerte sich um die Arbeit, verhandelte mit dem Zimmerer und zahlte ihn aus, besprach mit dem Sepp die Holzarbeit, die im Windbruch auf dem Möserstein angegangen werden mußte, und hatte für die Kleindirn ein Lob.

„Daß du so zupacken kannst, hätte ich dir damals net zugetraut, als du eingestanden bist“, sagte er, und sie freute sich darüber.

Auf den verwüsteten Feldern und Wiesen war das Dringendste geschehen. Sie bauten das Winterkorn und richteten sich zur Holzarbeit.

„Also, dann gehen wir es am Montag an“, entschied der Ameis, „und tun, was wir können. Die Hauserin und die Annamirl bleiben auf dem Hof und helfen uns droben mit dem Ausästen, wenn sie Zeit haben, und wir zwei fangen halt das Aufarbeiten an. Eine Arbeitskraft wird schlecht zu haben sein.“

Die Arbeit im Hof war ja weniger geworden, denn es standen nur mehr zwei Kühe und das Ochsenpaar im Stall. Den restigen Viehbestand hatte der Klöpfl gegen einen Schundpreis fortgetrieben.

Es war keine Freude mehr in Steinöd, und die Bauern trafen sich im Wirtshaus nur noch, um sich gegenseitig ihre Sorgen sagen zu können. Den Ameisbauern bekam man nur an den Sonntagen im Ort zu sehen beim regelmäßigen Kirchgang. Er war kein Wirtshausgänger und suchte keine

Gesellschaft. Im Kirchenstuhl der Ameis knieten dann einträchtig der Bauer neben dem Großknecht und die Annamirl neben der Hauserin, wenn nicht eines von ihnen zur Kirchenwacht im Hause blieb. Die vier vom Ameishof waren unzertrennlich geworden. Seit dem Unwetter blieben sie auch an den Sonntagnachmittagen auf dem Hof und taten die kleinen Arbeiten.

Dann begannen sie, den zerstörten Wald am Möserstein aufzuarbeiten, eine mühselige Arbeit für den körperlich behinderten Bauern und den alten Sepp. Sie schafften unverdrossen vom frühen Morgen bis zum Abend, und an den Nachmittagen kam die Annamirl dazu, und sie werkte, daß sie ganz schmal und mager wurde und am Abend oft kaum mehr heimgehen konnte. Das Zureden des Veitl half nichts.

„Geschehen muß was, sonst ist ja auch net viel zu tun. Kann euch zwei doch net allein mit dieser Arbeit hängenlassen!“

Sie schwang die Hacke und griff auch mit zur Säge, wenn es sein mußte, und war dazu immer guter Dinge. Ihr unbeschwertes Geplauder verkürzte ihnen den Tag.

Es ging nicht recht vorwärts. Der geworfene Wald steckte voller Gefahren. Verfilztes Astwerk schnellte zurück, Wurzelstöcke sprangen aus der Spannung, wenn die liegenden Stämme durchschnitten waren, und fallende Bäume ließen sie oft im letzten Augenblick noch zurückspringen.

Am Morgen näßte der Wald in Tau und Nebel.

„Muß mich doch um einen Arbeiter umsehen“, entschloß sich am dritten Tag der Ameisbauer. „Von der Annamirl können wir die schwere Arbeit net verlangen.“ Die Kleindirn war still geworden, sie ruhte sich kaum mehr aus.

Auch dem alten Großknecht war die Holzarbeit schon zu schwer.

Ein kleiner Rest war vom Kuhgeld verblieben, und für ein paar Wochen würde er damit einen Holzarbeiter bezahlen können.

„Wenn du mir einen Arbeiter weißt“, sagte der Veitl zum Simandlbauern, „kannst ihn herschicken.“

Am Vormittag des vierten Tages tauchte bei ihnen im Wald ein junger kräftiger Bursche auf, sah ihnen stumm eine Weile zu und sagte dann, daß der Simandlbauer ihm gesagt habe, der Ameis brauche einen Helfer.

„Bin zwar ein Knecht, und die Holzarbeit freut mich gar net, aber wenn sie gut bezahlt ist, dann frag ich nix danach.“

Der Bauer und sein Großknecht sahen sich fragend an. Besonderes Vertrauen erweckte der Bursche nicht. Ein rotes Bärtchen auf der Oberlippe, ein blasses, nichtssagendes Gesicht und unruhig huschende Augen gaben ihm zusammen mit dem stark geflickten und abgerissenen Gewand eher das Aussehen eines Landstreichers als das eines Bauernknechts.

Der Veitl zögerte mit der Antwort. Die Augen des Burschen, trübe und grundlos wie brackige Wassertümpel, gefielen ihm nicht.

„Bist du auf die Holzarbeit eingespielt?“ fragte er dann.

„Na, ich meine, soviel wie ihr versteht, versteh ich auch davon“, zahnte der Bursche. Nachdenklich hatte auch der Sepp ihn betrachtet, und auf die Axt gestützt, fragte er: „Ich meine, ich hab dich schon einmal gesehen. Bist net weit von hier daheim, gell?“

„Kann schon sein. Beim Reitberger in Siebeneck bin ich acht Jahre im Dienst gewesen.“

„Warum bist denn vom Reitberger weggegangen?“ wollte der Sepp wissen.

Der Bursche drehte die Oberlippe verächtlich zur Nase empor und betrachtete sein Bärtchen, eine eitle Gewohnheit, denn er tat dies schier nach jedem Satz.

Er zuckte die Schultern und sagte leichthin: „Alleweil auf einem Platz taugt nix. Hat halt nimmer gestimmt, und da hab ich aufgesagt.“

„Wann kannst du anfangen?“ mischte sich nun der Veitl wieder ein.

„Gleich.“

„Also, ist recht. Wartest noch ein bissel, ist eh gleich Mittag.“

Damit wandten sie sich wieder der Arbeit zu, und der Bursche sah sich inzwischen im Wald um. Das Schnarren der Säge und das Plecken der Äxte hallte im Wald, und ab und zu rauschte ein Baum nieder.

„Mir gefällt er net, und er ist mir auch net ganz unbekannt“, meinte der Sepp beiläufig zum Bauern.

„Brauchen tun wir jemanden, und wie es jetzt ist, muß man um jeden froh sein.“

Der junge Knecht kam zurück und sah ihnen, die Mittagszeit abwartend, bei der Arbeit zu.

„Wie heißt du denn?“ fragte ihn der Ameis.

„Winterer Simon. Vom Winterer zu Selling bin ich der dritte.“

Nachdenklich sah der Sepp zu Boden. Winterer Simon? Von dem hatte man doch schon gehört, im vergangenen Jahr. Was war das damals? Irgendeine unsaubere Sache, eine Rauferei oder so was.

„Hab schon gehört von dir. Bist net einmal in eine Gerichtssache verwickelt gewesen? Vorigen Sommer?“

„Kann schon sein. So eine Kleinigkeit, ist aber nix Besonderes gewesen.“ Plötzlich wurde er gesprächig, und sie merkten, daß er sie damit nur ablenken wollte. Er redete von der Holzarbeit, tat, als müßte er ihnen Ratschläge geben.

Sie arbeiteten weiter und hörten ihm kaum mehr zu, bis drunten im Dorf die Mittagsglocke läutete und sie das Werkzeug hinlegten. Auf dem Weg zum Hof hinüber holte der Winterer Simon hinter einer Staude eine zerdrückte Pappschachtel hervor, und der Großknecht fragte mißtrauisch und verächtlich:

„Ist das dein ganzes Zeug oder mußt du deinen Koffer erst holen?“

„Hab alles bei mir“, grinste der Simon und schwang die Schachtel. „Ein Sonntagsgewand, mehr brauch ich net. Zu was soll der Mensch alleweil einen Haufen Gelump halten?“

Dem Ameisbauern war nicht wohl, und er wechselte einen fragenden Blick mit dem Sepp. Ein Knecht, der nicht mehr besaß, als was in eine Pappschachtel hineinging? Das konnte nur ein Lump sein, der alles vertrank oder verspielte. Das war auch kein guter Knecht und Arbeiter. Nun, er brauchte ihn ja nur ein paar Wochen. In die Hausgemeinschaft des Ameishofes würde der nie passen.

Als sie in die Küche traten, waren die Hauserin und die Annamirl am Herd beschäftigt und sahen sich nach den Eintretenden um.

Die Annamirl wurde kreideweiß.

Bestürzt wandte sie sich schnell wieder ab, und durch ihren Körper flog ein Zittern.

Die grauen Augen des Winterer Simon wurden dunkler, und ein spöttisches Lachen zuckte um seinen Mund. Dem Sepp war das nicht entgangen, und er zog fragend die Stirn in Falten, hütete sich aber, etwas zu sagen. Die beiden kannten sich also. Warum war die Annamirl so erschrocken?

„Der bleibt bei uns zur Holzarbeit. Ist der Winterer Simon und ist zuletzt beim Reitberger in Siebeneck gewesen. Mußt halt schauen, wie du ihn unterbringst", erklärte der Veitl der Hauserin.

„Das ist aber einer!" meinte sie, ihn abfällig musternd.

Sie setzten sich zum Tisch, bis auf die Annamirl, die stammelte, daß sie keinen Hunger hätte, und aus der Stube ging.

„Was hat sie denn?" forschte der Bauer.

Der Winterer Simon zahnte hinterhältig, und der Sepp faßte ihn scharf ins Auge. Da fing er fleißig zu essen an, wie einer, der schon etliche Tage nichts mehr in den Magen gebracht hatte.

„Der kann auf dem Dachboden schlafen", meinte die Hauserin und sah kritisch nach der Pappschachtel, die der Simon auf die Wandbank gelegt hatte.

Nach dem Essen ging der Veitl in den Stall und fand dort die Annamirl bei der Stallarbeit. Ihre Augen waren gerötet, und sie vermied, ihn anzusehen.

„Was fehlt dir denn, Annamirl, wirst doch net krank sein?" fragte er besorgt.

„Mir ist grad net recht gut heut", versicherte sie.

„Die Holzarbeit ist dir halt zu schwer geworden. Das ist jetzt, Gott sei dank, anders. Im Wald droben brauchen wir dich nimmer."

„Sind eh noch net alle Felder ausgeputzt — ist mir schon

recht, wenn ihr mich nimmer im Wald braucht", sagte sie gepreßt.

Am Nachmittag begann der Simon die Arbeit und ließ sich gut an.

Er war kräftig und packte fest zu, schien aber nicht recht redselig zu sein, was dem Ameisbauern gar nicht zuwider war. Ihm war heute nicht nach einer Unterhaltung, und was ihn nachdenklich machte, verriet er einmal, da der Simon gerade nicht in der Nähe war, dem Sepp:

„Wird uns doch die Annamirl net krank werden?"

„Hm", brummte dieser und hatte dazu seine eigenen Gedanken, an die er hingrübelte, seit er bemerkt hatte, daß sich die Annamirl und der Simon kannten. Warum aber hatten sie sich nicht begrüßt, und warum hatten beide getan, als kennten sie sich nicht?

Sie arbeiteten schweigend weiter, und nach Feierabend hatte es der Veitl eiliger als sonst, auf den Hof zu kommen. Als er die Kleindirn noch auf dem Feld arbeiten und Steine abtragen sah, verlangsamte er seine Schritte. Mußte wohl nur eine kleine Unpäßlichkeit sein, sonst hätte sie ja auch in der Arbeit nachgeben müssen. Aber das war so eine, die auch todkrank noch schuften würde, eine, wie es die Mutter selig gewesen war. Daß sie sichtlich geweint hatte, ließ ihm keine Ruhe. War doch niemand grob zu ihr gewesen!

So hatte er sich noch an keinen Menschen gewöhnt wie an dieses Mädel, und oft war ihm schon der unerträgliche Gedanke gekommen, wie das sein würde, wenn sie wieder gehen oder wegheiraten würde. Dann hatte er eingesehen, daß er sie gernhatte wie eine Schwester — oder noch mehr.

Dann war ihm jedesmal eingefallen, wie es wäre, wenn die Annamirl die Ameisbäuerin sein wollte. Sogar in den Nächten hatten ihn diese Gedanken oft gefoppt, und er hatte sich darüber geärgert. Führte ja kein Weg hin! Wohl war sie ein heimatloses Mädchen, ohne Anhang, aber er hatte sich schon einmal eine Abfuhr geholt und das nicht vergessen. Ein junges Dirndl stellte sich eben ihren Hochzeiter anders vor, nicht krumm und hinkend.

So konnte es aber auch nicht weitergehen. Eine Bäuerin mußte her, das wußte er selber, und oft genug hatte der Sepp ihm das gesagt. Seit die Annamirl da war, redete dieser nimmer davon. Für ihn wäre vielleicht eine Wittib das richtige, eine solche nahm es nicht mehr so genau. Das hatte er schon hundertmal durchgedacht und war doch zu keinem Ergebnis gekommen. Wird schon so sein, daß der Hof einmal in andere Hände kam. Da war ja irgendwo ein Vetter, ein Lump, der schon sein eigenes Gütl durchgebracht hatte, dem würde der Besitz der Ameis einmal zufallen. Wenn er nun eine auftreiben könnte, meinetwegen eine ältere Frau, die auch ein wenig Geld mitbrächte? Der Hof könnte es brauchen.

Es war ihm nicht gut bei solchem Sinnieren.

Am Abend, als alles in der Stube war, blieb er wortkarg und saß wieder über seinen Rechnungen und Aufschreibungen. Und war doch mit den Gedanken nicht dabei. Die Annamirl war auch zum Abendessen nicht an den Tisch gegangen, hatte sich entschuldigt und war droben in ihrer Kammer verschwunden.

Der Sepp rauchte nach dem Essen noch seine Pfeife und redete nichts. Der Winterer Simon saß faul auf der Bank und starrte düster vor sich hin. Die Hauserin räumte das Geschirr auf und ging in die Kammer.

Eine so ungute Stimmung war noch nie in dieser Stube gewesen, seit sie zu viert wirtschafteten.

Dann drückte sich der Simon davon, in sein Bett unterm Dach, und der Sepp murrte hinter ihm her:

„Wenn wir den wieder aus dem Haus haben, dann bin ich froh. Dem Burschen trau ich gar net recht."

„In der Arbeit wär er net schlecht", meinte der Veitl.

„In der Lumperei gewiß auch net", murrte der Sepp.

„Wenn die Annamirl krank ist, dann muß sie am besten morgen einmal zum Doktor nach Selling. Zum alten Bader wird sie net gehen wollen."

„Hm", tat der Sepp bedächtig, „ich glaube, ich kann mir denken, was ihr fehlt."

„Was denn?"

„Weiß auch nix Gewisses, aber ein Heuriger bin ich auch net und hab Augen im Kopf." Er klopfte die Pfeife aus und sagte dem Bauern eine gute Nacht.

Es ist wirklich kein guter Geist mehr im Haus, dachte der Veitl. Der Sepp war so eigenartig und schweigsam geworden, die Hauserin war ohnedies nicht recht redselig, und nun hatte die Annamirl auch ihren Kummer, wenn es nicht eine Kränke war.

Lag es vielleicht an ihm? Mußte er Abend für Abend hersitzen und die Zahlen drehen und wenden? Als müßte einmal etwas Besseres herauskommen als eine Schuldenlast, vor der er sich fürchtete.

Und nun fiel es ihm ein, was die Annamirl bekümmern könnte! Sie hatte nichts von ihrem jungen Leben als Arbeit, und der Kirchgang war die einzige Abwechslung. Es fehlten ihr die Freundinnen, zu denen sie an einem Sonntag hätte gehen können, und er, der Bauer, hatte es als selbstverständlich hingenommen, daß die Dirn auf jede Gefälligkeit verzichtete und zu Hause blieb.

Wenn es das sein sollte? Er mußte lachen.

Dem konnte ja abgeholfen werden, und es war Zeit, daß er der Kleindirn auch einmal eine Freude machte. Am Sonntag war in Selling die Kirchweih, und da gab es allerhand Unterhaltung. Wenn er da ein Geschäft vorschützen würde und die Annamirl zum Mitgehen aufforderte, das wär einmal etwas anderes als das ewige Daheimhocken.

Er stand auf und reckte sich. Das ist ein guter Einfall, freute er sich und dachte dann wieder bänglich: Und wenn sie nicht mitgehen will?

In dieser Nacht träumte der Veitl, seine Mutter käme bei der Tür herein, während sie alle um den Tisch saßen, deutete auf die Annamirl und sagte, das sei die Hochzeiterin, die sie ihm ausgesucht habe. Und er konnte sich aufrichten, kerzengerade, und hatte keinen Buckel mehr und keinen kurzen Fuß. Dann saß plötzlich nicht mehr die Annamirl mit am Tisch, sondern die Basl des Simandlbauern, und sie sah ihn kalt und abweisend an und sagte mit hölzerner Stimme, daß sie sich einen Hochzeiter ganz anders vorstelle.

In ihrer Kammer lag die Annamirl wach und horchte in die Stille des Hauses. Sie hatte gehört, wie jemand die Stiege herauftappte und der Simon sein Bett suchte, das draußen, unweit der Dirnenkammer, unterm Dach stand. Er pfiff leise, schimpfte dann etwas vor sich hin und verhielt sich still, als bald darauf auch der Sepp nach oben kam. Drunten klappte später die Stubentüre, und dann hörte sie nichts mehr im Haus. War also auch der Bauer zu Bett gegangen.

Sie lag hellwach und hatte die Fäuste auf die Brust gepreßt. Nur eine Bretterwand trennte sie vom Simon, dessen schwere Atemzüge sie hören konnte und der sich auf seinem Lager wälzte, daß die Bettstatt immer wieder knackte. Ab und zu räusperte er sich, und sie ahnte, daß er noch nicht schlief.

Lautlos bewegte sie die Lippen: „Lump, Lump, Lump!"

Sie getraute sich nicht, sich zu bewegen, und die Ohren fingen zu singen an, so gespannt horchte sie. Ein Hustenreiz plagte sie, und obwohl sie die Hände an den Mund preßte, mußte der Simon durch die Holzwand hören, daß sie noch wach war.

Drüben knarrte die Bettstelle.

Sie lauschte und hörte das barfüßige Schleichen. Dann klopfte der Knecht leicht an ihre Tür und flüsterte:

„Annamirl!"

Sie wurde wie vom Frost geschüttelt. Zorn und Jammer preßten ihr die Tränen in die Augen. Draußen wurde das Klopfen dringender und lauter:

„Annamirl!"

So würde er bald die anderen im Haus aufwecken. Was dann war, und was sich der Bauer denken mußte! Sollte sie sich melden? Sollte sie den Burschen bitten, doch aufzuhören? Sie lag, starrte zur Decke und gelobte sich, keinen Tag länger mit ihm unter dem gleichen Dach sein zu wollen. Was sollte sie dem Bauern sagen? Es war besser, sie ging mit der

Ausrede, die schwere Arbeit nicht mehr leisten zu können oder krank zu sein.

Ein verhaltener Fluch zischte vor der Türe, und die Klinke wurde gerüttelt. Sie fing hilflos zu weinen an.

Da wurde es draußen ruhig. Die schleichenden Schritte entfernten sich, die Bettstelle knarzte, und dann hörte sie das Rasseln und Schnarchen des Simon.

Ihr stürmisch pochendes Herz kam nicht zur Ruhe.

Warum hatte der Simon nicht gleich gesagt, daß er sie kenne? Und warum hatte sie es nicht getan? Mußte der Lump ausgerechnet auf den Ameishof finden!

Alles hatte sie nach ihrem Weggang von Siebeneck und nach dem Tode ihrer Mutter getan, um möglichst lange unbelästigt zu bleiben. Wäre sie doch weit fortgegangen, in eine Stadt, dann hätte sie untertauchen können! So lief ihr die Schande überallhin nach. Schon hatte sie geglaubt, es könnte Gras gewachsen sein über die Geschichte, und nun war der Simon da — und seine Absichten konnten keine guten sein. Hier war sie aufgehoben wie bei Eltern und Freunden, und nun? Hier hatte sie alles Trübe vergessen. Jetzt war alles wieder aufgerüttelt, und die Scham spürte sie wie ein Wehtun im Herzen.

Es waren schreckliche Tage gewesen, und ihre Leichtgläubigkeit hatte sie an den Pranger geführt. Der Simon war beim Reitberger zu Siebeneck Knecht gewesen und hatte bald den Weg in das Nachbarhaus gefunden, zu der alten Näherin und ihrer Tochter. War so lange gekommen, bis sie nichts mehr an seinen Besuchen fanden, und hatte lange verheimlicht, was er eigentlich wollte. Die harmlose Annamirl mußte für ihre Unerfahrenheit bitter bezahlen. Wohl hatten ihr seine begehrlichen Blicke nicht gefallen, aber da er ihr mit keinem Wort zu nahe getreten war, hielt sie ihn nur für den guten Bekannten, der nach Feierabend gerne einmal zu einem Plauderstündchen kam und der kranken Mutter auch einmal eine Flasche Wein brachte. In ihrer Sorge um die Mutter hatte sie ihm das hoch angerechnet. Und dann nahm sie auch von ihm kleine Geschenke, nicht ahnend und nicht bedenkend, daß der Knecht Simon gar nicht soviel verdienen konnte, als diese Geschenke ausmachten. Sie kümmerte sich nicht darum, daß man in Siebeneck schon von ihnen redete und glaubte, daß sie ein Verhältnis hätten. Ihre Eitelkeit ließ sie dann einmal von ihm ein Halsband nehmen, eine wunderbare alte Filigranarbeit, und einen schönen goldenen Ring. Damals war von einem Einbruch die Rede gewesen, den man bei einem großen Bauern in Selling verübt hatte. Wieviel sie das anging, ahnte sie nicht. Mit keinem Wort hatte der Simon noch davon gesprochen, daß er sie haben und heiraten wollte, hatte seine Geschenke mit der Begründung gebracht, daß sie von seiner Mutter stammten und er dafür sowieso keine Verwendung habe. Dann war in Selling die große Kirchweih gewesen, und sie ließ sich überreden, da auch die kranke Mutter damit einverstanden war, mit dem Simon dorthin zu gehen. Dabei wollte sie zum neuen Kleid auch den erhaltenen Schmuck tragen. Wohl wunderte sie sich, daß der Simon, als er sie abholte und den Schmuck an ihrem Hals und den Ring an ihrem Finger sah, erschrak, bleich und unsicher wurde und vorschlug, doch woandershin einen Ausflug zu machen, weil es in Selling vielleicht doch zu turbulent wäre. Aber sie hatte sich in den Kopf gesetzt, nach Selling zu gehen, und so gingen sie. Der

Simon war verstimmt und wortkarg gewesen, und seine Unruhe fiel ihr auf, als sie auf dem Kirchplatz in Selling waren. Sie mußte hübsch gewesen sein im neuen Kleid und dem wertvollen Schmuck, denn die Leute starrten sie unverhohlen und bewundernd an. Und sie war stolz gewesen.

Dann kam eine Bäuerin, blieb vor ihr mit offenem Mund in peinlicher Überraschung stehen und verschwand gleich wieder. Plötzlich war auch der Simon weg, und sie sah ihn nicht mehr. Die Bäuerin kehrte in Begleitung von zwei Gendarmen zurück und schrie ihr ins Gesicht, daß sie ihren Schmuck trüge, den man ihr beim Einbruch gestohlen hatte. Sie hatte nur noch die vielen hämischen, neugierigen und gespannten Gesichter um sich gesehen, als sie von den Gendarmen abgeführt wurde und alles über ihr zusammenstürzte.

Sie hatte den Simon, der noch am gleichen Tag verhaftet wurde, nicht mehr gesehen, bis es zur Gerichtsverhandlung kam. Im Gerichtssaal lernte sie die Hinterhältigkeit des Winterer Simon erst kennen, als er behauptete, er wäre mit ihr versprochen, und sie hätte sich denken können, daß es mit dem Schmuck nicht stimmte. Damit wollte er sie zur Mitwisserin machen, und sie verdankte es nur der Einsicht der Richter, daß sie nicht als solche behandelt wurde.

Der Mutter hatte diese Aufregung den Rest gegeben. Nach der Beerdigung hatte der Bürgermeister sie auf die Gemeinde kommen lassen und ihr geraten, möglichst weit fortzugehen und sich einen Dienstplatz zu suchen. Warum hatte sie das nicht getan? Weil sie so sehr an dieser Waldheimat hing, daß sie es nicht übers Herz brachte, sie zu verlassen. Sie war nur bis nach Steinöd gekommen, weil sie gehört hatte, daß vielleicht der Ameisbauer eine Kleindirn nähme.

Und nun war der Winterer Simon auf dem Ameishof! Wochenlang hatte sie gebraucht, bis sie seinen gierigen und teuflischen Blick vergessen konnte, mit dem er sich im Gerichtssaal von ihr verabschiedete und ihr zuflüsterte: „Und ich laß dir doch keine Ruhe!“

Hier, auf dem Ameishof, hatte sie diese trüben Tage überwunden und weit hinter sich gelassen. Nun war alles, als wäre es erst gestern gewesen. Sollte sie vom Bauern verlangen, daß er den Simon wieder entließ? Der Bauer mußte froh sein, daß er überhaupt einen Helfer zur Holzarbeit bekommen hatte. Sollte sie ihm alles erzählen, wie es gewesen war? Dann könnte der Ameis sagen: Warum hast du davon überhaupt noch nichts gesagt und kommst erst jetzt damit, weil der Simon auf dem Hof ist?

Die Nacht verging, und sie hatte sie in Ängsten und unruhigem Halbschlaf verbracht, stand übermüdet und elend auf und ging nach unten. Der Simon hatte sein Bett unterm Dach bereits verlassen. Er saß, auf die Morgensuppe wartend, auf der Wandbank in der Küche, und der Blick seiner flackernden grauen Augen verfolgte sie bei jedem Schritt. Als sie ihn einmal ansah, zeigte er ihr ein höhnisches Lächeln.

„Der Bauer will, daß du zum Doktor gehst“, teilte die Hauserin ihr mit.

Sie schüttelte nur stumm den Kopf und ging aus der Küche in den Stall hinüber. Der Sepp folgte ihr, um ihr bei der Stallarbeit zu helfen und meinte gutmütig:

„Schaust net gut aus. Tät halt doch zum Doktor gehen, wenn es der Bauer schon haben will.“

„Hab net schlafen können“, wich sie aus. „Krank bin ich net.“

„Dirndl, Dirndl, in dir steckt was, und das muß heraus! Vielleicht kann ich es mir denken — aber mich geht es nix an.“

Vom Hof herein kam auch der Veitl in den Stall und tat recht aufgeräumt und heiter: „Na, Annamirl, wie geht es dir heut?“

„Ist schon wieder gut, Bauer.“

Er sah sie kritisch an. „Das glaub ich net. Was ist denn eigentlich los mit dir? Hat dir jemand was Unrechtes getan?“

Sie schluckte heftig: „Ganz gewiß net!“

Er mühte sich zum Lustigsein und meinte scherzend: „Gell, wird dir halt schon zu langweilig bei uns — nix wie Arbeit — und ein junges Dirndl will halt vom Leben auch was haben.“

Sie schüttelte nur den Kopf und sah nicht von ihrer Arbeit auf.

„Ich meine aber schon, daß es so ist“, bestand er darauf, „kommst ja gar nimmer unter die Leut. Naja, weißt, ich hab am Sonntag in Selling drunten ein Geschäft, und Kirchweih ist auch gerade dort, wenn du mitgehen möchtest, wär das auch für mich kurzweiliger.“

Sie fühlte, daß er log, daß er nichts in Selling zu tun hatte und ihr nur einen schönen Tag machen wollte, weil er meinte, das Vergnügen ginge ihr ab. Ihr wurde schwindlig. Ausgerechnet nach Selling zur Kirchweih wollte er sie mitnehmen! Vor einem Jahr war sie dort mit dem Simon gewesen, und die Leute kannten sie. Was war, wenn sie sich dem

Gespött und der Verachtung aussetzte und der Ameis war dabei? Seine Gutheit schmerzte sie. Konnte sie nein sagen?

„Na, willst mitgehen?“ fragte er noch einmal, und sie sagte entschlossen zu.

Er freute sich darüber und plauderte: „Weißt, wir gehen früh genug, damit wir drunten in Selling noch in die Kirche kommen. Und drunten bleiben wir, solange es uns gefällt. So ein lustiger Feiertag muß auch einmal sein. Freut uns die Arbeit wieder besser.“

Der Sepp mistete aus den Viehständen und lachte verstohlen.

Nun sah die Annamirl auf und lächelte den Bauern an. Er war wie gewandelt und freute sich wie ein junger Bursche. So hatte sie ihn noch nicht gesehen. Hätte sie es da fertigbringen können, ihm abzusagen?

Warum war er so zu ihr? Das wollte sie nicht weiter ausdenken, war halt ein guter Mensch, und als er so vor ihr gestanden hatte, da war er ihr viel jünger und noch sympathischer erschienen.

Bei der Morgensuppe sprach der Bauer ebenfalls von dem Gang zur Sellinger Kirchweih. Diesmal hatte sich auch die Annamirl mit an den Tisch gesetzt, und sie bemerkte den spöttischen Blick und das hämische Grinsen des Simon wohl. Erlöst atmete sie auf, als sich die Männer erhoben und zur Holzarbeit gingen. Nun war sie entschlossen, dem Bauern bald zu sagen, woher sie den Winterer Simon kannte, ihn aber zu bitten, daß er den Burschen deswegen nicht davonjagte.

In den folgenden zwei Tagen ließ der Simon sie auch unbehelligt.

Dann kam der Sonntag, und schon am frühen Morgen ging der Ameisbauer mit seiner Kleindirn hinüber ins Nachbartal, und als man dort zum Gottesdienst läutete, stiegen sie den Weg auf Selling nieder. Die Annamirl verzögerte und folgte nur langsam. Wenn sie doch erst unten ankämen, wenn die Leute schon in der Kirche waren!

Der Veitl plauderte über dies und das, stellte fest, daß es hier auch die Fluren ziemlich verwüstet hatte, und sie kam gar nicht dazu, ihm das zu sagen, was sie sich für diesen Gang vorgenommen hatte.

Schamrot und schweren Herzens betrat sie an seiner Seite die Kirche, und ein Stein fiel ihr von der Brust. Wohl sahen einige sie neugierig und erstaunt an, doch es waren nur wenige, die von ihnen Notiz nahmen. Waren die Sellinger so verständig, ihr nichts nachzutragen?

Nach dem Gottesdienst führte der Ameisbauer seine Kleindirn ins Wirtshaus und forderte sie auf, heute zu essen und zu trinken, was sie gerade wollte.

„Willst net erst dein Geschäft ausmachen?“ fragte sie ihn, und da gestand er ihr mit einem verschmitzten Lachen, daß das nur ein Vorwand gewesen sei, damit sich die anderen auf dem Hof nicht die Köpfe zu zerbrechen brauchten. Sie lachte mit ihm und war auf einmal so lustig und lebensfroh, daß ihre Wangen wieder Farbe bekamen. Darüber freute sich nun wieder der Veitl.

Gut ist er zu mir wie ein Vater, dachte sie, oder — wie ein Bräutigam. Und dabei wurde sie rot, stolz und froh. Für sie wurde es ein Tag, den sie nie vergessen wollte. Scherzend und lachend gingen sie am Nachmittag durch die Marktstände, standen vor der Schaukel und dem Karussell, und wenn sie es zugegeben hätte, dann hätte er alles gekauft, was ein junges Dirndl locken konnte. Sie nahm nur das Lebkuchenherz, das er ihr um den Hals hängte. Bekannte sprachen sie an, redeten mit ihr und dem Bauern und schienen sich an den Kirchweihsonntag vor einem Jahr, an die Annamirl von Siebeneck und die Geschichte mit dem Winterer Simon gar nicht mehr zu erinnern. Sie war darüber so glücklich, daß sie vermeinte, den schönsten Tag ihres Daseins zu erleben. Wenn dann jemand den Ameis scherzweise fragte, ob sie etwa seine Künftige wäre, dann schämte sie sich und wagte ihn nicht mehr anzusehen.

Ihm aber schien das einen Riesenspaß zu machen.

Als beim Oberwirt der Kirchweihtanz begann, gingen sie auch auf den Tanzsaal. Der Veitl tat es zwar ungern, aber er wollte der Annamirl die Freude verschaffen. Sie war so lustig und übermütig geworden, und das machte sie so hübsch, daß der Bauer sie gar nicht mehr aus den Augen lassen konnte. Sie suchten sich an einem Tisch einen Platz, und dabei fand der Veitl Bekannte.

Die Musikanten spielten auf, und schon schoß einer der Burschen an den Tisch, um die Annamirl zum Tanz zu holen. Fragend sah sie den Ameisbauern an, als müßte sie ihn, da er ja heute ihr Ausführer war, um Erlaubnis fragen.

„Tanz nur, Dirndl, jung ist man grad einmal!" forderte er sie lachend auf. Nun kam die Annamirl kaum mehr zum Sitzen, und die Burschen rissen sich um sie von einem Tanz zum anderen.

Zwar hatte der Veitl seine Unterhaltung am Tisch, aber immer unruhiger werdend, wandte er kein Auge vom Tanzboden und suchte immer wieder das Gesicht der Kleindirn.

Wie sie sich freuen konnte! Erst hatte er ein gutes Gefühl, doch als sie längere Zeit wegblieb und die Burschen sie zum Trinken an ihren Tisch einluden, stiegen in ihm quälende Gedanken auf, und der Tag freute ihn nicht mehr. Zählte er wirklich schon zu den Alten? Wo war denn seine Jugend geblieben?

Wenn er halt auch so gerade gewachsen wäre wie diese Burschen, die die Annamirl durch den Saal drehten, da hätte er sie zum Tanz genommen, und kein anderer hätte sie anrühren dürfen. Immer öfter griff er zum Bierkrug, und seine Reden wurden einsilbiger, bis er sich schließlich nicht mehr an der Tischunterhaltung beteiligte. Als die Annamirl wieder an den Tisch zurückkam, bemerkte sie seine Verstimmung. Sie schämte sich über ihre Ausgelassenheit, und daß sie den Bauern so lange allein hatte sitzen lassen. Hatte sie ihn gekränkt, da er sie nichts fragte und sie auch nicht ansah? Sie schämte sich und war traurig, saß, die Hände im Schoß, und überlegte. Sie nahm keinen Tänzer mehr an. Nach einer Weile sagte sie leise und verlegen zum Veitl:

„Bauer, warum tanzt du denn net?"

Er lachte bitter: „Dirndl, ich kann's ja net!"

„Das glaub ich net, Bauer."

Er schüttelte den Kopf.

„Warum sagst du alleweil Bauer zu mir? Sag halt auch Veitl wie die andern." Er fuhr sich durch den blonden Haarschopf, sah sie offen an und sagte verbittert: „Und warum ich net tanzen kann? Hab's net gelernt, weil's doch kein schönes Bild macht, wenn ich tanz, und weil doch jede froh sein muß, wenn ich sie net zum Tanzen hol."

Dazu lachte er auf und griff zum Maßkrug. Sie sah ihn

erschrocken und voller Vorwurf an. Nachdem er getrunken hatte, bekräftigte er noch einmal:

„Ja, ja, Dirndl, so ist es, und ich meine, du weißt das selber.“

Sie wich seinem Blick aus und meinte: „Aber mit mir könntest es doch einmal probieren, ich führ dich schon, daß du es lernst.“

Schamrot wurde sie, und er lachte. Er überlegte, und da gerade die Musik einen Zwiefachen begann, nahm er sie bei der Hand und führte sie wortlos auf den Tanzboden. Er verspürte den genossenen Alkohol, als er sich mit ihr durch den Saal drehte, und fast wurde er schwindlig.

„Du kannst es ja“, wunderte sie sich, ihn aber freute dieses Tanzen gar nicht. Eine trübe Erinnerung fiel ihn an.

Damals war auch Kirchweih, und er tanzte.

Da hatte er auch eine im Arm gehalten, hatte alles vergessen und war glücklich und voller Hoffen gewesen. Dann hatte die Zenzl, die Basl des Simandlbauern ihm die erste große Enttäuschung bereitet, hatte ihm den Glauben an sich selbst und an die Liebe genommen, und er durfte heut noch nicht daran denken, sonst verlor er wieder allen Mut.

Das genossene Bier stachelte ihn auf. Er dachte sich in einen Zorn hinein, gegen alle und alles. Was wollte er denn? Brauchte er denn die Weibsleute so hoch einzuschätzen? War er noch dumm wie ein junges Bürschl?

Der Tanz war zu Ende, und sie gingen an den Tisch zurück.

Warum sagt er nichts mehr und greift schon wieder zum Krug, dachte die Dirn. Sie saß sichtbar traurig und still auf dem Stuhl.

Da erbarmte sie ihn, und es wurde ihm wieder warm ums Herz. War er ungut gewesen, weil sie nun auf einmal so still war? Sie wollte halt lustig sein. War ja ein junges Dirndl! Und hatte er sie denn nicht deshalb zur Kirchweih mitgenommen, daß sie einmal einen schöneren Tag bekam?

„Tanz nur, Annamirl“, sagte er weich, „und willst was zum Essen? Darfst es bloß sagen.“

Aber ihr Lustigsein war verflogen, und sie bat: „Bauer, gehen wir heim. Ist recht schön gewesen, aber jetzt gefällt es mir nimmer.“

„Ist mir recht“, nickte er, „ist wohl besser, wir kommen noch beim Taglicht heim.“

Später Nachmittag war es geworden, als sie Selling verließen und wieder bergan gegen Steinöd wanderten. Es war Zeit gewesen, daß er vom Bier weg in die frische Luft kam. Daß es nun so verstimmt ausgegangen war, tat ihm leid. Wortlos gingen sie nebeneinander und taten, als interessierte sich jedes so sehr für den schönen Abend, daß sie füreinander keine Zeit hatten.

Auf der Höhe fragte er: „Hat es dir gefallen?“

„Ja — aber —“

Nun reizte ihn dieses „aber“, und er quengelte:

„Aber wenn ein junger und sauberer Bursch halt der Ausführer gewesen wäre, dann hätte es dir besser gefallen.“

„Nein“, antwortete sie ihm offen und bestimmt, und die Zurechtweisung in ihrer Stimme machte ihn ein wenig betroffen, „mit einem andern wär ich gar net fortgegangen.“

Darauf wußte er nichts zu sagen. Er wunderte sich nur, wie auch die Annamirl energisch reden konnte. Sie war aber noch nicht fertig.

„Ich weiß net, was du alleweil hast, Bauer, daß du dich selber alleweil zurücksetzen tust und dich selber für gar nix hast. Bist der angesehene Ameisbauer, und jeder soll halt froh sein, daß ihm das net passiert ist, was dich verschandelt hat. Bist ein so guter Mensch, und das ist doch die Hauptsache. Alles andere hat keinen Bestand." In ihrem Unwillen war sie wieder bis unter die Haarwurzeln rot geworden, und vorwurfsvoll, fast zornig sah sie ihn an.

„Das ist eine Rede", stotterte er. „Wär vielleicht gut gewesen, wenn mir das schon früher jemand gesagt hätte! Wie es aber heute ist —" Schulterzuckend setzte er den Weg fort.

Hinter ihnen, in Selling, kam aus den offenen Tanzsaalfenstern die Musik, und der Wind trug die Klänge bis zu ihnen auf die Höhe.

Da nahm sie allen Mut zusammen und fragte ihn: „Warum heiratest denn net, Veitl?"

Ein Leuchten ging über sein Gesicht. Zum erstenmal hatte sie ihn Veitl genannt. Also war sie ihm nicht gram darüber, daß dieser Tag eigentlich so mißlaunig ausgegangen war. Aber nur für einen Augenblick konnte die Wärme in ihrer Stimme seinen Groll zurückdrängen. Ihre Frage weckte ihn aufs neue.

„Heiraten?" Er lachte gezwungen. „Zum Heiraten gehören zwei." Nun ging er wieder schneller. Sie blieb neben ihm. Über den Bergrücken kamen sie zu den Hangfeldern von Steinöd und durchwanderten das Birkenwäldchen, das zwischen dem Simandlbauern und dem Ameishof lag.

Da war es gewesen. An dieser Stelle hatte die Zenzl ihm das gesagt, was ihm gehörte, und hatte ihn in den Schatten seines krüppelhaften Daseins verwiesen . . .

Warum sollte die Annamirl nicht wissen dürfen, warum er nicht geheiratet hatte und nicht ans Heiraten denken mochte? Er blieb stehen, als könnte er eine Last nicht mehr weitertragen und müßte verschnaufen. Den Blick wandte er nicht vom Boden und fing zu reden an, hart und tonlos. Und mit jedem Wort wurde ihm leichter.

Er erzählte von seiner Jugend, die ihm das Unglück gebracht hatte. Vom Vater sprach er ohne Bitternis, von der Mutter redete er tief bewegt und gestand ihr auch, wie er sich einmal um ein Dirndl beworben habe, die ihm zu verstehen gegeben habe, daß man keiner jungen Dirn zumuten könne, einen Krummen und Buckligen zu heiraten. Er wandte ihr sein kummervolles Gesicht zu, und die Falten um seinen Mund traten wieder scharf hervor:

„Ist net leicht gewesen für mich, aber ich hab es eingesehen. Aber weißt, Annamirl, was mich doch drückt, das ist der Hof. Der Ameishof. Sind alleweil Ameis drauf gewesen — und — wozu racker ich mich eigentlich ab, wenn doch einmal alles in fremde Hände kommen muß?“

Ratlos zuckte er die Schultern und fing wieder zu gehen an, so schnell, daß sie Mühe hatte, ihm zu folgen.

„Aber Veitl!“ Erschüttert faßte sie ihn am Arm und hielt ihn zurück. „Das versteh ich net! Das ist doch alles verkehrt! Muß doch eine froh sein, wenn sie Ameisbäuerin werden kann, wenn sie ein so schönes Heim bekommt und einen seelenguten Mann!“

Er blieb wieder stehen und sah sie prüfend an:

„Hab leicht ein wenig zuviel Bier getrunken, sonst hätte ich kaum davon geredet. Und hab noch zu keinem Menschen gesagt, was ich dir gesagt habe. Sollst es mir net übelnehmen.“

Sie schluckte und ihre Augen wurden heiß: „Wirst halt auf eine Reiche warten wollen."

„Mich mag keine Arme, und eine Reiche erst recht net. Wozu reden wir davon!" fuhr er sie grob an und schwieg erschrocken.

Über ihre Wangen kollerten zwei dicke Tränen. Hastig entschuldigte er sich:

„Hab ja gar net schimpfen wollen — nein — hab dich doch net beleidigen wollen. Aber wenn du mich verstehen tätest ... sag es doch selber: Bist ein junges und sauberes Mädel und möchtest doch auch keinen, der einen Buckel hat und hinkt?"

Das Weinen unterdrückend, stammelte sie: „Gar net versteh ich dich. Ich — mir — ich tät nur den guten Menschen wollen, wenn er auch mich haben will."

Ungläubig stierte er sie an.

„Wie meinst du das? Sag es, wie meinst du das?"

„Du glaubst halt, es könnte dich nur eine mögen, die auf den Hof spekuliert, auf die Ameisbäuerin. Ich kann das net begreifen — da wär mir doch net wegen dem Hof, wenn ich den Veitl heiraten sollte, den nähm ich", sagte sie im Bemühen, ihm die unguten Gedanken auszureden.

Seine Augen wurden groß. „Du? Du — möchtest wirklich? Du?" Er packte sie bei der Hand und drückte diese, daß sie die Finger schmerzten.

„Ja, Veitl."

Er lachte, als hätte sie einen guten Spaß gemacht. „Möchtest du mich ein wenig aufziehen?"

„Nein, Veitl!"

Feuchte Augen bekam er, und er hörte zu lachen auf.

Aber glücklich wie ein Bub, dem man etwas Schönes geschenkt hat, freute er sich:

„Ja, wenn das ist! Annamirl — wenn das ist! Dann bin ich ja ein Ochs gewesen! Oh, du liebes Dirndl!“ Er streichelte ihre Wange und wußte nichts mehr zu sagen, legte ihren Arm unter den seinen und zog sie fort.

„Was wird nur der Sepp dazu sagen? Und die Hauserin?“ lachte er dann wieder glückselig. „Was werden sie sagen, wenn ich mit einer Bäuerin heimkomme?“

Das steinige Tal im Abend dünkte ihm nun so schön und feierlich zu sein, wie er es noch nie gesehen hatte, und mit einer weiten Armbewegung umfaßte er seine Heimat und meinte: „Ist es net schön da bei uns? Wunderschön!“

Sie lächelte still und drückte seinen Arm.

„Jetzt laß ich dich aber auch nimmer aus, und schnell muß das gehen mit dem Heiraten! Morgen geh ich auf die Gemeinde, sonst könntest dir das wieder anders überlegen!“

„Bin ja froh, daß jetzt alles so ist“, gab sie zu.

Sie kamen zum Hof, und der Veitl deutete auf das neubedachte Haus.

„Das ist jetzt unsere Sach, Annamirl, und regieren soll allein die Bäuerin — und alle Arbeit wird mich wieder freuen — und grad schön muß es werden!“

Der Sepp saß die Pfeife rauchend auf der Gredbank und spekulierte in den Abend hinein.

„Seid ihr schon wieder da?“ begrüßte er sie und blinzelte sie forschend an. Mußte ihnen gefallen haben, dieser Gang zur Sellinger Kirchweih, denn die Annamirl war wieder frisch und lebendig, hatte so strahlende Augen, und der Veitl lachte wie einer, der einen guten Tag hinter sich hat.

„Sepp, ist ganz gut gewesen, daß ich auf die Kirchweih gegangen bin. Hab mir eine Bäuerin gefunden, und in vier Wochen wird geheiratet! Was sagst du da?“

Zweifelnd stand der Sepp und sah ungläubig auf den Bauern.

„Ist es eine Richtige?“ fragte er vorsichtig.

„Da steht sie“, feixte der Veitl und deutete auf die Annamirl.

„Na also!“ schnaufte der alte Knecht auf. „Das hab ich mir alleweil schon denkt, daß das was sein könnte mit euch zwei, aber zugetraut hab ich dir das net, Bauer. Wenn das deine Mutter noch erlebt hätte!“

Sie gingen ins Haus.

Die Hauserin wurde ganz weiß bei der Nachricht, die sie ihr brachten, und die Annamirl fiel ihr um den Hals und flüsterte ihr zu: „Oh, Hauserin, hoffentlich wird es was Rechtes. Ich kann es noch gar net glauben.“

„Hast ein Glück, Dirndl, sei froh darüber!“

Beim Nachtmahl saßen sie zu viert; denn der Winterer Simon war schon am Mittag zum Dorfwirt gegangen und noch nicht zurück. Sie blieben auch nach dem Essen und Aufräumen noch eine lange Weile sitzen, und der junge Bauer sprach in dieser Stunde mehr als sonst in drei Tagen, redete von der Hochzeit und der Arbeit und spürte keine Sorgen mehr.

Eine stille Hochzeit sollte es sein, wünschte die Annamirl, die Trauung in der Kirche und dann daheim ein wenig gefeiert. So war es allen recht.

Bis der Annamirl schon die Augen zufielen und die Hauserin meinte, daß es Zeit zum Bettgehen wäre. Sie suchten ihre Kammern auf, und im finsteren Hausgang umfaßte der Veitl die Annamirl und gab ihr den ersten Kuß. Sie entwischte ihm schnell, huschte die Bodenstiege hinauf und verriegelte sich in ihrer Schlafkammer.

Sie hörte den alten Knecht drüben ein Liedlein summen und mußte lachen. Der gute Sepp! Wenn man halt so mit einem Hof verwachsen ist, dann ist man wie ein Angehöriger und lebt alle Sorgen und Freuden mit. Die Aufregung ließ sie nicht schlafen, und der vergangene Tag lief noch einmal vor ihr ab. Je mehr sie darüber nachdachte, desto beklommener wurde ihr. Der Simon! In ihrem Glück hatte sie nicht an ihn gedacht. Warum hatte sie dem Veitl heute nichts von diesem Lumpen gesagt? Sie fürchtete sich vor diesem verkommenen Burschen. Wie würde das aussehen, wenn der Simon dem Veitl gegenüber Andeutungen über ihre frühere Bekanntschaft machen sollte? Zwischen Wachen und Träumen wich das Glück den Zweifeln und der Angst. Das marterte sie, daß sie es kaum mehr ertragen konnte.

Es mochte um Mitternacht sein, als sie hellwach wurde. Die Haustüre war gegangen, und die stolpernden und stoßenden Schritte auf der Bodenstiege waren die eines Betrunkenen. Er brummte vor sich hin, suchte im Finstern das Bett in der Ecke unterm Dach. Die Schuhe polterten auf die Bodenbretter, und dann knarrte die Bettstelle.

Erleichtert atmete sie auf. Morgen würde sie dem Veitl alles erzählen. Er würde sie nicht mit diesem üblen Burschen unter einem Dach lassen. Sie würde ihn gar nicht darum zu bitten brauchen, den Winterer Simon weiterzuschicken.

Ihr unruhiger Schlaf konnte nur kurz gewesen sein. Ein Klopfen an ihre Kammertür riß sie hoch, und die Angst schüttelte sie. An der Klinke wurde gerissen und dann wieder das Pochen, daß man es im ganzen Haus hören mußte. Ihr Herz pochte bis zum Hals herauf. Wenn das die anderen hörten — was mußten sie denken?

Brummend und schimpfend, salfernd in seiner Betrunkenheit, rief der Simon, erst leise, dann lauter:

„Annamirl, mach auf!"

Sie hielt den Atem an und bewegte sich nicht. Rauh und fordernd zischte der Simon: „Mach auf, oder ich renn dir die Tür ein!"

Sollte sie um Hilfe schreien? Draußen warf sich der Simon gegen die Tür, und krachend flog sie in die Kammer. Mit einem lauten Schrei sprang die Annamirl aus dem Bett und flüchtete sich im Finstern in die Ecke hinterm Kasten. Der Simon suchte tappend und vor sich hinfluchend nach ihr. Da erschien in der Kammertür der alte Sepp mit einer Kerze.

„Was ist denn da los?"

„Sepp!" jammerte die Dirn und brach in haltloses Weinen aus.

„Was willst du da?" fuhr der Sepp den Simon an, der stumpf und dösend dastand und dann am alten Knecht vorbei wieder aus der Kammer wollte. An der Tür vertrat der Veitl ihm den Weg. Sein Gesicht war verzerrt vor Grimm. Er kannte sich aus. Ruhig bleibend deutete er nur nach der Bodenstiege und sagte drohend: „Raus!"

Ungläubig und verlegen zahnte der Simon ihn an und torkelte in den dunklen Bodenraum hinaus.

„Geh ja schon!“ knurrte er und wollte seiner Bettstelle zusteuern, doch der Veitl hielt ihn am Arm zurück und brüllte ihn an:

„Raus aus dem Haus, und zwar sofort! Zusammenpacken und verschwinden!“

„Was? Jetzt in der Nacht?“ begehrte der Winterer Simon auf.

„Das ist mir gleich! Wer net weiß, was sich gehört, hat bei mir keinen Platz!“

Der Simon lachte hinterhältig. „Ist denn da was dabei, wenn ich mit meinem alten Gspusi was zu reden hab?“

Das Gesicht des Bauern wurde starr. Nun war es aber auch dem Sepp zu dumm geworden. Er stellte die Kerze ab und ging den Simon an. Seine harten Fäuste packten den Betrunkenen an den Schultern und schüttelten ihn und stießen ihn zur Bodenstiege:

„Wennst jetzt net verschwindest, dann schlag ich dir das Kreuz ab!“ Auch der Veitl griff zu, und sie brachten den Burschen die Stiege hinunter, sperrten die Haustür auf und warfen ihn mit einem kräftigen Stoß auf die steinerne Gred hinaus. Der Sepp kehrte zum Dachboden zurück, suchte die wenigen Sachen, die dem Simon gehörten, und warf sie ihm nach. Dann verriegelten sie die Haustür. Der Hinauswurf hatte den Winterer ernüchtert, und in der hellen Nacht suchte er fluchend seine Schuhe und sein Gewand zusammen und zog sich an. Sein Schelten klang von den Stadelwänden zurück. Dann war es eine Weile ruhig, und ein Stein flog durch das Fenster in die Stube, in der der Veitl und der Sepp standen, daß die Scheiben splitterten. Von der Wand in der Hausflötz nahm der Veitl die Ochsenpeitsche und stürzte vor das Haus. Da verschwand der Winterer Simon in der Nacht und drohte zurück:

„Ameisbauer, du wirst noch an mich denken!"

Sie gingen wieder nach oben, und der Sepp verschwand in seiner Kammer. Der Veitl sah durch die eingedrückte Kammertür der Dirnstube die Annamirl angekleidet auf dem Bett sitzen, und im Schein der auf dem Tisch abgestellten Kerze leuchtete ihr Gesicht geisterbleich.

Im Türrahmen stehend, sagte der Veitl und sah sie dabei nicht an:

„Jetzt leg dich nur schlafen, den haben wir losgebracht, und ins Haus kommt mir so ein Lump nimmer!" Er sagte es tonlos und nüchtern, und sie sah ihn ängstlich an.

„Veitl, ich — kann nix dafür", wimmerte sie noch in der ausgestandenen Angst.

„Ist schon recht, geht mich ja nix an."

Drunten schlurfte die Hauserin durch die Stube und lamentierte, kam auf den Hausgang und wollte herauf.

„Ist weiter nix los, Hauserin!" rief der Bauer hinunter, „kannst dich schon wieder niederlegen!"

„Gelogen hat er, der Lump", versicherte die Annamirl, „hab mit dem nicht das geringste zu tun gehabt, darfst es mir bei der Seligkeit meiner Mutter glauben. Aber angetan hat er mir genug! Wollt dir das schon sagen."

Er sagte nichts, stand unschlüssig und wollte sich nun zum Gehen wenden.

„Bauer, ich weiß, daß du mir das net glauben willst", schluchzte sie, „hätt dir das schon sagen sollen, als der Simon eingestanden ist — jetzt wird es halt zu spät sein. Jetzt ist es wohl besser — ich geh auch — morgen früh."

Ans Bett ging er und schüttelte sie: „Bist denn narrisch geworden? Dir hat niemand gekündigt! Du bleibst!"

Der alte Sepp horchte in seiner Kammer auf, als der Veitl laut wurde und schüttelte den Kopf. Stritten sich jetzt die beiden auch noch? Ging jetzt das kurze Glück des Veitl wieder in Trümmer? Und mußte er alles im ersten Zorn wieder zerschlagen?

Sein Gspusi soll die gewesen sein? Mit einem solchen Zigeuner soll die Annamirl ein Verhältnis gehabt haben? Das wollte ihm nicht in den Kopf. War sie nicht erschrokken, wie sie mit dem Simon ins Haus kamen? Damals hatte er sich schon gedacht, daß die zwei sich kennen müßten und etwas zwischen ihnen lag, was nicht hasenrein war. Lustig war sie gewesen bis zu diesem Tag, und dann hatte sie das Herumlusen und Trenzen angefangen und war wie eine Kranke geworden.

Von Siebeneck war sie — und er auch.

Aber das konnte doch nicht sein! War da vor einem halben Jahr dahergekommen, das Dirndl, wie vom Himmel gefallen, und dann hatte er, der Großknecht, allmählich das Denken und Wünschen angefangen, daß das eine Bäuerin für den Veitl wäre. Und wie er den Buben kannte, war der heutige Tag für ihn der schönste seit vielen Jahren gewesen. Und nun ging das so aus, daß sie sich stritten.

Die Annamirl erbarmte ihn, daß er hätte flennen können wie ein Kind. Wie er den Buben kannte, zerstörte dieser in seiner Enttäuschung selber wieder alles. Die Unruhe trieb ihn auf.

Jetzt war wieder Ruhe und der Veitl wahrscheinlich wieder im Bett. Die Annamirl würde so schnell nicht schlafen können. Das mußte er wissen, was hinter den falschen Worten des Simon stand. Sie würde es ihm schon sagen. Zu ihm hatte sie Vertrauen und einer mußte dasein, der jetzt darauf sah, daß die zwei nicht durch ein dummes Gerede auseinanderkamen. Wird so schlimm nicht sein, wenn auch ein wenig was dahinter gewesen sein sollte mit dem Simon und der Annamirl. Jeder Mensch macht einmal einen Fehler. Wenn der Veitl jetzt Geschichten machte, dann stand der Großknecht zur Kleindirn. Ihm war das in die alten Knochen gefahren, daß er ganz zittrig wurde. Jetzt gleich mußte er mit der Annamirl reden.

Er tappte aus seiner Kammer in den Bodenraum hinaus und hinüber zum Dirnenstübl. Aus der Tür kam ein schwaches Licht. Leise pirschte er sich hinüber, um sie nicht zu erschrecken, und spitzte um die Ecke des Türstockes, zog sich schnell wieder zurück und schlich schmunzelnd zurück in seine Kammer. Zufrieden legte er sich nieder.

„Gott sei dank", schnaufte er und richtete sich zum Schlafen.

Auf dem Bett der Annamirl saßen die zwei und hielten sich an den Händen, und die Annamirl erzählte dem erleichterten Veitl, wie sie der Simon vor einem Jahr ins Leutgerede und ins Dorfgespött gebracht hatte.

Der Ameisbauer heiratete seine Kleindirn!

Darüber hatten die Leute vom Steinöder Tal und weit darüber hinaus sich eine Weile zu wundern und zu reden. Nicht das Beste redeten sie, denn daß ein großer Bauer eine arme Dirn heiratete, war gegen alles Herkommen. Noch dazu der Altersunterschied und eine Dirn, die so sauber war, daß sich die jungen Leute im Dorf an den Sonntagen die Augen ausschauten, wenn die Annamirl zur Kirche ging. Die hätte auch einen andern bekommen als den Veit Ameis, meinten die Jungen mißgönnend.

Nun ja, sie werden alle zwei froh sein: Der Ameisbauer, weil er ein junges und hübsches Weib bekam, die noch dazu für zwei arbeitete, und die Annamirl, weil sie nun dort oben Bäuerin wurde, wo sie eigentlich Magd sein müßte, und weil sich nicht alle Tage das Glück fand, Bäuerin zu werden, wenn man hinten und vorne nichts besaß, munkelten die Weibsleute.

Ist ja alles recht, meinten die alten Bauern, wenn er es sich leisten kann und keine mit Geld braucht. Eine Bäuerin muß er ja schließlich haben, höchste Zeit war es für ihn, wenn es noch Nachkommen geben sollte. Und die brauchte der Hof. Wie es ihm ging, wußte man ja nicht, denn der Veit Ameis ließ sich nicht in die Karten schauen. Zu beißen hatte er, das wußten sie, denn auch er war ja beim Klöpfl gewesen und hatte Geld aufgenommen. Lebten überhaupt wie die Einöder da droben, aber sie rackerten und schlugen sich mit dem Windbruch herum, daß es eine Freude war. Mit dem Helfer hatte es nicht gut getan, und jetzt schafften sie selber weiter. Und die Annamirl arbeitete wie ein Holzhauer. Grad groß und stark wurde die bei dieser Arbeit.

Den Respekt konnte man diesen Schaffern vom Ameishof nicht versagen. Vor allem der Annamirl nicht. Hätten nur alle Bauern solche Ehhalten, wie der Ameis sie hatte!

Auf die Hochzeit waren sie neugierig.

Es ging aber kein Hochzeitslader, und zu keinem Mahl wurde angesagt. An einem Herbstmorgen ließen sie sich so früh trauen, daß es noch fast dunkel war und man im Nebel kaum zehn Schritte weit sehen konnte. Der Sepp und der Simandlbauer hatten die Beiständer gemacht, und als einziger Kirchengast dieser Trauung saß die Hauserin im Betstuhl. Nach der Trauung und der Frühmesse gingen sie wieder heimzu im grauenden Tag, und als sie auf die Höhe und aus dem Talnebel kamen, ging die Sonne auf, und wie ein weißes Meer wogte der dichte Dunst unter ihnen. Der Kobelwald und der Möserstein, der Birkenberg und der Ameishof ragten wie Inseln aus dem Gewoge und darüber spannte sich ein hellseidenblauer Himmel, wie ihn nur der Herbst bringen konnte. Doppelt wohltuend empfanden die Hochzeitsleute die erste Sonnenwärme, und sie sahen den Tag so feierlich und besonders, als gingen sie schweigend in einem großen Dom. In sich gekehrt, die Hände um das Gebetbuch gekrampft, ging die Annamirl neben dem Veitl, fleißig diskutierend folgte der Simandl mit den Ehhalten.

Nun vergoldete die Morgensonne den Ameishof, und die Annamirl vermeinte, ihn noch nie so schön und heimelig gesehen zu haben. In der Nacht hatte der Sepp zwei Tännlinge an die Haustüre gemacht, und die Fenster glänzten frisch geputzt. Alles um den Hof war sauber aufgeräumt.

Mit leuchtenden Augen sah sich auch der Veitl um, sperrte die Haustüre auf, nahm die Annamirl bei der Hand und führte sie in die Stube.

„Wünsch dir lauter gute Tage, Annamirl", sagte er heiter, „daß du nie eine Sorg haben sollst und daß dich dieser Tag nie reuen soll."

„Oh, Veitl, kann es dir ja net sagen, wie mir ist", lächelte sie und wischte sich über die Augen.

„Recht viel Glück, Bauer, recht viel Glück, Bäuerin“, wünschten nun auch die anderen.

Dem Bauern kam es merkwürdig vor, daß sich heute alles um ihn und sein junges Weib drehen sollte, und er fühlte sich gar nicht wohl dabei. Am liebsten wäre er schnell wieder aus dem schwarzen Anzug geschlofen, hätte die Axt genommen und wäre in den Wald hinaufgegangen, wie alle Tage. Er und seine Annamirl wußten auch so, daß sie nun zusammengehörten. Aber es sollte ihm recht sein, einen Tag zu feiern, damit wenigstens die Annamirl, die sich so freute, sagen konnte, mein Hochzeitstag ist schön gewesen.

Doch diese war schon in der anliegenden Kammer verschwunden, die künftig ihre gemeinsame Schlafkammer war, und hatte das einfache Kleid, das sie zur Trauung getragen hatte, mit einem anderen vertauscht. Flink hantierte sie am Herd, und bis die Hauserin wieder in die Stube kam, duftete schon der Bohnenkaffee und stand der Kuchen auf dem Tisch.

Es war eine fröhliche kleine Gesellschaft, die zum Frühmahl zusammensaß, und sie waren so froh gestimmt, daß sie fast alle zugleich reden wollten. Die Morgensonne schien auf den weißgeschruppten Stubenboden und gab einen hellen Widerschein auf die Bilder an den Wänden. Im Herrgottswinkel steckte unterm Kreuz ein frischer Herbstblumenstrauß, und die weiße Tischdecke machte die Stube festlich.

Nach dem Kaffee brachte die Annamirl aufgeschnittenes Geräuchertes und stellte eine Flasche Kirschschnaps auf den Tisch. Stolz beobachtete der Veitl, wie sie schon als Hausfrau und Bäuerin hantierte.

„Grad schön ist es“, stellte der Sepp fest. „Ich glaube, daß es auf dem Ameishof noch keinen so schönen Tag gegeben hat, seit ich da bin, und das ist jetzt schon über fünfzig Jahre.“ Er fühlte sich wie der Vater des Bräutigams. Der Schnaps stieg ihm bald in den Kopf, und er wurde zusehends übermütiger, wurde dann still und trank, als müßte er den Jammer und die Not vieler Jahre hinunterspülen. Dann nahm er kurzerhand die Flasche, setzte sie zu einem kräftigen Schluck an, stellte sie wieder auf die Tischplatte, als wollte er mit ihr ein Loch durch das dicke Ahornbrett stoßen, und stand auf.

„Liebe Hochzeiterer, lieber Bauer und liebe Bäuerin! Es ist ein schöner Tag, den wo ihr heute feiern tut, und da gehört eine Rede her, und weil keiner was sagt, muß ich es sagen. Und ich kann grad sagen: schön ist es, ja, schön ist es, daß wir jetzt eine junge Bäuerin haben, und es ist schad, daß das die alte Bäuerin nimmer erlebt hat. Tut fest zusammenhalten und net streiten. Und auf einen Bauernhof gehören Kinder, ohne die ein Hof keinen Bestand hat — also, schaut dazu, daß sich was rührt. Das wißt ihr ja schon, daß das Leben wie eine Putzmühl ist, durch die man durchgetrieben wird wie das Korn, und wenn man gut durchkommen will, muß man sich sauberhalten und muß sich wehren, denn wenn man als afteres Korn durch die Mühl geht, dann fressen einen die Säu. Und wenn es einmal hart hergeht, dann müssen Mann und Weib zusammenstehen, daß man sie mit Rössern net auseinanderreißen kann. Der Herrgott segne euren Hausstand.“

„So, das hätten wir“, sagte er noch und setzte sich wieder, von seinen eigenen Worten gerührt. Bald war er aber wieder der lustige Unterhalter, der viele Sprüchl wußte und zu allem ein Späßlein hatte. Der Veitl aber war nachdenklich geworden und überließ die Unterhaltung dem Simandlbauern und dem Sepp.

Indessen ging der Vormittag vorbei, und die Hauserin und die Annamirl hatten das Essen vorbereitet. Bis zu diesem Tag hatte der alte Sepp das Tischgebet gesprochen, nun aber übernahm es die junge Bäuerin selbst, den anderen vorzubeten.

Die jungen Eheleute aßen wenig und sahen sich nur immer wieder lächelnd an. Der Sepp und der Simandl lobten die Kochkunst und ließen es sich schmecken.

Draußen ging jemand an den Fenstern vorbei über die Gred und trat in den Hausgang.

„Da kommt ein Hochzeitsgast!" lachte der Simandlbauer.

Nach einem leichten Anklopfen trat der Makler Moritz Klöpfl ein, und peinlich berührt erhob sich der Ameisbauer.

„Je, da komme ich ja gerade zum Essen!" sagte der Makler und tat freundlich, während seine Augen die Stube abwanderten, neugierig und schätzend.

Der Simandlbauer äugte mißtrauisch auf den Mann. Auch er war mit einer kleinen Schuld bei ihm in der Kreide. Der Ameis also auch? dachte er. Hatte denn der Halsabschneider das ganze Dorf in Händen? Der Veitl vergaß in seiner Verwirrung den Klöpfl zu begrüßen, und er stieß nur unwillig heraus:

„Was willst!"

Ein wenig erstaunt, aber gar nicht beleidigt über den scharfen, unfreundlichen Ton, lächelte der Makler:

„Hab nur etwas Geschäftliches. Aber ich kann warten."

„Hab schon gegessen, können es gleich abmachen — das Geschäft.“

„Der Ameis hat geheiratet, hab es schon gehört, ist das die junge Bäuerin“, süßelte der andere und verbeugte sich galant und tief vor der Annamirl, die ihn nur mißtrauisch betrachtete und recht ernst geworden war.

„Ja, das ist die Bäuerin“, gab der Veitl ihm kurz Bescheid und machte die Stubentür weit auf: „Gehen wir in die obere Stube.“

Er ging voran und Klöpfl folgte ihm, nachdem er sich mit einem Bückling von den anderen verabschiedet hatte.

Schweigend sahen sich die Zurückgebliebenen an. Der Bauer hatte bei dem Makler Geld aufgenommen, der Sepp wußte das, und auch die Annamirl hatte der Veitl schon eingeweiht. Was wollte der Klöpfl? Jetzt das Geld zurückhaben? Warum war der Veitl so blaß geworden, fragte sich bang die Annamirl. Es kam bei ihnen keine Unterhaltung mehr auf. Was sie noch sprachen, taten sie leise, als dürften sie durch lautes Reden die Verhandlungen in der oberen Stube nicht stören.

„Ich mache mich jetzt wieder auf den Heimweg“, entschloß sich der Simandlbauer und erhob sich langsam, als erwarte er, daß sie ihn zum Längerbleiben aufforderten. Als niemand etwas sagte, verabschiedete er sich von der Bäuerin durch einen Händedruck.

„Muß ja doch daheim nachschauen, gegen abend komm ich noch einmal zu euch.“

Es blieb still, als er gegangen war. Der Sepp wanderte unruhig in der Stube hin und her, die Hauserin und die Annamirl räumten wortlos den Tisch ab. Wenn der Klöpfl nun vom Bauern Geld wollte, dann war das gerade keine Zeit zum Fordern. Holz war noch keines verkauft, und vom Kuhgeld würde der Bauer nimmer viel im Kasten haben. Dem Sepp ließ es keine Ruhe. Er ging in die Hausflötz und horchte nach oben, trat vor das Haus und sah zu den Fenstern hinauf. Er kratzte sich hinter den Ohren und überlegte.

Das war ein sauberes Geschenk zum Hochzeitstag! Wenn sich nur der Bauer nicht noch weiter einsäckeln ließ! Diesem Gauner war der ehrliche Veitl nicht gewachsen, da hätte er mehr von der Art seines Vaters gebraucht. Der alte Ameis wäre schneller fertig gewesen mit dem Kerl.

Schwer ließ sich der Veitl auf einen Stuhl fallen und lud den anderen ein, am schrägfüßigen Bauerntisch Patz zu nehmen. Umständlich setzte sich dieser und legte seine Aktentasche auf den Tisch. Lauernd prüfte er Stück um Stück der Einrichtung, Schrank und Truhe, Bilder und die Gläser auf der Kommode, schlug die Beine übereinander und faltete die beringten Finger auf dem Bauch. An einem erloschenen Zigarrenstumpen saugend, fragte er schließlich, gemacht freundlich:

„Na, wie geht es, Ameis?“

„Net gut! Was willst? Bist wegen dem Geld da?“

„Ja, leider“, heuchelte der Klöpfl bedauernd, „weißt ja, wie es geht. Hätt ein gutes Geschäft zu machen, an dem auch was verdient wäre, dazu brauch ich mein Geld. Wollt dir das nur sagen. Wär natürlich gut, wenn du mir gleich das Geld geben könntest. Hab mir gedacht, bei einer Heirat kommt immer Geld ins Haus —“

„So? Hast du gedacht? Ist aber net so, und Holz hab ich auch noch keines verkaufen können. Woher sollt ich also

Geld haben? Vor acht Wochen bring ich nix her, vorher kann ich gar kein Holz anbringen.“

Der Makler wiegte den Kopf und sah angestrengt zur Decke.

„Ameis, mir ist die Sache vielleicht zuwiderer als dir. Ich verspiel glatt tausend Mark, wenn ich den Handel net machen kann, den ich vorhab. In drei Tagen brauch ich das Geld dazu. Tät dir ja gern später wieder eins leihen, aber jetzt — Geschäft ist Geschäft.“

„Aus der Haut kann ich es mir auch net schneiden. Du hast gesagt, du druckst mich net, und übrigens hab ich es auf monatliche Kündigung.“ Der Veitl ahnte, daß ihn der andere nur zappeln lassen wollte, was aber dahintersteckte, wußte er nicht.

„Was nützt mir die Kündigung? Wenn du das Geld heute net hast, dann hast du es in vier Wochen auch net. Ich schau halt in drei Tagen noch einmal her, Ameisbauer“, sagte der Makler nun schon kühl und bestimmt, machte aber keine Miene, zu gehen.

„Vor acht Wochen kann ich net, und vorher brauchst gar nimmer nachzufragen!“

Gleichgültig mit den Fingern spielend, saß der Klöpfl und antwortete ihm geschäftsmäßig:

„Tja, Ameis, dann kann ich dir halt net helfen, so leid es mir tut, dann muß ich halt —“ Absichtlich sprach er nicht zu Ende und warf einen schnellen Blick auf den Veitl, der sich nun auf den Tisch hineinbeugte und ihn scharf fragte:

„Was mußt du?“

Nun wurde der Klöpfl ungeduldig:

„Klagen muß ich halt, Bauer, was denn sonst!“

Der Veitl sah auf seine groben zerarbeiteten Hände und saß gebückt, als hätte die Drohung seinen Rücken noch mehr gekrümmt. Die Röte schoß ihm ins Gesicht, und er schlug mit der Faust auf den Tisch.

„Wenn ich net kann, kann ich net! Da ist das Reden umsonst!"

„Ameis", lenkte der Makler nun wieder ein und legte dem Bauern die Hand beruhigend auf den Arm, „ich will dich ja net drängen, und bei dir ist ja mein Geld sicher, das weiß ich ja. Aber Geld muß arbeiten, und wer gibt mir was, wenn ich das gute Geschäft net machen kann? Wenn das danebengeht, muß ich mich ja an dich halten. Deswegen ist es besser, wenn wir im guten zusammenkommen. Du entschädigst mich für das verlorene Geschäft und zahlst mir in vier Wochen dreitausend auf die Hand, und wir sind wieder im reinen. Bei dir mache ich das, weil ich dich net drücken will."

Der Veitl sah ihn zweifelnd an. Dreitausend wäre er auf einmal schuldig und hatte nur zweitausend aufgenommen? Was war das für eine Rechnung? Und wenn ihn der Gurgelabschneider verklagte, was war dann? Dann kamen neue Kosten dazu, und der Gerichtsvollzieher war eher auf dem Hof, als er sich das denken konnte. Drunten in der Stube würden sie schon bangen, weil er mit dem Spitzbuben so lange verhandelte.

„In acht Wochen, eher geht es nie", murrte er.

„Also dann, in acht Wochen", gab der Makler zu, verdeckte ein zufriedenes Schmunzeln hinter der vorgehaltenen Hand und griff zur Aktentasche. Er zog daraus das bereits geschriebene Formular und den alten Schuldschein hervor, gab diesen zurück und reichte ihm das neue Schuldbekenntnis zur Unterschrift. Kurz entschlossen setzte der Ameis seinen Namen darunter und zerknüllte zornig den alten Schuldschein. Ohne noch ein Wort zu sagen, stand er auf und wartete, bis der andere seine Aktentasche aufgenommen hatte und ihm voran aus der Stube ging. Er achtete auch nicht mehr auf den Abschiedsgruß des Maklers, der sich mit einem zufriedenen Lächeln entfernte.

Vor dem Hof blieb der Klöpfl noch eine Weile stehen, betrachtete taxierend Haus, Stall und Stadel, nickte und marschierte davon.

Mit keinem Wort erwähnte der Veit Ameis seinen Leuten gegenüber etwas vom Zweck des Besuches.

Am Nachmittag machte das junge Paar einen Gang um den großen Grundbesitz des Ameishofes. Die Annamirl fragte und plauderte und versuchte den Veitl von seinen Sorgen abzulenken, die sie ihm vom Gesicht ablesen konnte. Das Tal hatte sich nach dem Unwetter wieder etwas erholt, die Kartoffeln versprachen eine schmale Ernte, das Winterkorn ging auf. Je mehr er ihr von den Grenzen und Gründen erklärte, desto mehr vergaß er den Kummer, und nun sprach aus seinen Worten wieder der Stolz des Bauern. Er plante und ereiferte sich, und sie war erleichtert und stolz auf ihn.

Vor den Totenbrettern beim Feldkreuz der Ameisbauern, die einmal vor ihnen auf dem Hof gewesen waren, verweilten sie und standen eine Zeitlang im stillen Gebet. In herrlichen Herbstfarben zeigte sich noch einmal der Kobelwald unterm blauen Himmel. Nah in der klaren Luft standen ringsum die Waldberge.

Krähen zausten sich kreischend in den gelb und feuerrot leuchtenden Buchenwipfeln, und Eichkätzchen huschten eilig im raschelnden Laub, um die Waldernte in ihr Winterversteck zu schleppen.

Sie gingen den Weg in den Kobelgrund Hand in Hand und freuten sich über jedes letzte und karge Vogellied in der herrlichen Herbstnatur.

Das junge Weib erschauerte, als sie plötzlich vor der Bauernmarter standen, der düsteren, vom Unwetter schiefgedrückten Holzkapelle unterm düsteren Zwielicht des dichten Tannenbestandes. Die Welt, das Steinöder Tal und der Ameishof schienen ihr nun fern, weitab von diesem seltsamen stillen Ort. Starr und unbeweglich, wie finstere Wächter ragten die Bäume, kein Vogellaut war mehr um sie, und alles stimmte traurig und scheu. Alles Lebensfrohe mied diese verborgene Kapelle und der feuchte Waldboden strahlte Totenhauch aus. Hier gab es keine Freude, keine Lust.

Sie näherten sich, leise auftretend, der Kapelle, als dürften sie die Ruhe dieses weltfernen Waldwinkels nicht stören.

Nun gingen sie in die Kapelle, und er begann, ihr von der Geschichte der Bauernmarter zu erzählen und die verblaßten Wandbilder zu erklären. Als sie sich umsahen und seine halblauten Worte so scheusam hohl in dem kleinen Raum nachhallten, fror sie.

„Gehen wir", bat sie, „hier ist es zum Fürchten. Das Kapellerl werden wir einmal richten lassen, damit es freundlicher wird."

Schweigend gingen sie wieder heimzu.

Was er dachte, drückte er in ernsten Worten aus:

„Die alten Ameis haben sich um den Hof gerauft und haben sich gewehrt, und der Urahn hat dabei sein Leben lassen müssen. Ich tät auch lieber raufen und kämpfen, selbst wenn ich auch dran glauben müßte, als daß ich noten und sorgen muß, wie man die Schulden wegbringt. Dreinhauen wär besser."

„Veitl, wer kann denn dafür, daß das Unwetter gekommen ist! Wird ja auch wieder eine andere Zeit werden. Freilich ist es jetzt hart für uns, aber wir wollen uns doch das Herz nicht selbst schwer machen."

Sie nahm ihn bei der Hand.

„Ist gut, Annamirl, und ich verlaß mich auch auf dich, daß du mir alleweil wieder Mut gibst, wenn ich verzweifeln möchte. Ist auch wahr, was muß ich von Sorgen reden — und hab ein Glück, wie ich es mir nie geträumt hätte."

„Veitl, ich weiß, was eine Heimat wert ist und ein guter Mann."

„Ist recht, Annamirl, ist recht. Es wird wieder recht werden. Als sie auf dem Rückweg zum Hof wieder an den Totenbrettern vorbeikamen, sagte er: „Weißt, ich muß alleweil soviel an meine Mutter denken, das arme Leut hat wirklich nix Gutes gehabt und hat doch net geklagt. Ihr Leben ist ein Kreuzweg gewesen. Deswegen möcht ich von ihrem Totenbrett weg bis zur Marterkapelle einen Kreuzweg aufstellen lassen, zum Andenken an sie und alle Bauern und Bäuerinnen vom Ameishof — und auch als Dank dafür, daß mir der heutige Tag so eine liebe Bäuerin gebracht hat. Was meinst denn dazu?"

„Ja, Veitl."

Dann waren wieder die schweren Tage der Holzarbeit gekommen, und der Ameis und seine Bäuerin werkten zusammen mit dem alten Sepp, ohne aufzusehen, als müßten sie den großen Windwurf in einem Monat aufarbeiten. Die Nutzstämme lagen zum Verkauf bereit.

Sie dachten gar nicht mehr daran, sich noch einmal um einen Holzarbeiter umzusehen. Davon redeten sie nicht einmal. Der Winterer Simon hatte durch einen Buben seinen Lohn holen lassen und war aus Steinöd verschwunden.

Sie hatten auch ohne Helfer so viel Holz aufgearbeitet, daß der Veitl dem Sägewerksbesitzer Schaller von Unteröd sagen lassen konnte, er möge kommen und sich das Blochholz ansehen. Der Schaller kam und bot für das Holz zweitausendfünfhundert Mark, für eine Menge, die zu anderen Zeiten das Dreifache wert gewesen wäre. Zweihundert Mark wollte er noch drauflegen, wenn das Holz im Winter zur Dorfstraße hinabgezogen wäre. Nach langem Handeln ließ er sich auf einen Hunderter mehr ein, und der Veitl sollte sich zweitausend Mark am Abend in Unteröd holen. Den Rest wollte der Schaller bezahlen, wenn das Holz angefahren war.

Erleichtert schnaufte der Ameis auf und griff unwillkürlich nach dem Brief, der in seiner Tasche knisterte und in dem ihm der Klöpfl miteilte, daß er am Wochenende das Geld unbedingt haben müsse.

Ein kalter Wind schnitt von Böhmen her über die Berge, und der Boden war in den Nächten schon gefroren. Nach dem Mittag fielen die ersten Schneefederchen in eine laue Windstille hinein. Langsam und taumelnd schwebten sie vom grauen Himmel und setzten sich in die Feldfurchen.

Der Winter kam über Steinöd und deckte es weiß zu.

Es wurde früh dunkel.

An diesem Nachmittag hatten sie vorerst die Holzarbeit eingestellt. Der alte Sepp hatte sich auf die Ofenbank gesetzt, denn sein alter Körper war schier nimmer zu erwärmen. Schweigend und zufrieden rauchte er seine Pfeife. Heute durfte er sich nach den vielen Arbeitstagen Ruhe gönnen, denn auch in Stall und Stadel war die Arbeit nicht mehr viel. Die zwei Öchsle und die einzige Kuh, die noch im Stall standen, waren bald versorgt. Ein alter Mensch, der seiner Lebtag so viel geschuftet hat, schätzt das Rasten und ist restlos glücklich, wenn er in der Ofenwärme dösen kann.

Der Veitl machte sich am späten Nachmittag bereit, um nach Unteröd zu gehen und das Geld zu holen. Die Annamirl wickelte ihm noch vorsorglich das wollene Halstuch um und ermahnte ihn:

„Tu heimgehen, Veit, sobald es geht. Mit so viel Geld darf man sich net in die Finster einlassen. Man weiß net, was alles passieren könnte."

„Fehlt sich nix."

Dann ging er und verschwand aus den Augen der Bäuerin hinter dem Vorhang der tanzenden Flocken.

Die Bäuerin setzte sich an den Tisch und flickte die Fäustlinge, die sie wieder zur Holzarbeit brauchten, die Hauserin strickte, und der alte Knecht nafzte beim Ofen. Im Fensterеck rappelte ein Kanarienvogel in seinem Käfig über die Stänglein. Der Veitl hatte ihn vor Tagen seinem Weib geschenkt.

Die Uhr tickte eintönig. Die Scheite im Ofen polterten zusammen, und das Feuer brummte von neuem auf.

Die Stille wurde lastend und drückend, und die Annamirl erfaßte eine Unruhe, die sie auftrieb. Sie zündete die Lampe an. War so ein horchender Tag heute, grad als müßte er noch etwas bringen, als müßte es auf einmal laut werden, durch etwas Unangenehmes.

Wenn nur der Veitl wieder daheim wäre!

Hatte sie es laut gesagt? Denn im gleichen Augenblick sagte die Hauserin: „Wenn nur der Bauer wieder daheim wäre!"

Der Sepp fuhr aus seinen Träumen: „Ha? Hast was gesagt?" Er hatte sie wohl verstanden und brummte schläfrig: „Der kommt schon. Der geht in kein Wirtshaus." Dann schnaufte er weiter im Halbschlaf.

Die Weibsleute stichelten und strickten wieder. Bis die Hauserin meinte: „Er hätte sich aber leicht den Sepp mitnehmen können. Zwei finden immer eher und leichter heim als einer, gar wenn es in die Nacht hinein geht."

Die Bäuerin ging ans Fenster und schaute in das Gestöber hinaus, ging vor die Haustüre und sah in das dunkelnde Grau und kam wieder zurück.

In Unteröd mußte er schon sein, und wenn er sich nicht lange verhielt, dann war er in einem schwachen Stündlein wieder da. Vorher wollte sie gar nicht zum Abendessen anrichten.

Die Hauserin sah sie forschend an und nadelte fleißig weiter.

Am Fenster bauten sich die klebrigen Schneeflocken auf, und das letzte Taglicht war gegangen.

Den Sägmüller traf der Ameisbauer nicht zu Hause an. Er solle nur zum Wirt hinaufgehen, bestellte ihm die Frau, denn dort zahle der Schaller gerade die Fuhrleute und die Bauern aus und habe auch das Ged für den Ameis dabei. Im Wirtshaus in Unteröd waren viele Leute, die Fuhrmänner, Bauern, Händler und Holzarbeiter füllten die Stube, und der Rauch verdüsterte das Licht der Lampe. Das Gerede drängte sich unter der Decke. Von den Fenstern lief der Schweiß in hellen Fäden.

Der Schaller winkte den Ameis zu sich an den Tisch und vertröstete ihn, bis er mit den Fuhrleuten ausgehandelt habe. Besorgt sah der Veitl immer wieder nach der Uhr und wurde unruhig.

Die pumpernden Fäuste der Kartenspieler, das Reden, Lachen und Streiten der Männer, der Rauch und der Bierdampf setzten ihm zu. Er war kein Wirtshausgänger und verstand auch die Leute nicht, die daran Gefallen fanden, viel Bier zu trinken und streitend und hänselnd zusammenzusitzen. Die Fuhrleute feilschten, und die Zeit verging. Als etliche Holzknechte in der Ecke plärrend und johlend zu singen anfingen, sah der Veitl dorthin und erkannte in einem furchsbärtigen Mann den Winterer Simon.

Die Blicke des Simon ließen ihn nicht los, und sein lauerndes Grinsen wurde dem Ameis unbehaglich.

Wenn nur der Schaller mit dem Geld herausrücken wollte, daß er dieses Wirtshaus und diesen Ort hinter sich brächte. Vielleicht war es besser, dem Schaller zu sagen, daß er morgen wiederkommen und sich das Geld beim Tag abholen würde? Hatte er Angst?

Nein, und morgen gab es wieder anderes zu tun, als einen

Tag mit Geldholen zu verlaufen. Oder sollte er zur Nacht in Unteröd bleiben? Wüßte wieder die Annamirl nicht, was sie denken sollte.

„Was ist es also?“ zupfte er den Schaller an. „Kannst mich jetzt auszahlen? Muß ja wieder heim!“

Der Schaller gab ihm den Kaufvertrag zur Unterschrift und reichte ihm über den Tisch das Geld hin. Hastig steckte der Bauer es ein und schaute sich dabei schnell in der Stube um. Der Winterer Simon hatte anscheinend das Wirtshaus inzwischen verlassen, denn sein Platz war leer, und auch sein Bierglas war weg.

Der Veitl ärgerte sich über sich selbst. Was er nur hatte? Er brauchte doch diesen Burschen nicht zu scheuen. Wenn der etwas von ihm wollte — so flink wie der war der Ameis auch!

Nun wollte er aber schnell heim, zahlte und ging. Draußen verschwand ein Mann in der Finsternis, der vor dem Fenster gestanden war. Dem Ameis war das entgangen. Bis sich er an die Dunkelheit gewöhnt hatte, war der Mann längst nicht mehr zu sehen.

Der Ameis stülpte den Rockkragen auf, zog den Hut ins Gesicht und schritt gegen die tümmelnden Flocken auf dem Weg nach Steinöd voran.

Nun war er wirklich in die stockfinstere Nacht hineingekommen.

In diesem Gestiebe, das man nicht mehr sah, sondern nur mehr an Gesicht und Händen verspürte, war man wirklich wie ein Blinder. Hinter sich hörte er noch einmal den Wirtshauslärm und auf der Straße Männer reden, dann schloß ihn die enge Stille der schneienden Winternacht ein. War eigentlich gar nicht kalt, ganz lau, ja warm erschien ihm die Luft, und sogar brennheiß schoß es ihm auf, als eine Katze, oder mochte es etwas anderes gewesen sein, plötzlich vor ihm über den Weg setzte. Ist dumm, daß er so spät dran war! Mit soviel Geld! Es war ihm gar nicht wohl. Nun war er aber schon auf dem Weg, und in einer Stunde schaffte er es. Aus dem schwachen Zwielicht, das der Schnee gab, tauchte die schwarze Wand des Waldes auf.

Er fing zu pfeifen an, hörte aber gleich wieder auf. Was er nur hatte? War es die Unruhe, weil er sich verspätet hatte und die Annamirl sich sorgen würde? Oder fürchtete er sich? Wenn man so einsam auf dem Weg ist. Vielleicht verkürzte ein Vaterunser die Strecke. Ist doch merkwürdig, wenn man so in einer Nacht geht, da denkt man leicht ans Beten. Und immer wieder kam ihm das widerwärtige Gesicht des Winterer Simon in den Sinn.

Ein Ast knackte im Wald.

Er blieb stehen und horchte. Das Fallen der Schneesternchen glaubte er zu hören, so sehr strengte er sein Gehör an. Fürchtete er sich denn wirklich? Rascher fing er zu gehen an, so schnell er mit seinem krummen Fuß ausschreiten konnte. Ein gutes Gefühl tröstete ihn. Morgen würde er dem Klöpfl das Geld hinlegen, und nichts würde ihn mehr so weit bringen, diesem Gauner noch einmal zu trauen. So ein Blutsauger wußte ja gar nicht, wie mühsam ein Ödbauer seine Sache erhalten mußte, wie Unwetter und Hagelschlag, Unglück im Stall und in der Familie ihn auf eine Stunde so ruinieren konnte, daß er nicht mehr weiter wußte. Dieser Wucherer fing sich die Bauern, die in Not waren, und nahm ihnen das Letzte. Der wußte nicht, wie eine Hand oft brannte, wenn sie den ganzen Tag den Pflug geführt oder die Heugabel umschlossen hatte, bis die Haut Blasen hatte.

Alles um das bissel Leben!

Wo war oftmals auf dieser Welt die Gerechtigkeit? Könnten nicht die Sorgen zu gleichen Teilen verteilt sein? Er, der Ameisbauer von Steinöd, konnte das halt auch nicht ändern.

Er stutzte. War da etwas?

Dem kleinen Geräusch, das er vernommen hatte, folgte blitzschnell ein schmetternder Schlag auf seinen Kopf. Feuer stieg vor seinen Augen auf, und ein wütender Schmerz nahm ihm die Besinnung. Er sank in grundlosen Raum.

Ein Prügel flog zur Seite, und zwei Hände rissen hastig die Joppe des Ameis auf und holten die Brieftasche mit dem Geld heraus.

Dann floh der Schatten und löste sich in der Dunkelheit auf. Die Nacht wurde heller. Auf dem Weg nach Steinöd zeichnete sich ein dunkles Etwas ab, reglos. Aus dem Kopf des Veit Ameis sickerte das Blut in den Schnee.

Es hatte zu schneien aufgehört. Ab und zu torkelte noch ein Flöckchen nieder, das auf den Ästen keinen rechten Sitz gefunden hatte, oder es fiel ein Schneetüchlein von einem Tannenzweig und legte sich in die knisternde Nadelerde um den Stamm.

Steif und wie erschreckt aufbäumend standen die Tannen im Kreis, starr im Entsetzen über die Untat, die hier in der Winternacht verübt worden war. —

Die Ameisbäuerin wurde mit jeder Viertelstunde rastloser. Sie ging von einem Fenster zum anderen und schaute in die Nacht hinaus. Eigentlich müßte der Bauer schon dasein. Ohne Grund würde er sich nicht aufhalten. Sie horchte, ob sie nicht seine Schritte auf der Hausgred hörte.

Auf dem Ofen brodelte die Nachtsuppe.

Heute redeten auch die Ehhalten nichts, wo sie doch so froh gewesen wäre, wenn sie eine Ansprache gehabt hätte. Das könnte die Zeit verkürzen.

So still es in der Stube war, so unruhig war jedoch die Luft, und die Flamme der Petroleumlampe flappte.

„Jetzt muß er ja doch bald kommen", sagte sie zum wiederholten Male, und die Hauserin nickte nur, denn sie wollte nicht immer die gleiche Antwort geben, die sie schon etliche Male hergesagt hatte: „Kann schon sein."

Draußen war die Nachtschwärze finster und drohend geworden. Sie umschloß das Haus und machte die Stunde unheilschwanger.

Das Nackeln der Wanduhr wirkte in dieser Ruhe aufregend.

Der alte Sepp hatte sich gähnend von der Ofenbank erhoben, hatschte nun auch zum Fenster, schaute hinaus, obwohl er nichts sehen konnte als den Schatten seines Kopfes, draußen im leuchtenden Fensterviereck auf der verschneiten Hausgred.

„Hat er sich ein bissel versäumt", knurrte er verschlafen.

„Schon lange könnte er da sein", bangte die junge Bäuerin.

„Ja mei, wie es halt oft hergeht! Am End ist er doch eingekehrt."

Nun meinte auch die Hauserin: „Kann schon sein — und oft ist da eine schöne Gesellschaft beisammen, daß man net gleich weggehen kann."

Der Annamirl war schon leichter, weil sie wenigstens etwas sagten. Gerne hörte sie alles, was das lange Ausbleiben begründen konnte, aber es war auch schon wieder alles gewesen, was den anderen eingefallen war. Die Bäuerin merkte, daß auch der Sepp unruhig wurde, und nun kam ihr erst recht die Angst.

Bald war es neun Uhr. Da konnte doch etwas nicht stimmen. Der Sepp suchte unter seinen Pfeifen so umständlich, als müßte er die Zeit ausfüllen, die bis zum Kommen des Bauern noch verstreichen würde. Die Annamirl wollte wieder an den Fäustlingen flicken, aber die Unruhe ließ sie nicht. Sie sprang auf.

„Jetzt mag ich nimmer warten!"

Nun unkte auch die Hauserin: „Wenn ihm nur nix passiert ist, weil er gar net kommt!" Und damit war es mit der Ruhe der Bäuerin ganz vorbei.

„Wir sitzen da und tun nix! Mit seinem Fuß geht er sich hart, und vom Weg kann er in dieser Finsternis auch abgekommen sein. Jetzt hat es zu schneien aufgehört, und ich meine, jetzt gehen wir ihm entgegen."

„Ist recht", stimmte der Sepp zu, schlüpfte in die schwere Winterjoppe und zog die Schuhe an. Während er die Laterne von der Hausflötz in die Stube holte und anzündete, hatte sich auch die Annamirl fertiggemacht und schlang noch einen Schal um den Kopf.

„Sperr gut zu und halte die Suppe warm!" befahl sie noch der Hauserin, dann traten sie in die Nacht hinaus.

Der Böhmwind hatte sich wieder aufgemacht und blies eiskalt über die Höhen. Dicht hintereinander stapften sie den weißen Wegen nach, die sich in der Nacht abzeichneten und vor ihnen im Dunkel verloren. Ihre Schatten glitten, von der schwingenden Laterne gezeichnet, auf der Wiese neben ihnen vor und zurück und steckten mit den Köpfen in der Nacht.

In Steinöd brannten nur ein paar Lichter. Ein Hund heulte, einmal wie ein in übergroßem Schmerz schreiendes Menschenkind, dann wieder jaulend und mit einem heiseren Bellen abbrechend.

„Ob er hier beim Wirt sitzt?“ fragte der Sepp.

„Glaub's net, kannst aber nachschauen“, sagte sie, und der Sepp verschwand im Wirtshaus, kam gleich wieder kopfschüttelnd, und sie gingen weiter.

Der Bauer mußte noch in Unteröd sein, oder sie würden ihm begegnen.

Die Schneeschicht war noch dünn, und unter ihren Füßen spürten sie noch die steinige Straße, die abwärts durch den Wald nach dem Dorfe Unteröd führte. Jedes für sich in Gedanken schwiegen sie und achteten auf den Weg. Im Walde war es leichenstill, nur wenn sie mit den Schuhen an einen noch aus dem Schnee ragenden Stein oder einen gefrorenen Erdklumpen stießen, hallte es kurz und dumpf. Die Annamirl eilte, daß der Sepp fast nicht mehr mitkam.

Von Unteröd konnten sie keine Viertelstunde mehr weg sein.

Da kam ihnen eine am Boden liegende Gestalt in den Schein der Laterne, und zusammenschreckend blieben sie stehen. Die Laterne in der Hand des Knechtes zitterte, und dann hatte auch die Annamirl den Liegenden erkannt. Mit einem gellenden Aufschrei stürzte sie auf ihn zu, sank in die Knie und rüttelte den Leblosen: „Veitl! Veitl!“

„Sepp!“ weinte sie. „Das ist er, das ist er! Um Gottes willen!“

Schauerlich tönte ihr Geschrei vom Wald zurück. Der Sepp leuchtete dem Bauern ins Gesicht. Bleich und spitz, blutüberronnen schaute es aus dem Schnee. Der Mund war halb geöffnet, die Joppe war aufgerissen.

Das Geld —

Die Annamirl klagte und weinte und hob den zerschlagenen Kopf in ihren Schoß, rief bettelnd den Sepp an: „Hilf, Sepp, hol Leute!“

„Ja, ich renne ins Dorf!“ keuchte er ganz außer sich und stolperte davon. Die Laterne hatte er zurückgelassen.

Er hörte hinter sich her noch das Schreien der Bäuerin und rannte, daß ihm das Herz stillstehen wollte. Das Grausen zog ihm die Haare in die Höhe, und er ächzte laut.

Eben wollte der Wirt von Unteröd hinter den letzten Gästen zusperren, als der alte Knecht vom Ameishof herantaumelte. Zwei Bauern, die gerade heimgehen wollten, blieben stehen, und hätten sie denn Sepp nicht schnell gestützt, er wäre in den Schnee gesunken.

„Der Bauer — da droben — im Wald — helft!“

Rauh schluchzend, versuchte er zu erzählen. Sie zogen ihn in die warme Gaststube, wo er noch Näheres mühsam hervorbrachte. Es war ohne Zusammenhang, aber sie kannten sich aus. Wirt und Dorfleute zogen mit einem Handschlitten und Laternen davon in den Wald hinauf. Schwerfällig folgte ihnen der Sepp. Sie wurden schneller, als sie vor sich das Licht der Laterne im Schnee sahen, und standen bald vor der jammernden Ameisbäuerin. Sie kauerte im Schnee und sah ihnen verzweifelt entgegen.

Von neuem fing sie an zu schreien. Der Sepp zog die Annamirl weg und führte sie fort. Die Unteröder legten den Veitl auf den Schlitten und zogen ihn gegen Steinöd. Einer war bereit gewesen, gleich nach Selling zu gehen, um den Doktor und die Gendarmen zu verständigen.

Es war eine traurige nächtliche Prozession, die auf den Ameishof zurückkam.

Am folgenden Morgen kam der Makler Klöpfl nach Steinöd, da er gehört hatte, daß der Ameisbauer Holz verkauft habe. Es war ihm nicht darum, sich sein Geld zu holen, denn mit dem Ameishof hatte er andere Pläne. Er wollte großzügig dem Ameis Zeit geben und diesem raten, er solle erst alle anderen Verpflichtungen erledigen und sich Kühe und Futter kaufen. Sein Geld mußte noch mehr einbringen, und wenn der Ameis sein Holzgeld anderweitig angelegt hatte, dann würde der Klöpfl mittendrin mit seiner Forderung kommen. Das konnte dann der Bauer nicht verkraften. In Steinöd erfuhr er, was dem Bauern geschehen war, und er gab es auf, auf den Ameishof zu gehen, wo der Bauer, wie man sagte, mit einem Schädelbruch darniederlag. Nun wollte er abwarten, denn sein Vorhaben schien von selber heranzureifen. Dem Bauern hatte man das Geld abgenommen, Arztkosten kamen dazu. Was wollte er mehr?

Der Schnee verging nicht. Der Böhmwind trug ihn um den Hof in hohen Wächten zusammen. Fast täglich kamen die Gendarmen, um dazusein, wenn der Ameis einmal etwas aussagen konnte. Sie hatten schon eine Spur aufgenommen und suchten den Winterer Simon, der seit diesem Tag spurlos verschwunden war.

Es war schon kurz vor Weihnachten, als der Bauer wieder in die Welt zurückfand. Seine zähe Natur hatte ihn die schweren Verletzungen überstehen lassen, und die Annamirl war Tag und Nacht nicht von seinem Bett gewichen. Dabei war sie wieder schmal und blaß geworden.

Es war ein sonniger Wintervormittag, als der Veitl wieder Leben in die Augen bekam und seine Frau mit einem Lächeln ansah. Dann sann er eine Weile vor sich hin, suchte die Wirklichkeit zusammen, und seine erste schwache Frage war:

„Ist der Klöpfl dagewesen?"

Als sie es verneinte, atmete er erleichtert auf. „Und das Geld?"

„Jetzt mußt erst einmal wieder ganz gesund werden und darfst dich net aufregen", bat die Annamirl.

„Es ist fort, ich weiß es, und kein anderer als der —"

„Den Winterer Simon suchen sie, aber er ist verschwunden", erzählte sie bange. „Wir schaffen das schon wieder, Veitl, ärgere dich net, und einmal werden sie den Simon auch erwischen."

Er sank wieder in das Dämmern der Bewußtlosigkeit zurück.

Merkwürdig schnell erholte sich der Ameis in den folgenden Tagen und ließ sich nicht mehr im Bett halten. Er humpelte bald in der Stube umher, fragte nichts und erschrak, wenn er angesprochen wurde. Stundenlang konnte er, ohne sich um die Umwelt zu kümmern, auf einem Fleck sitzen und zu Boden starren, sperrte sich dann wieder in der oberen Stube ein und kramte in der Truhe, als müßte er dort etwas finden, und führte halblaute Reden.

Oft stöhnte er auf und griff sich an den Kopf, sah sich irr um und fragte immer wieder nach dem Datum.

Die Hauserin kümmerte sich tagsüber um ihn, denn die Bäuerin und der Sepp zogen mit dem Holzschlitten das Blochholz zur Dorfstraße hinunter. Gekauft hatte es der Schaller, und geliefert mußte es werden, dann bekam man wenigstens den Rest des Geldes noch. Die Steinöder staunten über die Ameisbäuerin, die wie ein Mannsbild im Ziehschlitten stand und schweißtriefend den geleerten Schlitten wieder auf die Höhe zog. Das war schon die rechte Bäuerin, erkannten sie an, so eine brauchte der Ameis, und es war großartig, wie die da droben jetzt für ihren Bauern einstanden.

Den Sepp riß dieser Winter zusammen. Sein Rücken wurde krumm, die Schritte schwer und unsicher. Sie mußten einen Rasttag einlegen.

Dem Ameisbauer war etwas geblieben von dem Schlag und dem Schädelbruch. Im Dorfe sagte man es und bedauerte es ehrlich. Wenn jemand auf den Hof kam, dann versteckte er sich, sogar vor dem Nachbarn, dem Simandlbauern, redete mit sich selber und fuchtelte mit den Armen.

Als das Tannenbäumchen am Heiligen Abend brannte und die Annamirl sich rührend um ihn sorgte, stand zum erstenmal wieder eine kleine Freude in seinem abgehärmten Gesicht, und er meinte selber:

„Heut ist mir wieder ganz gut. Und so schön hast du alles hergerichtet, Annamirl. Ich werde wieder gesund, wirst sehen, ich werde wieder gesund!"

„Freilich wirst du wieder gesund!" lächelte sie unter Tränen.

Nun ging es ihm wieder besser, aber mit keinem Wort fragte er, was etwa die Gendarmen erreicht haben mochten, und wie es mit der Holzabfuhr stand.

Am letzten Dezembertag, als es unter einem strahlend reinen Morgenhimmel kräftig frostete, saßen die Ameisleute, nachdem die Stallarbeit getan war, in der warmen Stube beisammen. Golden glänzte die Sonne auf den vereisten Fensterscheiben und gab den blumigen Eisgebilden blühendes Licht. Der Sepp schnitzelte auf der Ofenbank an neuen Holzschuhen. Die Annamirl hatte sich eine Flickarbeit vorgenommen, und die Hauserin schälte Kartoffeln.

Am Tisch saß der Veitl, den Kopf in die Hände gestützt, und las in einem Kalender, den er vor sich liegen hatte. Kein Wort redeten sie zueinander, sie hatten sich dem Bedürfnis des Bauern nach Ruhe angepaßt und konnten oft stundenlang beisammen sein, jedes still für sich beschäftigt.

Die Sonne stieg, der Ofen strahlte Wärme aus, und die Eisblumen an den Fenstern fingen zu welken an, und durch die freien Flecken schaute die Sonne in die Stube. Am blanken Wandspiegel glühten die Rosen des Spiegelzweiges auf, und ein heller Schein ruhte auf dem hinter Glas gemalten Armenseelentäfelchen neben dem Weihwasserkessel an der Tür.

Nur das raschelnde Schnitzeln, wenn der Sepp einen Span vom Holze schnitt, mischte sich in das Ticken der Uhr. Immer wieder sah die Bäuerin besorgt auf ihren Mann, der sich ab und zu mit einer hastigen Bewegung über den kaum verheilten Hinterkopf fuhr.

„Wenn du dich wieder ein bissel hinlegen tätest“, meinte sie, „das Sinnieren und Lesen tut dir net gut.“

Er sah sie an, verständnislos und aufgestört wie immer, wenn sie ihn anredete, gespannt und lange nachsinnend, als brauchten die Worte eine längere Zeit, bis sein Gehirn sie zu fassen bekam.

„Fehlt sich ja nix“, lächelte er. „Bin ja ganz gut beieinander. Möcht gleich nachher zum Schreiner ins Dorf gehen wegen dem Kreuzweg — ist das Wichtigste, was ich tun muß.“

Erschrocken sah die Annamirl ihn an. Mit keinem Wort hatte er in den vergangenen Wochen mehr von seiner Absicht gesprochen, einen Kreuzweg zu errichten. Wie kam er gerade jetzt darauf? Sein ganzes Verhalten war anders als zu gesunden Zeiten.

Auch die beiden Ehhalten sahen sich an, und der Sepp legte das Schnitzmesser hin und kam an den Tisch:

„Ins Dorf willst gehen? Da geh ich auch mit.“

Schnell und fahrig fuhr sich der Bauer wieder über den Kopf, als wollte er eine lästige Fliege vertreiben. Unsicher sah er von einem zum anderen, und in seinen Augen war etwas wie Angst und Furcht. Er merkte die Verwunderung der Seinen.

„Hab ich dir das noch net gesagt, daß ich einen hölzernen Kreuzweg anschaffen will?“

Die Annamirl hatte sich wieder gefaßt und stimmte zu: „Kann eh net schaden, wenn du einmal einen kleinen Gang ins Freie machst.“

Schon war der Bauer wieder mit sich selbst beschäftigt, schob sich von der Bank und sah in den Wintermorgen hinaus. Die Bäuerin richtete ihm den warmen Janker und die Wollhaube her, brachte ihm die Schuhe und gab dem Sepp verstohlen einen Wink. Dieser zog sich ebenfalls an, und sie verließen das Haus. Ihre Schritte entfernten sich knirschend auf dem gefrorenen Schnee.

Die Hauserin lamentierte: „Ist das ein Kreuz, ist das ein Kreuz! Der Bauer redet ja daher, als wenn er zu spinnen anfangen tät!"

Die Bäuerin ging aus der Stube.

Beim Dorfschreiner wunderte sich der Sepp, wie der Veitl sachlich und vernünftig verhandelte und dem Schreiner seine Wünsche vortrug.

Ein Kreuzweg sollte es werden, auf Eichenholztafeln gemalt, mit schönen Farben, die man schon von weitem sehen konnte. Jeder Tafel sollte ein schützendes Dächlein zukommen und ein starker Pfahl. Interessiert betrachtete er die Bilder, die der Meister ihm zeigte. Die Leute auf den Tafeln sollten aber ein waldlerisches Bauerngewand tragen und im Hintergrund müßten Kirche und Häuser von Steinöd zu sehen sein. Die letzte Station müßte dann auch noch das Kapellchen der Bauernmarter unter den hohen Fichten zeigen.

Der Schreiner wunderte sich zwar über die ausgefallenen Wünsche und meinte: „Sonderbar wird das schon, aber mir soll es recht sein. Ich male dir die Tafeln, wie du sie haben willst."

Die strenge Winterluft griff den Ameis an, sein Atem ging kurz und hastig, als sie wieder auf den Berg zurückgingen. Öfter mußte er stehenbleiben, und dann tat der Sepp, als wäre er es, der rasten müßte.

Dann waren sie wieder daheim, und nun war der Bauer wie umgewandelt. Zum erstenmal erkundigte er sich, wie es mit der Holzabfuhr sei, und wußte, daß man vom Schaller noch einen Geldrest erhalten müßte. Zum erstenmal ging er auch wieder in den Stall und in den Stadel, redete heiter über den schönen Wintertag, und daß er am Nachmittag selber einmal auf den Möserstein gehen möchte, und aß mit gutem Appetit. Und sie waren erleichtert.

Doch gleich nach dem Essen kam der Makler Moritz Klöpfl.

Etwas scheu und zögernd trat er ein und musterte mißtrauisch und prüfend den Ameisbauern. Betreten rückte die Annamirl dem Gast einen Stuhl zurecht, und die Ehhalten verdrückten sich aus der Stube.

Im Stall sagte der alte Sepp zu der Hauserin: „Wirst sehen, dem Klöpfl schlag ich noch einmal das Kreuz ab! Jetzt wär der Veitl wieder so gut beinander gewesen — muß dieser Gauner kommen!“

In der Stube begann der Makler leutselig: „Wie geht es, Ameis? Hab im Dorf gehört, daß du wieder wohlauf bist. Und einen Kreuzweg hast du beim Schreiner bestellt! Kostet einen Haufen Geld! Hat mir recht leid getan, die Sache — ich meine, daß man dich überfallen hat, und hoffentlich finden sie den Lumpen bald, und solange er das Geld noch hat. Wie geht es also?“

„Es geht schon wieder. Das Geld ist halt hin, aber wir werden auch im Winter noch Holz machen, und der Schaller wird es wohl nehmen.“ Er sah nicht auf und stippte ein paar Brotbrösel vom Tisch, als wäre es das Wichtigste, was er zu tun hätte.

Der Klöpfl räusperte sich und sagte, mehr zur Bäuerin gewendet: „Ja, was machen wir jetzt?“

Die Annamirl tat gleichgültig, und der Bauer zuckte nur schweigend die Schultern. Der Makler wartete vergeblich auf eine Antwort und wurde nun dringlicher:

„Ich habe getan, was ich hab tun können, hab zugesehen, bis der Ameisbauer wieder gesund ist. Aber jetzt muß ich halt schauen, wie ich zu meinem Geld komme. Hab Schaden genug."

„Wo nix ist, Klöpfl, da hat selbst der Kaiser kein Recht", lachte der Veitl belustigt auf, „jetzt mußt schon so lange warten, bis ich wieder Geld habe oder bis der Winterer gefunden ist."

„Ameis, ich bin kein Unmensch, aber das mußt einsehen, daß ich mein Geld auch brauche und es ohne Sicherheit net länger stehen lassen kann. Ich hab mir gedacht, ich laß das Geld also noch ein halbes Jahr bei dir stehen, denn du kannst ja nix dafür, daß es so gekommen ist. Ich gebe dir noch einmal tausend Mark, die wirst jetzt brauchen können — und du verschreibst mir als Sicherheit den Hof."

Da fuhr der Bauer auf und stieß den Tisch mitten in die Stube. „Den Hof verschreiben? Bist narrisch geworden? Und wenn ich in einem halben Jahr net zahlen kann? Was ist dann? Dann kann ich gehen!"

Seine Hände zuckten nach dem Kopf, und er sank auf die Bank zurück. Der Klöpfl war ein wenig zusammengefahren und warf einen schnellen Blick nach der Tür. Dem Ameisbauern sei etwas geblieben von dem Schädelbruch, hatte der Wirt im Dorf ihm gesagt. Vielleicht könnte der Bauer auch noch gewalttätig werden. Er stand auf und zog sich vorsichtig zur Stubentür zurück.

„Bleib nur sitzen", bat die Annamirl, „mein Mann regt

sich halt so schnell auf, und ganz gesund ist er ja auch noch net."

„Setz dich nieder", forderte auch der Veitl ihn scharf auf und forschte ihn an: „Bis zur nächsten Ernte mußt mir stunden, anders geht es net."

Der Makler buckelte verlegen.

„Das mußt einsehen, Bauer, daß ich das net kann. Die Zeit ist abgelaufen, und da tät jeder andere auch einfordern. Hab dir mein Angebot gemacht, wennst es net annehmen willst —"

„Ein Wucherer bist!" brüllte der Ameis. „Ein ganz gemeiner Gurgelabschneider! Jetzt ist mir schon alles gleich, wie es kommt, aber dir den Hof in die Hand spielen? So dumm ist der Ameis net, das merk dir! Schau, daß du aus meinem Haus kommst, und laß dich nimmer sehen, sonst kann ich für gar nix garantieren!"

Mit einem Sprung war der Klöpfl bei der Tür und stürzte aus dem Haus, sah sich nicht mehr um, bis er wieder in Steinöd war und beim Wirt zukehrte. Diesem erzählte er, daß es ihm auf dem Ameishof bald ans Leben gegangen wäre und er dort nicht mehr allein erscheinen würde. Nun bliebe ihm nichts anderes übrig, als zum Gericht zu gehen und seine Forderung eintreiben zu lassen.

Der Ameishofer wischte sich verstohlen die Augen, als der Makler aus dem Haus war, und die Annamirl wollte bange wissen, was jetzt sein würde.

„Das ist mir gleich, aber die Haut laß ich mir net abziehen! Klagen wird er halt, aber das muß doch das Gericht einsehen, daß ich für meine Lage nichts kann!"

In der strengen Winterkälte zogen nun der Sepp und die

Annamirl das letzte Blochholz ins Tal und begannen, trotz des tiefen Schnees, weiter am Möserstein Holz aufzuarbeiten. Der Bauer versuchte, ihnen dabei zu helfen, brach aber am ersten Tag schon zusammen und mußte wieder eine Woche fiebernd das Bett hüten.

In Steinöd wurde in diesem Winter viel von den Leuten auf dem Ameishof gesprochen, doch niemand wußte etwas Nachteiliges zu reden. War wohl ein sonderbares Gespann da droben, und im Dorf ließen sie sich schon gar nicht mehr sehen. Lebten wie die Einöder und waren käuzig geworden. Ob sie es schafften? Der Wirt wußte, daß der Klöpfl den Ameis eingeklagt hatte, und wie man den Makler einschätzte, trieb es dieser bis zum Letzten.

Und die Ermittlungen über den Winterer Simon blieben ergebnislos. Er tauchte nicht wieder auf.

Der Winter begann sich über die Berge zurückzuziehen, und der Schnee wurde mürbe. Der Frühling kündigte sich an, am Tage sickerten schon die ersten Schmelzwasser auf den Wegen ins Tal.

Der Gerichtsvollzieher war auf dem Ameishof gewesen, und der Bürgermeister hatte ihn bei seiner Rückkehr in den Ort angehalten.

„Da wird nimmer viel aufzuhalten sein“, berichtete ihm der Beamte. „Mir tun die Leute leid. Haben einen sauberen Hof, rackern sich ab, haben einen schönen Posten Holz gemacht und bringen es nicht los. Mit einer Pfändung ist da nichts mehr zu machen.“

In diesen Tagen machte der Ameisbauer einen bitteren Gang zum Schaller nach Unteröd und bot ihm das gemachte

Holz zu einem Preis, der nicht einmal einen Ausgleich für ihre Arbeit darstellte. Fünfhundert Mark erlöste er und zahlte sie gleich an das Gericht ein. Dazu schrieb er dem Klöpfl einen Brief, daß er ihm die neue Ernte verpfände. Der Brief blieb unbeantwortet, und die Zeit verging.

5

Das Waldfrühlingswunder kam.

Die Forsten schüttelten den Frost aus ihren Stämmen, die Berge waren frei, und schon setzten sich die hellgrünen Spitzen am Astwerk der Fichten und Tannen im Kobelwalde an. Das Birkenwäldchen schmückte sich mit feinem jungem Blättergrün, und die ersten Buschwindröschen schaukelten sich auf den Rainen in der Lenzluft.

Und als die Wiesen grün wurden und die Lerchen sich in einen prachtvollen Morgen schwangen, setzte der Ameisbauer den Pflug wieder in den Boden und die Bäuerin ging dem Ochsengespann vor.

Nun schien er wieder der alte geworden zu sein. Sein Gesicht hatte wieder die braune Wetterfarbe.

„Ein Ameis ist net umzubringen, Annamirl!“ lachte er, spuckte in die Hände und mit einem „Wüha!“ begannen sie. Sie werkten, daß ihm der Schweiß in Strömen über das Gesicht lief, und es wurde ihm nicht zu hart.

„Wenn heuer die Ernte was wird —“, meinte er dazwischen, und dann dachten sie beide weiter. Dann würde er die Schulden zum größten Teil wegbringen. Und bis der junge Ameis kam, der sich schon angesagt hatte, konnte der Hof wieder sorgenfrei sein.

Als die Annamirl ihm gestern ihr Geheimnis anvertraut hatte, da war es wieder hell und licht um ihn geworden. Nun war es nimmer umsonst, das Rackern und das Schinden, nun wußte man, wofür man es tat.

Kreischend scharrte die Pflugschar über den steinigen Grund. An jeder Furchenwende mußte er sich umsehen, als sähe er alle Schönheiten des Frühjahrs zum erstenmal. Wenn ein Vogel sang, lauschte er, bis das Liedlein zu Ende war.

Zurückdenken brauchte er nicht mehr. Harte Zeiten waren es, aber jetzt ging es auf ein neues an. War nicht unterzukriegen, ein Ameis, solange er noch auf eigenem Boden stand. Nun war eine Zukunft da, wenn der junge Ameis kam, dann mußte die Wiege auf sauberem Boden stehen.

Ein Bub mußte das sein, daran gab es gar nichts zu zweifeln. Ein junger Bauer! Hätte eh schon eher kommen dürfen, weil man doch nicht weiß, wie lange man selber noch werken konnte. Seit der Simon ihn niedergeschlagen hatte, brachte er oft lange den bohrenden Schmerz im Kopf nicht los.

Was ein Mensch alles mitmachen muß, bis er einmal die Hände ruhen lassen darf!

Der Bub sollte einmal nicht sagen müssen: mein Vater hat nicht richtig gewirtschaftet, oder gar: mein Vater hat mich um die Heimat gebracht.

Draußen am Weg blieb der Moser von Steinöd verwundert stehen. Was war das für ein Mannsbild, dieser krumme und hinkende Bauer! Vor einem halben Jahr hat ihn einer niedergeschlagen und ihm das Geld abgenommen, hatte den Gerichtsvollzieher auf dem Buckel, und er pfiff ein lustiges Liedl hinter dem Pflug her, als wär gar nichts gewesen!

Nicht zum Umbringen, ein Ameis!

Gingen nicht ins Dorf und nicht zu den Nachbarn, waren schon lange auf den Feldern, wenn anderswo die Ehhalten erst aus den Betten gerufen werden mußten, und man konnte sie oft noch nach dem Sonnenuntergang sehen. Von einer Mittagspause war oft gar nicht zu reden. Der Moser wußte das, denn sein Hof am Dorfrand lag den Gründen des Ameis am nächsten.

In Unteröd und in Selling hatte der Klöpfl je einen Bauernhof zur Versteigerung getrieben, und die Höfe waren ihm billig in die Hände gefallen, denn wer von den Leuten im Steinöder Tal hätte bieten sollen? Alle trugen sie noch am Schaden des großen Unwetters.

In Steinöd wuchs der Zorn gegen den Makler, und auf dem Ameishof hörte man die Nachricht mit einigem Kummer.

„Wenn nur heuer die Ernte was werden tät!" Das sagte der Bauer jeden Tag des öfteren, und an den Sonntagen war das ihr Anliegen, mit dem sie zur Kirche gingen.

So kamen Pfingsten und Fronleichnam.

Es waren noch acht Tage zum Prangertag, und der Schreiner hatte sagen lassen, daß der Kreuzweg fertig wäre und leicht zu Fronleichnam aufgestellt werden könnte.

Sie saßen, den Abend feiernd, auf der Gredbank, ein einträchtiges Gespann von Bauern und Ehhalten, und freuten sich über den schönen Tag, das gute Wetter und die grünen Wiesen. Für diesen Sommer könnten sie sich wieder fünf Stückel Vieh einstellen, meinte der Veitl, aber woher sollte das Geld zum Ankauf kommen? Wo sie den Wald geschlagen hatten, mußte angepflanzt werden, ein Brachliegen konnte kein Waldbauer verantworten.

Zustimmend nickte der alte Knecht. Warum alleweil von den Sorgen reden, in einem Sommer war das ohnehin nicht zu schaffen.

„Ich bin froh, daß ich schon so alt bin.“ Und sich an die Bäuerin wendend, griente er: „Aber den jungen Ameis möcht ich noch sehen, wenigstens so lang möcht ich noch leben, bis er eine Hosen tragt und ich ihm was erzählen kann.“

Die anderen lachten, und der Veitl sagte: „Sepp, du bist ein eiserner! Du lebst noch lang! Aber das sag ich dir: unser Bub muß ein Bauer werden und eine Sach haben, wie es in der Steinöd das net ein zweitesmal gibt!“

Auf dem Feldweg kam vom Dorf herauf ein Mann, und bald erkannten sie, daß es der neue Pfarrer war, der erst vor zwei Sonntagen den alten Herrn abgelöst hatte. Da er auf den Hof zuging und von weitem grüßte, erhoben sie sich von der Gredbank, wartend, was der geistliche Herr wohl wollte. Wahrscheinlich einen ersten Besuch.

Es war ein leutseliger und freundlicher Herr, und er tat, als käme er zu Bekannten, setzte sich zu ihnen auf die Gredbank und sorgte mit seinen Fragen für eine lebhafte Unterhaltung.

Daß er selber auch von einem Bauernhof abstamme, erzählte er so nebenbei, drüben aus dem Rottalerischen, wo er auch als Kaplan gewesen sei, ehe er daher kam, wo es ihm so sehr gefalle. Sie freuten sich über die Ungezwungenheit des Pfarrers, aber der Ameis brachte das Gefühl nicht los, als steuerte der geistliche Herr mit seinen Reden auf etwas Bestimmtes los. Und von einer Rede auf die andere wartete er, daß der Pfarrer mit seinem Anliegen herausrückte, und wurde dabei immer schweigsamer.

Plötzlich lenkte denn auch der Besucher das Gespräch auf den Kreuzweg und meinte: „Die Kapelle im Wald droben steht ja auf eurem Grund, hab ich mir sagen lassen?“

Der Bauer bejahte aufhorchend.

„Hab mir vom Kirchenpfleger die Geschichte dieser Kapelle schon sagen lassen, eine grausliche Geschichte, und die Bezeichnung Bauernmarter für diese Kapelle ist ebenfalls ein wenig scheusam“, nickte der Pfarrer und zog die Stirne in Falten. „Was ist denn das eigentlich für ein sonderbarer Heiliger, der dort neben der Muttergottes steht? Hab schon nachgesehen, aber ich finde nirgends etwas von einem Heiligen, der mit einem geschwungenen Knüppel zum Zuschlagen bereit ist.“

„Weiß es net genau, Herr Pfarrer, aber der Ahndl hat halt oft gesagt, das wär ein Sinnbild, ein Bauersmann, der sich um seine Habe wehrt.“

„Das wird schon so stimmen“, räusperte sich der geistliche Herr, „aber, Ameis, das mußt du doch zugeben, daß dies dann eben keine Figur für einen Altar ist. Auch die Bilder, diese Holztafeln mit den Scheußlichkeiten gehören nicht in eine Kapelle. Das mag einmal ganz gut gemeint gewesen sein, aber heutzutage geht doch das nicht mehr. Warum tust du nicht den St. Veit in die Kapelle? Deinen Namenspatron?“

Er hatte sich in einen Eifer geredet, und nun, da er heraushatte, was er vom Ameis wollte, wartete er darauf, was der Bauer zu sagen hatte.

Gleichmütig strich sich der Ameis über das Kinn und wechselte mit dem alten Sepp einen fragenden Blick. Als dieser ihm belustigt zuzwinkerte, hob er langsam und bedächtig zu erklären an.

„Herr Pfarrer, Sie können recht haben, jawohl. Aber warum hat da der alte Herr Pfarrer und die anderen Pfarrer, die vor dem da waren, noch nix gesagt davon? Ich hab an der Kapelle nix geändert, und alles ist bald zweihundert Jahre alt. Und ich werde auch nix ändern.“

Der Pfarrer errötete und nickte. War gar nicht so leicht, diesen Leuten etwas einzureden, die hatten in ihrer Einfalt so viel Logik, daß ihnen gar nicht leicht beizukommen war.

„Meinen Vorgängern ist halt das nimmer aufgefallen, aber jetzt sollten wir das halt doch anders machen. Baufällig ist die Kapelle ja auch. Das machen wir so, Ameis: Die Kapelle wird hergerichtet und ich stifte dazu eine schöne Figur, und an die Wände gebe ich auch etliche schöne und erbauende Bilder.“

Der alte Sepp war ernst geworden und mischte sich nun in das Gespräch.

„Nix für ungut, Herr Pfarrer, das versteh ich net recht. Zu was steht die Kapellen eigentlich da droben? Zum Andenken an die Bauern, die sich für ihre Familien und ihren

Besitz gerauft haben und dafür ganz gräuslich geschunden worden sind. Und da sag ich: Die Bauern sind es wert, wenn es auch bloß einfache Menschen gewesen sind, daß man sie ehrt und net vergißt. Jawohl, Herr Pfarrer, das sind Helden gewesen."

Der Pfarrer überlegte und stand auf.

„Hab mir auch den Kreuzweg angeschaut, den der Schreiner gemacht hat. Will mich da nicht äußern, aber meinst du denn, Ameis, die Leute in Jerusalem hätten seinerzeit so ausgesehen? Meinst du, es wären Hirtenleut und Bauern aus dem Bayerischen Wald gewesen? Und das Dorf Steinöd ist draufgemalt und die Kirche und die Kapelle im Wald droben, das kann doch nie so gewesen sein! Ich kann diesen Kreuzweg nicht weihen, und ich kann auch die Nachmittagsprozession zur Bauernmarter nicht machen, wie es meine Vorgänger getan haben. Das kann ich als Pfarrer einfach nicht verantworten."

Nun stand auch der Ameis auf: „Herr Pfarrer, Sie wissen net, was wir auf diesem Hof schon alles mitgemacht haben. Da bekommt man halt eigene Gedanken und sucht seinen Trost dort, wo man ihn zu finden vermeint. Ich lasse die Kobelkapelle wieder herrichten, genauso, wie sie einmal gewesen ist, und der Kreuzweg wird aufgestellt. Was ich im guten und treuen Glauben tu, kann net falsch sein, mein ich!"

„Guten Abend mitsammen", sagte der Pfarrer und ging mit langen Schritten davon.

Der Fronleichnamstag kam. Vom Feldkreuz der Ameis bis zur Bauernmarter waren die Kreuzwegtafeln in Abständen aufgestellt, und der Veitl und die Annamirl hatten die Kapelle geschmückt, wie es die Ameis alle Jahre taten.

Am Nachmittag des Fronleichnamstages gingen die Steinöder ohne den Pfarrer hinauf auf die Höhe, beteten den Kreuzweg ab und hielten bei der Bauernmarter ihre Andacht. Mit lauter und heller Stimme betete die junge Ameisbäuerin vor.

Die heißen Sommertage dieses Jahres wollten schier nicht mehr ausgehen. Nach der Altheuernte wurden die Wiesen braun und fleckig, ausgebrannt von der sengenden Sonne. Wenn es nicht bald regnete, mußte der Schaden groß werden. Das Kartoffelkraut lag welkend im Feld. Die kleinen Waldwasser verkamen, und die Dürre riß schon die Felder auf. Am schwersten mußte es den Ameisbauern treffen, dessen Gründe fast alle am dörrenden Hang lagen. Der Kobelbach wurde trocken, Baum und Strauch welkten.

Nun wurde der Ameis wieder wortkarg, und die Sorgen gruben tiefe Falten in sein Gesicht. War es nicht gleich, ob der Sturm alles zerschlug oder die Sonne alles verbrannte? Das Futter würde wieder knapp sein. Mit dem Grummet war nicht mehr zu rechnen, und was sollte mit den Kartoffeln werden?

Es folgten einige Gewitter, die den ausgetrockneten Boden kaum netzen konnten. Für die drei Kühe, die sie nun wieder im Stall hatten, trugen sie mit dem Buckelkorb das Gras von den feuchten Waldwiesen heim, und auch die Bäuerin ließ es sich nicht nehmen, mitzugehen, obwohl sie es nicht mehr leicht ankam. Mit Müh und Not würden sie das Vieh durchfüttern können.

Das Korn war mittelmäßig gewesen, und es reichte gerade zum eigenen Brot. An einen Verkauf von Getreide war nicht zu denken. Bei der Ernte mußte ihnen der Simandlbauer helfen. Auf dem Simandlhof war inzwischen der Junge aufgezogen, nachdem man den Alten im Sommer zu Grabe getragen hatte.

Und jede freie Stunde waren die Ameisleute damit beschäftigt, die Holzarbeit auf dem Möserstein noch gänzlich hinter sich zu bringen. In langen Stößen standen die Scheiter Brennholz, für das kein Käufer zu finden war.

Es gab schließlich auf dem Hof keine Anschaffung mehr. Die wenigen Pfennige wurden zusammengelegt und sollten einen Abschlag auf die Schulden erbringen, um den Klöpfl von einer neuen Klage abzuhalten. Dieser ließ sich nicht mehr sehen. Er wartete zu und wußte, daß der Ameis mit jedem Monat weiter in die Not kam. Der Ameis bot ihm Holz an, er antwortete nicht darauf. Dann mußten sie im tiefen Herbst wieder eine Kuh verkaufen, das Futter reichte eben nicht.

Ein schneereicher Winter hatte sich eingestellt. Um den Ameishof wuchsen die Schneewächten und reichten an der Windseite bis über die ebenerdigen Fenster herauf. Der Ameis war noch hagerer geworden, und die Ruhe, mit der er alle Sorgen trug, war gekünstelt. Er hatte den Mut verloren. Die Annamirl versuchte ebenfalls, ihren Leuten vorzumachen, wie zufrieden und glücklich sie wäre, doch auch in ihr hübsches junges Gesicht gruben sich die ersten Kummerfalten. Der alte Sepp wurde in diesen Winterwochen schweigsam und hinfälliger.

Es war wieder Weihnachten geworden.

Die Hauserin stapfte durch den tiefen Schnee ins Dorf, um einige Kleinigkeiten zu holen, die ihr die Bäuerin aufgetragen hatte: Kerzen für den Baum und einiges zum Schenken. Der Bauer holte vom Kobelwald einen Tännling. Sie schickten sich an, still und bescheiden in ihrer kleinen Gemeinschaft das hohe Fest zu feiern, und die kleinen Vorbereitungen dazu brachten ein wenig Freude in die Stube.

In der guten Stube im oberen Stock richtete die Bäuerin den Lichterbaum, und sie war voller Eifer. An diesem Tag spürte sie immer wieder ein Bangen, als könnte ihre schwere Stunde nicht mehr weit sein. Sie verschwieg ihre Angst und plauderte viel, um die anderen aufzuheitern. Die Unruhe trieb sie durch das Haus, und das Steigen über die Bodenstiege fiel ihr schon sehr schwer.

Kam nun der Tag, dem sie mit soviel herzweher Furcht entgegenwartete? Was trug sie unter dem Herzen? Was war, wenn es kein Stammhalter sein sollte? Es hatte ihr immer weh getan, wenn der Veitl so selbstverständlich von seinem Buben sprach. Das hatte ihn immer wieder froh und zuversichtlich gemacht, hatte ihn Pläne schmieden lassen und ihm die Hoffnung gegeben, daß es auch um den Ameishof einmal besserstehen müßte.

Und wenn es nun doch ein Mädel war? Das drückte und würgte sie und wollte ihr keine Weihnachtsfreude aufkommen lassen. Wenn es ein Mädel war? Dann wünschte sie sich, daß sie vom Mutterbett nicht mehr aufstünde.

Waren solche Gedanken nicht ein sündhafter Frevel?

Der Veitl würde doch alles verstehen, wozu hatte sie diese Angst? Wenn sie an ihn dachte, wenn sie ihn sah, wie er sich abspekulierte, dann wurde ihr warm ums Herz. Bestimmt hätte er auch eine Bäuerin mit Geld bekommen, wenn er sich umgetan hätte, und dann wären diese Sorgen nicht. Aber er hatte sie genommen, die nichts besaß!

Drunten in der Stube warteten sie, indes sie den Baum richtete und die Kerzen anzündete. Sie wischte sich die feuchten Augen, um den anderen nichts von ihrer Not merken zu lassen, wenn sie nun heraufkamen. Mit gefalteten Händen stand sie vor dem Tannenbaum, versunken in ihre wirren Gedanken. Heute kam sie alles so hart an. Dann lächelte sie.

Warum sollte sie traurig sein? Um auch den anderen das Herz schwer zu machen? Sie stampfte mit dem Stuhl auf den Boden, das Zeichen für die drei unten, daß sie nun kommen sollten.

Sie stolperten die Stiege herauf, voran der Bauer, und standen eine Weile in der offenen Tür, kamen auf ihren Zuruf näher und verharrten vor dem Lichterbaum, andächtig schweigend und die Hände gefaltet, sahen auf das wächserne Christkind in der Krippe und betrachteten die Lichter und den bunten Baumbehang.

„Ist das schön!“ redete zuerst der Sepp und freute sich wie ein Kind, und nun bewunderte auch die Hauserin laut den brennenden Lichterbaum. Die Annamirl wandte keinen Blick vom Veitl und wartete. Dieser stand sinnend, als horchte er auf etwas, lächelte vor sich hin und sah dann die

Annamirl an, als wäre sie der Engel, der zu diesem kleinen Weihnachtswunder gehörte.

Nun wurde sie wieder lebhaft und froh, und sie deutete auf den Tisch, auf dem die bescheidenen Geschenke lagen. Zwei wollene Fäustlinge, ein warmes Halstuch und eine Flasche Schnaps nahm sie und legte sie ihrem Mann in den Arm. Er wechselte die Farbe und meinte verlegen:

„Das soll mir gehören? Warum denn?“ Und betroffen fügte er hinzu: „Annamirl — und ich? Ich hab gar nix für dich! Hab gar net dran denkt vor lauter Kümmern um andere Sachen.“

Da lachte die Bäuerin herzlich auf: „Das macht ja nix! Hauptsache ist ja, daß es dich freut.“

Dem Sepp reichte sie eine neue Pfeife hin und der Hauserin einen Wollschal, und die beiden bedankten sich fleißig.

Betreten stand immer noch der Bauer.

„Das ist mir aber zuwider — mußt dir auch was wünschen, Annamirl, sonst freut mich das da gar net.“

Sie fuhr ihm zärtlich über die Wangen: „Wenn ich mir was wünschen darf: ein Wachsstöckl möcht ich schon, wie es der Kramer drunten hat, mit Blumen.“

„Das sollst du haben!“ lachte er nun erleichtert. „Heute noch sollst es haben und das schönste, das der Kramer hat.“

Der alte Knecht hatte sich inzwischen aus der Stube geschlichen, war in seine Kammer gegangen und kam wieder, der Bäuerin verschämt ein kleines Schächtelchen gebend.

„Ist das einzige Andenken, das ich von meiner Mutter, gottselig, hab. Wollt es dir schon lange geben.“

Sie nahm den Deckel ab und bekam große Augen.

Ein Ringlein, tombaken, mit einem blutroten Stein.

„Sepp, von dir nehme ich das an, dich mag ich wie meinen Vater", sagte sie gerührt und steckte den Ring gleich an ihren Finger.

Sie löschten die Kerzen und gingen wieder in die Stube hinunter. Die Hauserin trug die Milchsuppe auf, wie alle Tage. Dazu hatte sie für den Heiligen Abend einfache Ofennudeln gebacken. Es wurde kein Wort darüber gesprochen, wo die in allen Häusern üblichen Mettenwürste blieben, die Ameis lebten selbst an diesem Abend bescheiden, und die Ehhalten zählten so sehr zur Familie, daß sie sich über die Sparsamkeit der Bäuerin keine Gedanken mehr machten.

„In die Christmette wär ich halt gern gegangen, aber ich schaff es net", meinte die Annamirl nach dem Essen, „aber ihr könnt alle gehen, und dann denkt ihr dabei halt auch ein wenig an mich."

„Ist mir aber gar net recht, daß du daheimbleibst und keines von uns hier ist", überlegte der Bauer, sie aber drängte, und so zogen sie sich zum Mettengang an.

„Das Wachsstöckl vergiß ich net", versprach er, dann traten sie hinaus in die Nacht, über der kein Stern stand, und stapften in der Finsternis davon.

Mit einem Seufzer schloß die Annamirl die Haustür, schob den Riegel vor und schrak zusammen, als dieser laut im Hausgang quietschte. Eine Schwäche fiel sie an. An der Wand mußte sie sich festhalten und in die Stube zurücktasten, so schwer waren wieder die Füße geworden. Und als sie sich auf die Ofenbank setzte, durchzuckte sie ein reißender Schmerz von den Füßen bis zum Kopf, daß sie sich Halt suchend an den Ofen klammern mußte. Es zog und schmerzte, als würde jede Sehne mit Gewalt aus ihrem Körper gerissen.

Himmel, was bedeutete dieses schreckliche Wehtun! Erleichtert atmete sie auf, als der Schmerz so rasch verging, wie er gekommen war. Ein Schwindel erfaßte sie, heiß und kalt durchrann es sie, und benommen schwankte sie auf der Ofenbank hin und her. Nun waren die Füße wie abgestorben, und die Last des Leibes wollte sie von der Ofenbank zu Boden ziehen.

Eine Angst krallte sich ins Herz, quälend und unerträglich. Was war es, wenn ihre Stunde kam und sie allein war? Warum hatte sie alle gehen lassen? Lange nach Mitternacht würden sie erst wieder von der Mette kommen, und jetzt war es kaum eine Stunde vor zwölf. Was sollte sie tun?

Das Schlagen und Ticken der Uhr empfand sie wie einen Schmerz. Die Zeiger wollten nicht weiter, und in der Stube war es zum Fürchten still.

Halb zwölf!

Auf einmal erfaßte sie ein Schaudern, so schrecklich und so drängend, daß es sie von der Ofenbank auftrieb. Sie begann, durch die Stube zu wandern, vom Ofen zum Tisch und zurück, zu Tür und Fenster, mit den Händen den Leib stützend, bis wieder jener Schmerz kam, ziehend und gewaltig, und sie, wo sie gerade stand, auf den Boden zwang. Stöhnend kauerte sie auf den kalten Brettern, krümmte sich ächzend, bis wieder jener Schmerz kam, ziehend und gewalig, gott in der Tischecke.

Wieder verging das Weh. Kraftlos rückte sie zum Tisch

und zog sich daran empor. Es waren wohl die ersten Zeichen, und hoffentlich dauerte es noch lange, wenigstens so lange, bis die anderen von der Kirche zurück waren. Sie legte die Arme auf die Ahornplatte, bettete den Kopf darauf und weinte, daß die Tränen niedertropften. Damit wurde ihr wieder leichter, und sie riß sich zusammen. So durfte sie sich nicht gehenlassen. Andere mußten das auch aushalten, weshalb sollte sie da so wehleidig sein! War halt hart, dieses Mutterwerden. Mit soviel Weh mußte ein Kind erkämpft werden.

Sie würde diese schwere Stunde überstehen, und wenn sie an das Kind dachte, fühlte sie jetzt schon das Glück warm und unfaßbar groß in sich.

Die Hauserin mußte halt gleich wieder ins Dorf laufen, wenn sie kam, um die Wehmutter zu holen. Aber es ging erst gegen zwölf!

Die Stille in der Stube und im Haus hielt sie nicht mehr aus.

Wieder betete sie vor sich hin und schrak auf, als die Uhr zwölfmal schlug.

Der Veitl hatte sicher den Kramer noch in der Nacht aufgesucht, um ihr das Wachsstöckl bringen zu können. Der gute Veitl! Sie hatte ihn richtig gern, und noch keine Sekunde hatte sie zu bereuen brauchen, Ameisbäuerin geworden zu sein.

Ihr Christkindl würde vielleicht ein Kind sein, denn wieder rissen und zerrten die Schmerzen an ihr. Und welche Freude würde der Veitl haben, wenn er sein eigenes Kind auf den Arm nehmen konnte!

Da kam sie wieder die große Bangigkeit an. Wenn es nun kein Bub würde? Ach, wenn es schon vorbei wäre, daß sie es wüßte! Eher bringt sie diese Angst nicht aus dem Sinn.

Die Unruhe trieb sie auf. Sie ging in die Schlafkammer nebenan, wo sie in einem Kasten aufbewahrt hatte, was sie seither heimlich angefertigt hatte für die schwere Stunde und für das Kind. Mit Windeln und Hemdchen kam sie zurück und legte alles auf den Tisch.

Hatte es da nicht an das Fenster geklopft?

Sie horchte in die Nacht hinaus, und es schien ihr, als wäre das alte Haus zum Leben erwacht. In der Hausflötz knackte die Stiege. Ängstlich schlich sie sich zur Tür und schaute hinaus. Vom Stall herüber drang das satte Brummen der Kühe und das Klirren der Ketten.

War doch Mettennacht?

Da redeten die Tiere miteinander, und ein Sonntagskind konnte sie verstehen — ein Sonntagskind und eine schwangere Frau. Oft hatte die Mutter davon erzählt. Da redeten die Kühe in ihrer Sprache über die Zukunft, was den Leuten vom Haus im kommenden Jahr bevorstand. Ob das stimmte oder nur ein Märlein war? Wenn sie in den Stall ginge und es ausprobierte?

Das ganze Vieh schien aufgestanden zu sein. Nachsehen mußte sie doch, leicht konnte sich ein Stückl losreißen.

Sie klinkte den hölzernen Riegel aus und sah in den Stall. Die Hauserin hatte die Laterne brennen lassen, denn in der Mettennacht mußte im Stall Licht sein, um die bösen Geister abzuhalten. Der trübe Schein ruhte auf den runden Bukkeln der Ochsen und Kühe. Darüber sahen die nachtschwarzen kleinen Stallfenster wie dunkle Augen. Von den Wänden lief in glitzernden Tropfen der Niederschlag des Stalldunstes.

Nächst der Tür waren drei Viehstände leer. Seit dem Unwetter im Jahr zuvor war dort keine Kuh mehr eingestellt. Ob das kommende Jahr besser wurde?

Brummend wandten sich ihr die Kühe zu und blickten sie mit fragenden Augen an. Wie Trauer lag es in diesen Blicken.

Schwankend ging sie an den Barren vorbei und strich den Tieren zärtlich über die Köpfe. Als sie zu der Blaß, der besten Kuh, in die Stallecke kam, fragte sie das Tier mit heiserer Stimme:

„Blaßl, was bringt uns das nächste Jahr? Weißt du es?“

Die Blaß schüttelte den Kopf, daß die Kette klirrte, und drängte sich zurück, als die Bäuerin sie streicheln wollte. Mit einem Knacken riß die Kette, und scheu die Bäuerin musternd, blieb die Kuh stehen, breitbeinig und mit gesenktem Kopf.

„Weißt es halt auch net“, seufzte die Annamirl und ging um den Barren herum, um die Kuh wieder anzuketten. Willig ließ sich das Tier wieder an die Kette legen, doch als die Bäuerin zwischen der Stallwand und dem schweren Leib des Tieres wieder zurücktreten wollte, schob sich dieser zur Seite und preßte die Bäuerin an die Wand. Mit einem gellenden Schrei taumelte sie aus dem Stand und lehnte sich, den rasend schmerzenden Leib haltend, an die Wand. Jammernd tastete sie sich in die Stube zurück. Wieder überfiel sie das drängende Weh, und wimmernd kauerte sie sich auf die Ofenbank.

Die schwere Stund! Und niemand ist da —

Nun wußte sie es! Hier konnte sie aber nicht allein bleiben! Sie mußte jemanden haben, der ihr beistand, wenn sie in das große Geheimnis der Mutter trat, vor dem ihr so bange war. Eine gräßliche Furcht überfiel sie. Warum hatte sie nicht die Hauserin dabehalten! Ächzend fing sie wieder zu wandern an.

Es war erst eine Viertelstunde über Mitternacht.

Da war die Mette noch nicht aus — und bis sie dann heraufkamen — wenn sie sich nicht verhielten —

Sie brauchte aber die Wehmutter! Sie konnte doch nicht allein das Kind bringen! Und das Wehtun riß in ihr, als wollten sich alle Glieder von ihr lösen.

Die Heferin brauch ich, die Wehmutter — aus ist es —

Allein wollte sie es keine Minute mehr aushalten. Sie konnte nicht mehr warten.

In die Kammer schleppte sie sich, nahm dort ein Umhängetuch und zog es um Kopf und Schultern. Im Hausgang schlüpfte sie in die Holzschuhe, nahm aus dem Stall die Laterne. Unruhig stampften die Kühe.

Fast hatte sie nicht die Kraft, den Haustürriegel zurückzuschieben, so wurde sie von der Erregung geschüttelt. Heiß schoß es ihr auf, und dann spürte sie wieder die fressende Kälte, das Blut drängte ihr zum Herzen, daß sie vor Schmerz hätte niedersinken mögen. Alle Kraft nahm sie zusammen, vergaß, hinter sich die Haustür zu schließen, und hastete, die ausgetretene Spur der anderen suchend, davon. Ob sie ins Dorf kommen würde? Unmenschlich schien ihr die Anstrengung, die jeder Schritt im Schnee ihr abverlangte.

Wie das sein konnte? Als hätte sie Steine an den Holzschuhen, so zogen sie nieder. Und bei jedem Schritt stöhnte sie und glaubte, durch diesen Wehlaut eine kleine Erleichterung zu finden. Dann kamen die Schmerzen wieder, gewaltig und ihr fast die Besinnung raubend, und ihr Körper schien sich aufzulösen ...

Weiter, nur weiter!

Hier im Schnee durfte sie nicht umsinken. Sie mußte das Dorf erreichen. War sie oft nicht stark gewesen? Stand sie nicht hinterm Pflug und bei der Holzarbeit? Wo war ihre Kraft hingekommen? Wimmernd mühte sie sich weiter.

War sie vom Weg abgekommen? Sie hatte nicht mehr auf die Tritte der anderen geachtet! Gleichförmig weiß war es um sie im trüben Schein der Laterne. Sie sank in eine Schneewehe. Einen Augenblick nur wollte sie verschnaufen, sonst ging es gar nicht mehr.

Ein Licht glühte schwach unter ihr. Dort war schon das Dorf, ein paar Minuten noch und doch so weit, so unendlich weit in dieser Not und Finsternis. Wenn ihr schweres Atmen aussetzte, hörte sie von ganz weit einen feinen Orgelton. Darein jaulte nun ein Dorfhund, jämmerlich und anhaltend und wollte nimmer aufhören. Wie grauslich dieses Heulen von den Häusern hallte!

„Oh!“ Wieder kam der große Schmerz und lähmte sie. Sie spürte die Arme nicht mehr und merkte nicht, wie die Laterne sich aus ihren Fingern löste und in den Schnee fiel. Sie vermochte sich nicht mehr aufrecht zu halten, krümmte sich und sank in die Knie.

„Veitl, Veitl!“

Die Nacht verschlang den Schrei.

Die Christmette in Steinöd ging zu Ende. Es fehlte niemand von den Höfen und den Häusern, die Heilige Nacht zu feiern. Das Husten und Räuspern, das Raunen bei den Burschen an der Kirchentüre nahm zu. Die Orgel brauste noch einmal auf, und das Scharren der Schuhe verschlug den letzten Orgelton.

Da weckte der Veitl den Sepp, der mit ruhigen Atemzügen und einem Schmunzeln im alten Gesicht sanft eingeschlummert war. Er drängte zum Heimgehen. Der Ameisbauer schob sich stoßend durch die Menge, daß ihm der Sepp und die Hauserin kaum folgen konnten.

Das Wachsstöckl in seiner Joppentasche umklammerte er, und eine Unrast befiel ihn. Wie hatte er nur fortgehen können und sein Weib allein lassen! Nicht einmal an Weihnachten hatte er gedacht, und wer weiß, wie lange sie schon gespart hatte, um ihm eine Freude zu machen! Und wie war er in der letzten Zeit zu ihr gewesen! Herumgehockt war er und hatte kaum mit ihr geredet. Mit seinem Geschick hatte er gehadert und kein freundliches Wort mehr gefunden. Und wie hatte sie sich abgerackert, geschunden wie ein Mannsbild, obwohl sie in diesem Zustand war! Zurückgesetzt hatte er sie, statt daß er sich mit ihr über seine Sorgen ausgesprochen hätte, wie es zwischen Bauer und Bäuerin und zwischen Mann und Weib sein sollte. Ihre schwere Stunde konnte nicht mehr weit sein — und er war gar nicht ein wenig gut zu ihr gewesen! Hatte sie all das Bangen um die Niederkunft allein tragen lassen.

Ihm war, als müßte er nun heimzu laufen und ihr schnell das alles sagen, was er Gutes gedacht und doch nicht über die Lippen gebracht hatte.

Das Orgellied von der Stillen, Heiligen Nacht verklang, als sie auf den Kirchplatz traten.

„Schleunt euch ein bissel! Ist spät geworden!“ drängte er die Ehhalten, die die Laterne anzündeten, „hätte doch eines von uns daheimbleiben sollen.“

Der Sepp und die Hauserin neckten sich noch und waren von der Weihnachtsfreude angesteckt. Sie hielt ihm vor, daß er geschlafen habe, und er meinte, sie hätte wohl auch gerne ein wenig genafzt, wenn ihr die Neugierde Zeit gelassen hätte.

Die Kirchenuhr schlug die erste Morgenstunde, und die Mettengänger zerstreuten sich in der Nacht. Der Ameis humpelte aus dem Dorf, daß der Sepp ins Schnaufen kam und die Hauserin zurückblieb.

„Bauer, renn net so!“ ächzte sie.

„Tummel dich nur! Mir ist net wohl, ehe ich net daheim bin. Warum haben wir alle drei in die Metten gehen müssen!“

„Hat es ja die Bäuerin selber wollen“, schnaufte die Hauserin.

Hinter ihnen stapfte der Simandl mit seinen Leuten, und sie wunderten sich über die Eile der Ameis.

Der ziehende Wind hatte ihre Spuren vom Kirchgang fast schon wieder zugedeckt, und sie gingen hintereinander und traten der Hauserin den Weg. Als sie vom Weg, den sie mit dem Simandlbauern gemeinsam hatten, abbogen, bemerkten sie in der Schneeweite vor ihnen am Hang ein Licht. Es stand still, schien also niemanden zu gehören, der auf dem Weg ins Dorf war. Der Großknecht machte den Bauern auf diesen Lichtfunken aufmerksam, und der Ameis nahm ihm die Laterne ab und stürzte voran.

Sie kamen näher und sahen, daß vor ihnen in einer Schneewehe eine Stallaterne stand, und daneben lag etwas Dunkles im Schnee. Dem Veitl schoß die Angst auf, und er hetzte von der Wegspur ab dem einsamen Licht zu, stürzte sich mit einem keuchenden Schrei auf die Annamirl, die zusammengekauert und wimmernd aufsah und stöhnte:

„Veitl — hilf mir — die Wehmutter brauch ich!"

Durch die Nacht gellte sein Schreckensruf: „Leut, helft, um Gottes willen, helft."

Drüben verhielt das pendelnde Licht der Simandlleute, dann kam es herüber.

Zitternd standen der Sepp und die Hauserin vor der Bäuerin, die nun zusammengesunken war und sich nicht mehr bewegte.

Der Simandl kam, und sein Weib kannte sich aus. „Hol die Hebamme, schnell!" raunte sie der Hauserin zu, und diese eilte zurück in den Ort.

Der Simandl hatte seinen Schafspelzrock heruntergerissen, und sie wickelten die Ameisbäuerin ein und trugen sie zum Hof hinauf.

„Es darf net ausgehen! Ein Unglück ums andere! Das übersteht sie net!" stammelte der alte Sepp verwirrt und ging ihnen mit der Laterne voran.

Am Weihnachtstag lag die junge Bäuerin still im Bett. Schmal und klein wie ein junges Mädchen schien sie geworden, ausgeblutet, mit gelbem, spitzem Gesicht. Die wachsbleichen Hände waren zart und durchsichtig und zuckten unruhig auf der Bettdecke. Die energische Wehmutter hatte noch in der Nacht verlangt, daß der Doktor von Selling geholt werden müsse, und als dieser am Morgen kam, schüttelte er bedenklich den Kopf und nahm sich den Bauern zur Seite:

„Ameis, wie kann man ein Weib in diesem Zustand allein lassen! Freilich hat sie es mit der Angst bekommen und es im Haus nicht mehr ausgehalten, so ein junges Weiblein hat ja noch keine Erfahrung. Aber du hättest doch merken müssen, wie weit es ist und daß es jede Stunde sein konnte. Da läßt man sein Weib doch nicht allein! Ausgemergelt wie sie ist, übersteht sie das Kindbettfieber kaum. Allerdings, zäh ist sie auch, und wir wollen das Beste hoffen."

Dann war er gegangen, und der Ameis saß verstört und unruhig neben dem Bett seines Weibes und konnte nicht einmal einen der huschenden und bohrenden Gedanken fassen. Die Finger hatte er in seine blonden Haare verkrallt und wand sich, die Ellenbogen auf die Knie gestützt, wie unter körperlichen Schmerzen. Er fand keinen Anfang und kein Ende mehr, spürte nur die Narbe auf seinem Hinterkopf und fühlte sich leer, als hätte man ihm das Blut genommen und den Verstand zum Stehen gebracht.

Die Hauserin mühte sich um das kleine Wesen, das man mit dem ersten Tagesschein der stillen Mutter in die Polster gelegt hatte. Ungläubig hatte der Veitl die Wehmutter angesehen, als sie ihm sagte, daß sein Weib ihm ein kleines Dirndl geschenkt habe. Bleich und ungläubig hatte er den Kopf geschüttelt und war auf die Bank neben dem Bett gesunken und hatte seither nicht mehr aufgesehen. Nur als der

Doktor ihn ansprach, hatte er den Kopf gehoben und ihm verständnislos zugehört.

Stunden waren vergangen, seit die Ameisin Mutter geworden war, Stunden, seit der Bauer auf der Bank kauerte, und er hatte noch mit keinem Blick nach der Mutter oder dem Kind gesehen. In der Stube war es still geblieben. Die Hauserin hantierte leise, und der Sepp schlich ruhelos auf den Socken herum, nahm etwas auf und legte es wieder hin, griff zur Pfeife und rauchte doch nicht, ging in den Stall und kam immer wieder und setzte sich schließlich auf die Ofenbank. Nun wandte er keinen Blick mehr von seinem Bauern.

Es ging gegen Mittag, als der Veit Ameis sich erhob, keinerlei Interesse für seine Umgebung zeigend, aus der Stube ging, sich wie ein Dieb hinausschlich und die Bodenstiege hinauftappte. In der oberen Stube sperrte er sich ein, stand und betrachtete den kalten Lichterbaum und tastete mit den Händen nach seinem Kopf.

Die Glaskugeln blitzten im Sonnenlicht und Wachsgeruch war noch im Raum. Er strengte sich an, zu ergründen, was nun eigentlich gewesen war, und fror in der Kälte der Stube. Etwas bedrückte ihn, was er nicht zu fassen vermochte. Was wollte er eigentlich hier in der eiskalten Stube? Was war drunten? Die Kälte schüttelte ihn, aber er getraute sich nicht mehr hinunterzugehen. Ratlos sah er auf die abgebrannten Wachslichter und die Glaskugeln.

So schön hatte die Annamirl das Bäumchen gerichtet, und nun, da es nicht mehr leuchtete, war hier alles so trostlos und tot.

Sein Blick fiel auf das wächserne Christkindl in der Krippe.

Von der Stube herauf hörte er gedämpftes Reden, und dann ein grelles Kinderweinen. Eine Furcht kam ihn an, und der Kopf schmerzte. Zur Tür hinkend, sperrte er auf und horchte auf den Bodenraum hinaus.

Von der Hausflötz rief die Hauserin herauf: „Bauer, es wär zum Essen!" Er hörte es wohl und faßte es nicht.

Schließlich aßen die Ehhalten allein. Vorübergehend erwachte auch die Bäuerin, aber sie war zu kraftlos, um etwas zu fragen.

Das Vieh im Stall brüllte, und der Sepp versorgte es.

„Was wird denn noch alles über den Hof kommen", redete er mit sich selber. „Wenn der Bäuerin was passiert, dann ist es soviel, als täten Haus und Hof abbrennen — dann derfangt sich der Veitl nimmer. Ob ich es noch erlebe, daß auch einmal die guten Tage kommen?"

Trübsinnig war er schon geworden mit lauter Mitleiden und konnte nicht helfen. Dieser Winter hatte ihm das Reissen in allen Gliedern gebracht, und jede Arbeit tat ihm weh. Was war das gestern noch für ein schöner Heiliger Abend gewesen vor dem Christbaum! Und heute?

Vor der Kirche in Steinöd waren sie am Weihnachtstag um den Simandl gestanden und hatten ihm zugehört, wie er vom Vorfall in der Nacht erzählte.

„Ist wie ein Unsegen auf dem Ameishof", sagte der Bürgermeister, „was die Leute schuften und schaffen, ist net zu sagen, und trotzdem reißt es da oben net ab mit dem Unglück. Da muß einmal in der Gemeinde darüber gesprochen werden. Wir können den Ameis net hängenlassen."

Die Hebamme meinte, daß der Doktor am Aufkommen der Annamirl zweifle.

Die Not auf dem Ameishof lastete über dem ganzen Ort. Es mußte doch etwas getan werden, meinten sie, und jeder war bereit, nach seiner Weise zu helfen. Wenn sie nicht gar so unzugängliche Einschichter geworden wären, die Leute da oben! Im Stich lassen wollte man sie aber auf keinen Fall. Der Simandl versprach, gleich nach dem Mittag nachzusehen, und meinte, vorerst wolle er zusehen, wie da zu helfen wäre. Von allen Seiten wurde ihm versichert, daß er nur zu sagen brauche, ob etwa eine Hife zur Stallarbeit notwendig wäre oder sonst etwas fehle, was man geben könne.

Und nach dem Mittag ging der Simandlbauer zu seinem Nachbarn hinüber, und die Hauserin kam ihm schon an der Haustür entgegen.

„Nachbar", jammerte sie, „mir ist angst um den Bauern! Der Bäuerin geht es ja wieder besser, und sie hat kein Fieber. Der Doktor will auch gegen Abend noch einmal nachsehen. Aber der Bauer! Weißt ja, daß er nimmer ist wie früher. Fast fürchten tu ich ihn! Er hat noch kein Wort geredet, seit das Kind da ist. In der eiskalten Stube sitzt er droben, und wir getrauen uns gar net hinauf zu ihm. Fast möcht ich meinen, er wär im Kopf nimmer richtig."

Der Simandl nickte nur und stieg zögernd die Bodenstiege hinauf. Die Tür zur guten Stube war nur angelehnt. Der Ameis saß frierend auf einem Stuhl und schien seinen Eintritt nicht bemerkt zu haben.

Betont unbefangen tat der Simandl.

„Na, wie geht es, Veitl? Da ist es ja eiskalt in der Stube, gehen wir net lieber hinunter?“

Der Ameisbauer sah auf, und der Simandl schwieg betroffen. Beinahe wäre er erschrocken zurückgefahren, so seltsam zuckten die blauen Augensterne des Veitl, und sein Gesicht war verzerrt, als wäre es im Weinen erstarrt.

„Ja“, sagte der Ameis tonlos und sah nun an ihm vorbei in die Ecke.

„Was hast denn? Bist krank?“

„Krank“, wiederholte der Veitl plappernd und griff mit den Händen nach dem Kopf, schloß die Finger zur Faust, als wollte er etwas Unsichtbares greifen, sah den Simandl und lächelte zerstreut:

„Ja, der Simandl — weißt es schon — ja du weißt es — bist gekommen und möchtest meinen Buben anschauen.“

„Geh, was hast du denn?“

Als der Veitl nun ganz dicht an ihn herantrat, wich er zurück. Die Augen des Ameisbauern loderten, und mit fahrigen Bewegungen der Hände redete er weiter:

„Weißt — ich glaube, die Annamirl — ich weiß es net — ist sie krank?“ Er fragte es ängstlich und fuhr erregt fort: „Hast den Klöpfl net gesehen? Ist mir grad gewesen, als wär er ums Haus geschlichen. Ist die Zeit wieder aus, und womit soll ich zahlen — Simandl — ist kein Pfennig Geld im Haus — was ist mit der Annamirl? Ich weiß gar nix mehr. Da drinnen in meinem Kopf ist alles so durcheinander — so kalt ist es!“

Der Simandl schauderte. Zugleich kam ihm ein Ärger, und nun fuhr er den Veitl heftig an: „Nimm dich zusammen, Veitl! Bist doch ein Mannsbild! Andere haben auch ihr Kreuz und müssen es tragen. Was hockst dich denn da in die Kälte herauf! Drunten in der Stube liegen dein Weib und dein Kind. Meinst du denn, daß die Annamirl es leichter hat als du? Reiß dich zusammen und mach keine Letfeigen! Ich hab dich alleweil für einen andern gehalten, für einen vernünftigen und guten Bauern —“

Im Gesicht des Ameis arbeitete es, und seine verkrampften Züge lösten sich. Mißtrauisch und verwundert sah er den Nachbarn an und nickte.

„Mein Kopf halt, Nachbar — darf mich net so gehenlassen — aber —“

Der Simandl ging, und im Hausflur flüsterte er der Hauserin zu: „Tut ein wenig Obacht geben auf ihn, und wenn was sein sollte, dann holt mich halt.“

Dabei tippte er an die Stirne.

„Ich fürcht mich vor ihm, und mit dem Sepp ist auch nix anzufangen“, greinte sie. Droben klappte die Tür, und der Simandl schlüpfte eilig aus dem Haus. Über die Bodenstiege kam der Bauer, sah eine Weile die Hauserin fragend an und wollte wissen: „Wie geht es der Bäuerin?“

Die Hauserin erboste sich und wurde unfreundlich: „Geh nur hinein zu ihr! Was schleichst denn alleweil herum und kümmerst dich überhaupt um nix!“

Da humpelte er in die Stube und sah von der Türe aus bänglich zum Bett. Die Annamirl lächelte matt.

„Veitl!“ flüsterte sie, und er kam zu ihr, nahm ihre Hand und drückte sie, streichelte scheu ihre gelbe Wange. Glücklich und lebhaft wurden ihre Augen, und ein leichtes Rot stieg in das eingefallene Gesicht. Er sah sie staunend an. So mädchenhaft jung erschien sie ihm wieder, so wie früher.

Nun war alles wieder Wirklichkeit, und die Verwirrung seiner Gedanken verflog.

„Annamirl“, würgte er erschüttert hervor. Er zog sich einen Stuhl an das Bett, wollte soviel sagen und fand die rechten Worte nicht. Sie verstand ihn auch so. Wie eine schwere Schuld bedrückte ihn die Erkenntnis, daß er über seinen Sorgen sein gutes Weib vergessen hatte. Sein Hof und seine Not — sie hatten sein ganzes Denken ausgefüllt, und darüber waren sie sich fast fremd geworden. Kein liebes Wort hatte er mehr für sie gefunden, und jetzt hätte er ihr gerne alles gesagt und wußte nicht, wo er anfangen sollte. Sie hob den schwachen Arm und streichelte seinen Blondkopf, und so verblieben sie lange.

Ein Schatten glitt über ihr Gesicht, und sie flüsterte bange: „Veitl, es ist kein Bub — ich kann halt auch nix dafür.“

Und als er schwieg und nichts Tröstliches sagte, wurden ihre Augen naß.

„Es wird schon noch ein Bub kommen“, fuhr sie zaghaft fort. „Magst dir das Dirndl net anschauen?“

Langsam erhob er sich und ging zur Wiege, beugte sich darüber und fuhr erschrocken zurück vor dem kleinen Wesen, das da mit faltigem Greisengesicht in den Polstern lag. Das kleine Köpfchen war unnatürlich dunkel angelaufen.

Die Hauserin kam in die Stube und meinte: „Na, Bauer, was sagst? Das wird einmal ein sauberes Dirndl!“

Er schüttelte den Kopf und sah auf das Kind nieder. Die Hauserin war an die Wiege getreten und fuhr entsetzt zurück: „Mein Gott, was ist denn mit dem Kind?"

Sie riß es aus den Polstern und legte es auf den Tisch. Da zuckte der kleine Körper zum letztenmal. Unwillig verzogen war das Gesichtchen und das Mündchen verzerrt, als hätte sich das kleine Wesen aufgelehnt gegen den Tod, der das kleine Herz zwischen den Knochenfingern zerdrückte.

Die Annamirl fuhr im Bett auf und fragte ängstlich:

„Was ist denn?"

„Oh, Bäuerin —!" Die Hauserin nahm das tote Kind und legte es der Ameisin auf das Bett, und mit einem Aufschrei sank die Bäuerin zurück.

In dieser Stunde fand der Veitl alle guten und tröstenden Worte wieder, die er ihr schuldig geblieben war, und er richtete sich selbst an der Not seines Weibes wieder auf. Das war tieferes Leid, war schmerzlicheres Elend als sein Kümmern und Grübeln um den Hof und die Schuldenlast. Mochte alles verloren sein, aber die Annamirl mußte ihm bleiben. Er ging nicht mehr von ihrem Bett.

Zwei Tage lag das winzige tote Körperchen auf dem Brett in der oberen kalten Stube, lag im Licht zweier Kerzen wie ein wächsernes Christkindl neben dem geschmückten Weihnachtsbaum, und wenn drunten die Annamirl schlief, schlich sich der Veitl leise in die Stube hinauf und saß vor dem verstorbenen Kind. Wenn die Simandlin kam oder aus dem Dorf Frauen die Annamirl aufsuchten, um ihr über das Schwere hinwegzuhelfen und jede Hilfe zu versichern, dann ging der Ameis aus der Stube. Er war leutscheu geworden und konnte das bedauernde Gerede nicht ertragen. Der Pfarrer war gekommen und war lange bei der Bäuerin gesessen, aber der Ameis ließ sich nicht sehen.

Am Morgen des dritten Tages, als rings im Tal der Rauhreif in der frühen Sonne schimmerte, stapften die Steinöder zum Ameishof hinauf, um dem kleinen Wesen das letzte Geleit zu geben.

Die Hauserin legte das Kind in die kleine Truhe, und der Sepp nagelte das Särglein zu. Bei jedem Hammerschlag, der dumpf im Haus dröhnte, zuckte die Annamirl zusammen. Der Ameis humpelte gebückt herum, und seine Augen waren rot entzündet, als wären sie wund geworden vom Salz der heimlichen Tränen.

Der Geistliche kam und betete das tote Kind aus dem Haus, und der Ameis trug es selber hinab zum Friedhof.

Die Anna Maria Ameis, der die Hauserin in der Nottaufe den Namen gegeben hatte, fand ein Leichenbegräbnis wie ein Erwachsenes. Sie wurde in das Grab der Ameisbauern gebettet, und als polternd die Erde nachrutschte, flogen die Ammern piepsend von der Kirchhofsmauer auf. Der Pfarrer widmete der Stunde ein paar Worte und sagte:

„Nicht dieses Engelchen, das wir nun der Erde übergeben haben, braucht unser Mitgefühl, es geht in seiner Unschuld in den Himmel ein, sondern die Eltern sind es, denen das Leid verblieben ist. Möge das Seelchen, das in die Ewigkeit gegangen ist, ehe es diese Welt kennengelernt hat, dort oben für seine Eltern bitten, und möge es für sie ein Schutzengel werden.“

Grabpredigten bei Kindsbeerdigungen waren nicht üblich, aber hier an diesem Grab verstanden es die Steinöder.

Der Ameis hatte stumm und verschlossen am Grabe gestanden und war nach dem Gottesdienst mit dem Sepp wieder heimgegangen. Die Hauserin war bei der Bäuerin geblieben.

Der Vormittag war dunstig geworden, und glanzlos lag nun die weite Schneefläche. Einige Male sah sich der Ameisbauer scheu um, als wäre jemand hinter ihnen her.

„Wird bald wieder Schnee geben", sagte der Sepp, aber der Bauer hörte nicht hin.

„Hat eine schöne Leich gehabt, das kleine Butzerl", meinte der alte Knecht nach einer Weile. „Mußt es net so hart nehmen, Bauer. Seid alle zwei noch jung und könnt noch einen Schüppel Kinder kriegen."

„Hast recht, Sepp."

Der Knecht wunderte und freute sich über die Ruhe des Veitl. Ihre Schritte sangen im gefrorenen Schnee. Unweit der Stelle, wo sie die Ameisbäuerin in der Heiligen Nacht gefunden hatten, lag eine tote Meise in der Schneewehe. Mit einem Ruck blieb der Veitl stehen, zog den Fäustling von der Hand und bückte sich nach dem erfrorenen Tierchen. Er legte es in die hohle Hand, sah darauf nieder und murmelte mitleidig:

„Armes Vogerl —"

Er drückte die Meise an sich und ging weiter.

„Am End ist es noch gar net tot", sagte er zum Sepp und trug den Vogel nach Hause. Dort legte er ihn in die Ofenwärme und deckte ihn mit seinem wollenen Halstuch zu. Mit keinem Blick hatte er sich um die Annamirl umgesehen, starrte auf das tote Vögelchen, als wartete er darauf, daß es sich wieder rühren würde.

„Veitl!“ rief die Bäuerin ängstlich von ihrem Bett her, „was hast denn!“ Da ging er zu ihr, tätschelte ihre Hand und lächelte ein wenig: „Ist schon recht, Annamirl.“

Er aß zum Mittag nichts und verließ das Haus. Der Sepp sah ihm nach, wie er quer durch den tiefen Schnee zu den Hochfeldern hinaufstapfte.

An diesem frühen Nachmittag betete der Ameisbauer den Kreuzweg ab, begann, sich durch den weglosen Schnee mühend, bei dem Feldkreuz der Ameis und watete die noch knapp aus den weißen Massen schauenden Kreuzwegtafeln ab bis zur Bauernmarter. Erschöpft kam er am Nachmittag zurück.

Auf dem Tisch lag ein Brief, und er öffnete ihn mit zitternden Händen. Leichenblaß wurde er, als er den kurzen Inhalt überflog, sank auf die Bank und las noch einmal.

Ängstlich hatte die Annamirl ihn vom Bett aus beobachtet.

„Veitl, was ist denn?“

Er ließ die Arme sinken, und das Schreiben flatterte auf den Stubenboden.

„Versteigert soll uns werden!“ ächzte er. „Versteigert!“

Die Hauserin ließ die Schüssel fallen, die sie gerade in den Händen hatte, der Sepp richtete sich von der Bank auf und war aschgrau. Die Bäuerin sagte nichts, und es war eine Weile totenstill.

Aufspringend hob der Veitl das Schreiben wieder auf und zerriß es in Fetzen, stieß die geballten Fäuste zur Dekke und fing zu schreien an:

„Der Gauner! Der Lump! Muß jetzt alles hin sein? Haben wir uns denn umsonst geschunden? Hab ich das verdient? Hab ich einmal wem Unrecht getan? Hab ich net auf meine Sach geschaut wie ein rechter Bauer? Hab ich alles verludert? Gibt es denn keinen Herrgott mehr da oben, der einem armen Teufel in seiner Not hilft!"

Er taumelte auf den alten Sepp zu, der ihn erschrocken ansah, faßte ihn beim Janker und schüttelte ihn, daß der alte Mann fast von der Bank rutschte.

„Sepp, sag halt was! Bin ich ein Lump gewesen und hab den Hof auf die Gant gebracht? Sag halt ein Wort!"

„Nein, Bauer, gewiß net", stotterte der Knecht. Die Hauserin flüchtete in die Kammer und verriegelte die Tür.

„Veitl — ich bitt dich", wimmerte die Annamirl und richtete sich im Bett auf. Entgeistert blickte sie in das entstellte Gesicht des Mannes, in dem die blauen Augen zornig und unheimlich brannten. Die langen hageren Arme über den Kopf stoßend, stand er mitten in der Stube, geschüttelt vom Elend und der Hilflosigkeit.

„Annamirl, bin ich ein Lump gewesen, daß die Leute einmal von mir sagen müssen, der hat seinen Hof abgewirtschaftet? Kann ich was dafür, dann sagt es mir doch! Hat net die ganzen Jahre alles zusammengeholfen, daß ich jetzt untergehen muß!"

Wie irr schrie er, gellend, wie sie ihn noch nie gehört hatten, und fluchend drohte er mit den Fäusten nach dem Bild an der Wand, das seinen Vater und die Mutter als Brautpaar zeigte.

„Alles hast du auf dem Gewissen! Du hast den Hof vertrunken, und wir haben es nimmer aufhalten können! Den großen Ameisbauern hast du gespielt — hast kein Herz gehabt für deine Leut und deinen Hof, du hast ihn auf die

Gant gebracht, und ich kann es jetzt ausbaden! Aber lieber brenn ich den Hof weg, als daß er in andere Hände kommt!"

Er riß das Bild von der Wand und feuerte es in die Stubenecke, daß Glas und Rahmen in Scherben gingen.

„Ausziehen müssen wir! Alle müssen wir vom Hof! Und da sollst auch du nimmer länger bleiben in dem Haus, das du vertan hast."

Der Sepp fiel dem Rasenden in den Arm, als er auch noch den Spiegel von der Wand reißen wollte.

„Bauer, schämst du dich net! Was soll das für einen Wert haben, wenn du so herumfuhrwerkst!" Er umfaßte den Veitl und drückte ihn auf die Bank nieder, grob und voller Ärger.

Der Ameis sah ihn an, und wie ein Erwachen ging es über seine verzerrten Züge.

„Sepp", jammerte er nun, „ich kann mir ja nimmer helfen! Was soll denn jetzt werden?"

„Das Maul sollst halten! Zusammennehmen sollst dich und net noch alles schlimmer machen, als es schon ist!" schimpfte der Knecht und setzte verächtlich hinzu: „Meinst du, mit der Gaudi kannst du es besser machen? Herrschaftseiten, bist doch ein Mannsbild und kein Jammerweib!"

Wieder brauste der Veitl auf: „Ich kann das einfach net ertragen — und wenn ihr mich auch net versteht —" Er rumpelte auf und hinkte aus der Stube.

„Sepp, mir ist soviel Angst um ihn", jammerte die Annamirl, und über ihre eingefallenen Wangen rannen die Tränen. Sie hörten ihn über ihnen in der oberen Stube hin und her wandern.

Immer wieder blieb der Ameisbauer vor dem Tannenbaum stehen und starrte ihn an. Seine Gedanken rasten im Kreise, und vergeblich bemühte er sich, sie einzufangen. Leise knisternd rieselten die Nadeln vom Baum. Sein Blick fiel auf die Flasche Schnaps, die ihm die Annamirl am Heiligen Abend geschenkt hatte, und mit einem hastigen Griff nahm er sie an sich, ging zum Tisch und machte sie auf. In einem langen Schluck trank er sie fast bis zur Hälfte aus, torkelte benommen zur bemalten Holztruhe in der Ecke und setzte sich und begann ein leises Selbstgespräch. Er hörte sich nur reden und faßte selbst nicht, was er sagte. Die Kälte kroch ihm durch die Glieder, und hastig trank er den Rest des Schnapses aus der Flasche.

Als der Abend hereindämmerte, schlich er sich leise aus der Stube über die Bodenstiege in den Kuhstall. Er war ganz ruhig geworden, und sein Denken hatte ausgesetzt. Im Halbdunkel tastete er sich an der feuchten Stallwand entlang zu dem Holzrahmen, an dem die Ketten und Stricke hingen. Den Kopf in den Nacken gepreßt, den Blick ins Leere gerichtet, griff er mechanisch nach einem Kälberstrick, taumelte damit zu einem leeren Viehstand und schlang das Seil um den Stützbalken. Mit zitternden Händen knüpfte er eine Schlinge.

Unruhig, mit stumpfen Augen, sahen die Ochsen und Kühe nach ihm, als er sich die Schlinge über den Kopf zog und sich in die Knie sinken ließ.

„Ist net grad die Stalltür gegangen?“ sagte die Annamirl in der Stube.

„Hab nix gehört“, meinte der Sepp dösend.

„Ist mir aber so gewesen“, drängte die Annamirl unruhig

und richtete sich im Bett auf. „Schau doch einmal nach, Sepp."

Schweigend erhob sich der alte Knecht, verließ die Stube und ging über die Hausflötz in den Stall. Die Türe war nur angelehnt, und mißtrauisch sich umsehend, trat er ein.

„Jesus und Maria!"

Mit einem Sprung war er bei dem Bauern und riß ihn empor, streifte ihm die Schlinge über den Kopf.

„Veitl!" Ein heiliger Zorn erfaßte den Alten. „Pfui Teufel! Schämst du dich gar net oder bist schon ganz verrückt geworden! Bist du ein Mannsbild oder ein Hanswurst? Das hätt ich von dir net geglaubt, daß du — hättest du dein Weib im Elend sitzenlassen wollen? Gute Lust hätt ich und tät dich mit der Ochsengeißel tanzen lassen, bis du gescheit wirst!" Der ausgestandene Schreck war ihm in die alten Glieder gefahren, er mußte sich an den Viehstand lehnen.

Der Ameisbauer saß zusammengesunken auf der Streu, die Fäuste gegen die Augen gedrückt, und schluchzte rauh und heiser.

„Bub, was hast du dir da eigentlich denkt!" schimpfte der Sepp nun schon milder. „Gar nimmer kenne ich dich! Bist alleweil so tapfer gewesen, willst jetzt einen Feigling machen, einen Schuften? So weit darf sich ein Bauer net vergessen — der muß stehen bleiben, wenn der Sturm noch so stark geht. Denk an dein Weib: das ist ein tapferes Leut, und hat sie net alles mit dir ertragen? Hast du von ihr jemals eine Klage gehört? Die Annamirl hätt ihr Lebtag keine ruhige Stunde mehr gehabt — und deine Mutter? Hast du an deine Mutter denkt? Im Grab hätt die sich umdrehen müssen über die Schande."

Der Atem ging ihm aus und verschnaufend setzte er sich auf eine Futterkiste, die Hände auf die Knie gelegt, den Bauern mit zornfunkelnden Augen musternd.

„Sepp“, stöhnte dieser dumpf, „weiß ja selber nimmer, wie ich dazu gekommen bin. In meinem Kopf stimmt was net — und den ganzen Schnaps hab ich getrunken. Sterbenselend ist mir.“

„Laß es gut sein, Bub“, tröstete nun der Knecht seinen Bauern. „Ich weiß ja alles und — ja — freilich könnt einem da alles vergehen, aber es hat keinen Sinn, daß man sich von der Not auf diese Weise drückt. Herrschaftseiten! Veitl! So schnell geht das auch net mit dem Verganten.“

„Sepp, sag der Annamirl nix — und keinem Menschen.“

„Ich sag nix, nimm dich zusammen, und jetzt geh!“

Er zog den Bauern auf die Füße und führte ihn hinüber in die Stube, brachte ihn in die Kammer und zu Bett und saß noch die halbe Nacht bei der Bäuerin, erzählte ihr schmunzelnd, daß der Bauer zu tief in die Weihnachtsschnapsflasche geguckt habe und ihm das Räuschlein gar nicht schaden könne. Vielleicht war es sogar gut für ihn.

6

Mitte Januar konnte die Annamirl wieder aufstehen. Der Veitl war nun ruhiger geworden und schien gleichmütig der kommenden Versteigerung entgegenzusehen. Er sprach nicht davon, und auch die anderen vermieden es, ihn zu fragen, was denn nun werden solle.

Der Versteigerungstermin war öffentlich ausgeschrieben, und durch die Zeitung erfuhren die Steinöder davon. Die Annamirl tat heiter und unbekümmert, und auch der Bauer bemühte sich und redete mit ihr, als wäre dieser unselige Tag, da der Hof unter den Hammer kommen sollte, gar nicht zu erwarten.

Auch der alte Winterer zu Selling las von der Versteigerung in der Zeitung und hatte neben sich einen Brief liegen, den er immer wieder entzifferte. Er war allein in seinem kleinen Anwesen verblieben. Die beiden Ältesten hatten in andere Höfe geheiratet, und der Jüngste, der Simon, der einmal das elterliche Gütl bekommen sollte, war seit dem Tag, an dem der Ameisbauer von Steinöd zusammengeschlagen und beraubt worden war, verschwunden. Nun war dieser Brief gekommen, aus Österreich, und der alte Winterer saß überlegend darüber.

„Verkaufe die Sach und schick mir das Geld, es ist mein Erbteil, und heimkommen tu ich nimmer“, schrieb der Simon.

Dann las der Winterer wieder die Ausschreibung der Versteigerung. Den Brief steckte er in den Ofen, zog sich an und suchte den Hahnenwirt von Selling auf.

„Kannst mein Sacherl haben“, erklärte er diesem, „kriegst es um viertausend Mark, wenn du mir für meine paar Tage, die ich noch lebe, das Wohnrecht lassen willst und mich in Kost nimmst.“

Der Hahnenwirt kaufte.

Und der Winterer besuchte in den nächsten Tagen seine zwei älteren Buben und zuletzt noch den Bürgermeister von Steinöd.

In der großen Wohnstube des Mosers von Steinöd, des

Bürgermeisters, waren einige Gemeinderäte beisammen, und die Rede war gerade um den Ameisbauern gegangen.

War nicht so einfach für einen Bauern, das Armenbrot essen zu müssen, und wo sollte man ihn und sein Weib anders hintun als ins Armenhaus? Welche Arbeit konnte dem bresthaften Mann zugemutet werden? Und was geschah mit dem alten Sepp, der als Knecht kein Unterkommen mehr finden würde? Die Hauserin konnte sich ja wieder verdingen. So hatten sie hin und her geredet, als der alte Winterer von Selling kam und den Bürgermeister allein zu sprechen verlangte. Dieser nahm ihn mit in die anliegende Kammer, und als sie nach einer langen Weile wiederkamen und der Winterer sich verabschiedet hatte, schlug sich der Moser lachend auf die Schenkel.

„Es ist net zu glauben — einfach net zu glauben! Da kann man wirklich sagen — He, morgen brauch ich den ganzen Gemeinderat und auch den Herrn Pfarrer dazu! Laßt gleich einsagen, mehr kann ich jetzt net preisgeben, aber es ist eine tolle Geschichte!"

„Sagt nur, es handelt sich um den Ameishof, und keiner von den Gemeinderäten darf fehlen", schmunzelte er noch.

Sie kamen auch alle, und auch der Herr Pfarrer wohnte der Sitzung bei. Sie saßen im Nebenzimmer beim Wirt und warteten, daß der Bürgermeister endlich begänne. Bis dahin hatten sie noch Zeit, ihre Meinungen auszutauschen.

Einem alten Bauernhof würde man in drei Tagen das Totenglöckl läuten. Der Klöpfl würde jedes Gebot halten und den Hof an sich bringen, das wußten sie. Dann wird er zertrümmern, Wald und Acker auseinanderreißen und Geld machen.

Generationen von Ameisbauern hatten geschuftet, und jeder Waldbauer weiß, was das heißt, auf den Steinöder Äckern und Wiesen sich zu behaupten. Und doch hingen sie alle an ihrem Besitz, eben weil so ein Ackerstück mit Schweiß und Tränen gesegnet worden war. Und dann kamen halt oft Jahre, die einen Bauern zur Verzweiflung und in die Not bringen konnten, kamen Dürre und Unwetter und zum Schluß, wie es beim Ameis der Fall war, der hinterhältige Geldverleiher. Dem Klöpfl war der Ameis nicht gewachsen gewesen.

Sie zogen an ihren Pfeifen und sahen auf die Tische nieder.

Ja, so war das im Waldbauernleben.

Und beim Ameis war es halt doppelt schwer gewesen. Der Alte — die meisten hatten ihn ja noch gekannt und wußten um die Tragik auf dem Hof. Vertrunken ist so ein Hof bald, in Schulden gestürzt ist er schnell, aber sich wieder herausarbeiten, das war hart.

Warum der Bürgermeister nicht mit der Sitzung begann, wo doch schon alle da waren? Wollte er vielleicht vorschlagen, daß sie zusammenhelfen sollten, um den Ameis auszulösen? War so eine Sache! War noch keiner im Dorf so weit, daß er das Unwetter und das Dürrejahr ganz überwunden hätte. War kein Geld in den Kästen, und hatte jeder noch mit sich selber zu tun.

Freilich greift eine Vergantung einem Bauern kalt ans Herz, besonders, wenn sie unverschuldet über einen Hof kommt. In jedes Haus kann einmal das Unglück einreißen und so lange bleiben, bis die Familie und der Hof es nicht mehr tragen können.

Der Bürgermeister aber mußte heute etwas Besonderes haben, denn als der Wirt kam und ihm, zur Gaststube deutend, etwas zuflüsterte, schmunzelte er und eröffnete sofort die Sitzung.

„Männer, ich hab einsagen lassen, weil wir heute eine Sache bereden müssen, die uns alle ein wenig angeht, und ihr wißt ja, was ich meine. Wir brauchen net lange herumzureden: die Versteigerung des Ameishofes ist angesetzt, und wenn es nach dem Makler geht, der ja den Hof sich net entgehen lassen will, dann steht in drei Tagen der Ameis da, arm wie eine Kirchenmaus. Die Gemeinde, das wißt ihr auch, hat in diesem Fall für das weitere Fortkommen dieser Leute zu sorgen. Da ist nun etwas dazwischengekommen, ich sag euch das nachher schon noch, aber weil wir mittendrin doch einmal mit so einem Fall zu tun haben könnten, hätte ich es gerne, daß heute über die Ameisleute und ihre Zukunft verhandelt wird. Der Herr Pfarrer ist auch da, und auch der will wissen, was die Steinöder tun, wenn einer von ihnen in Not kommt. Hängenlassen können wir die Leute net, also was soll geschehen?"

Zähe und langsam entwickelte sich die Aussprache. Er müsse halt ins Armenhaus, und solange er noch arbeiten könne, brauche er ja von der Gemeinde keine Unterstützung. Die Bäuerin kenne ja die Landwirtschaft und sei im Dorf bald untergebracht. Die Hauserin fände auch eine Stelle und den alten Sepp? Den müßte man halt als Umgeher unterbringen, der jeden Tag bei einem anderen Bauern sein Essen bekommt.

So ging es hin und her, und der Meindl erregte sich:

„Leut, da müssen wir zusammenhalten! Da dürfen wir

uns nix nachsagen lassen! Der Veit Ameis ist ohne seine Schuld in den Schlamassel gekommen, das wissen wir alle!"

Bedächtig meinte der Bauer vom Eck: „Ist alles schön und gut. Wer soll den Ameis als Knecht nehmen? Ich net! Ich kann keinen Bauern als Knecht haben, und mir alle Tag denken müssen: bloß weil er soviel Unglück gehabt hat, ist er heut dein Knecht! Ich tät das vom Ameis net verlangen, aber drei Tag in der Woche nehme ich ihn und die Bäuerin in die Kost."

Der Simandl rumpelte auf und schlug mit der Faust auf den Tisch. „Soll der Veitl einen Umgeher machen? Und soll die Bäuerin das Bittbrot essen? Ja, glaubt ihr denn, diese Leute haben keinen Stolz? Wenn uns nix anderes einfällt, dann können wir uns heimgeigen lassen! Das haben die Ameis net verdient! Ins Armenhaus können wir die schon gar net tun! Ich hab mein Ausnahmshaus leer, und da können sie wohnen. Die Gemeinde muß halt auch etwas tun."

Warum lachte der Bürgermeister so hinterhältig, als er darauf erwiderte: „Freilich müßte die Gemeinde auch was tun, wenn es notwendig wäre."

Nun meldete sich der Pfarrer.

„Meine Herren, wenigstens sehe ich, daß keiner da ist, der der Meinung wäre, daß das Unglück eines Bauern die anderen nichts anginge. Dazu möchte ich sagen, daß es sich beim Ameis um keinen Gantbauern handelt, der seinen Hof verludert hätte. Das dürfen wir nicht vergessen. Wenn etwas getan wird, dann darf doch das nicht aussehen, als müßten die Ameisleute nun das Armenbrot von Steinöd essen! Da muß uns schon noch was anderes einfallen. Wenn der Simandlbauer sie in sein Beihäusl nimmt, dann ist das schon was anderes als ein Quartier im Armenhaus, das ist eine gute und christliche Hilfe. Ich bin der Meinung, daß für die Verpflegung so lange zusammen gezahlt werden muß, bis sich eine andere Regelung gefunden hat. Von Haus zu Haus können wir doch die Ameisleute nicht zum Essen schikken."

Der Bürgermeister schmunzelte vergnügt, und die anderen nickten zustimmend. Der Pfarrer hatte recht.

„Freut mich", nahm nun der Bürgermeister wieder das Wort, „daß wir uns da einig sind. Ich möchte aber jetzt noch etwas besprochen haben. Wie es aussieht, geht der Hof an den Klöpfl über, denn der wird so hoch bieten, daß keiner von uns mitkommen kann. Der Klöpfl war bei mir und hat durchblicken lassen, daß er an der Kapelle im Kobelgrund, an der Bauernmarter, net interessiert ist und sie der Gemeinde anbieten will. Dazu auch die Steinhäng mit dem Kreuzweg. Was meint ihr dazu?"

„Dem Halsabschneider sollten wir das Herz abschlagen!" begehrte der Meindl auf. „Und die Bauernmarter? Ja, sollen wir denn diese Erinnerung an unsere Urahnen jemand anderem überlassen? Wenn die Gemeinde den Kreuzweg und die Kapelle net kaufen kann, dann müssen wir es tun."

Dazu erhielt er die allgemeine Zustimmung, und nun erhob sich der Bürgermeister, stand eine Weile schweigend und wurde dann ganz feierlich.

„Männer, ich dank euch! Eigentlich hätte es die ganze Aussprache net gebraucht, aber ich wollte doch wissen, wie sich die Steinöder verhalten täten, wenn der Ameis wirklich vom Hof müßte. Jetzt weiß ich, daß in Steinöd zusammengehalten wird. Aber ich kann euch zu meiner großen

Freude sagen, daß es nicht zur Versteigerung kommen wird. Was ich erst vor kurzer Zeit erfahren habe, wollte ich ein bisserl verschweigen, damit nicht zuviel davon geredet werden konnte, ehe net alles stimmte. Fast wie ein Wunder ist es, was dem Ameis helfen wird. Das Geld, das ihm bei dem Überfall abgenommen worden ist, dieses Geld ist wieder da."

Er ging zur Gaststubentüre und rief hinaus: „Jetzt könnt ihr hereinkommen."

Ins Nebenzimmer kamen der Winterer von Selling und seine zwei Söhne, alt und gebückt der Vater, hochgewachsen und stark die Jungen. Sie blieben abwartend an der Türe stehen, und im Raum wurde es mäuschenstill. Der Bürgermeister ging wieder an seinen Platz zurück und erklärte:

„Das ist der Winterer von Selling und seine zwei Buben. Er hat mich beauftragt, dem Gemeinderat folgendes zu sagen: Daß sein jüngster Bub, der Simon, den Veit Ameis niedergeschlagen und beraubt hat, ist erwiesen. Der Simon ist verschwunden, und das Geld konnte net mehr beigebracht werden. Dieser Überfall und der Verlust des Holzgeldes hat den Ameis in die Not gebracht, in der er jetzt steckt. Nun will der Winterer — und seine Buben sind damit einverstanden und deswegen mit ihm heute erschienen — will also der Winterer für die Untat des Simon einstehen. Er hat sein kleines Anwesen, das einmal dem Simon zugefallen wäre, verkauft und will heute das geraubte Geld und dazu Zinsen und Kosten und Schmerzensgeld für den Ameis auf den Tisch legen. Er hat mich gebeten, daß die Gemeinde sich einschaltet und dem Ameis das Geld übergibt. Das wollte ich vor Ihnen, Herr Pfarrer, und dem ganzen Gemeinderat tun."

Der alte Winterer trat an den Tisch und zählte dreitausend Mark auf.

„Mir ist die Sache mit meinem Simon alleweil nachgegangen, und als ich von der Versteigerung gelesen habe, bin ich gleich zu meinen Buben gegangen, und die sind damit einverstanden gewesen, daß wir das gutmachen. Ich bitte den Ameis, daß er uns nix nachtragt."

Die Stimme des Alten war zittrig geworden, und schamrot kehrte er wieder zu seinen Söhnen zurück. Die Gemeinderäte waren vor Überraschung sprachlos, und der Bürgermeiste sagte bewegt:

„Winterer, ich darf dir für den Ameisbauern danken, und auch wir Steinöder rechnen dir und deinen Buben das hoch an. Euch wirft ja niemand etwas vor, und in mancher Familie ist ein schwarzes Schaf, für das die andern nix können."

„Dann können wir wieder gehen", murmelte der Winterer und verließ mit seinen Söhnen das Gasthaus.

Nun wurde es laut im Gemeinderat, und die allgemeine Freude und Überraschung machte sich Luft.

„Höllseiten!" schrie der Simandlbauer, „gibt es denn so was noch? Da muß doch der Ameis sofort her! Keine Minute länger dürfen wir ihm das verschweigen."

„Ich meine, wir tragen ihm jetzt das Geld gleich hinauf", entschied der Bürgermeister und forderte den Herrn Pfarrer und den Simandlbauern auf, mit ihm zu gehen.

Es hatte vor Tagen einen Neuschnee gemacht, und als die drei gegen den Ameishof hinaufstiegen, kam ihnen keine Fußspur entgegen.

„Die gehen nimmer aus dem Haus“, bemerkte der Bürgermeister und deutete auf den verschneiten Weg.

„Mußt es ihm auch kleinweis beibringen, sonst wirft es den Veitl um“, meinte der Simandl.

Als sie sich dem Hof näherten, wurden sie still. War eine wundersame Sache, einem Menschen sagen zu können, daß seine Not aufgehört habe. Und doch überwog die Spannung bei den dreien die Freude, eine solche Botschaft überbringen zu dürfen.

Als sie über die Hausgred gingen und den Schnee von den Schuhen stampften, erschien am Fenster das blasse Gesicht des Ameisbauern und verschwand schnell wieder. Der Bauer humpelte zur Tür, um aus der Stube zu gehen.

„Die wollen nix Gscheites“, murrte er, „ich will keinen sehen! Will mit denen nix zu tun haben!“

Doch in der Hausflötz stieß er schon auf den Bürgermeister. Er wollte grußlos an diesem vorbei zur Bodenstiege, aber das Gemeindeoberhaupt hielt ihn am Arm fest:

„Wo willst denn hin? Wir brauchen dich.“

Unwillig ließ er sich in die Stube zurückziehen und sank dort, ohne aufzusehen, auf die Ofenbank. Sie bemerkten betroffen, daß der Ameisbauer in diesen Wochen graue Haare bekommen hatte. Die Annamirl stand verlegen und mit rotem Gesicht und wartete bange, was die Männer wollten. Der alte Sepp und die Hauserin saßen, die Eintretenden mißtrauisch beobachtend, auf der Wandbank.

Der Pfarrer begann zu reden, langsam und vorsichtig:

„Ameis, wir haben eine gute Nachricht — eine sehr gute Nachricht. Und wir sind froh darüber, daß es für dich — die Rettung aus deiner Not sein wird.“

Zweifelnd sah der Bauer auf, und der Blick seiner blauen Augen wanderte fragend von einem zum anderen.

Nun konnte es der Simandlbauer nicht mehr länger aushalten, und er rief lachend: „Net wird versteigert, Veitl, verstehst! Bäuerin, wir haben das Geld!“ Und ungeduldig rempelte er den Bürgermeister an: „Red halt endlich einmal!“

Der Bürgermeister zog die Geldscheine aus der Tasche, ging an den Tisch und zählte sie dort auf. In der Stube war es so still, daß man die Banknoten knistern hörte.

Dann erklärte er feierlich, woher das Geld kam und daß es ihm nun über die Gemeinde ausgehändigt würde.

Der Ameis war aufgestanden und sah zum Tisch herüber. Seine Knie zitterten. Verständnislos sah er sich um, griff sich an den Kopf und murmelte:

„Vergelt's Gott!“

Der Simandl wurde nun übermütig und drehte die Annamirl durch die Stube. „Na? Was sagst, Bäuerin?“ lachte er, und die Hauserin lachte mit.

Der Sepp stand am Tisch und betrachtete das aufgelegte Geld.

„Also, Ameis“, sagte nun auch der Pfarrer erleichtert, „da hat das alte Sprichwort wieder einmal recht behalten: Wo die Not am größten, ist Gottes Hilfe am nächsten. Ich wünsche euch alles Gute, ihr seid ein vierblättriges Kleeblatt, an dem selbst der Herrgott seine Freude haben kann.“

Tief auf atmete der Veitl und seufzte: „Glauben kann ich es ja noch net — aber wenn das wirklich wahr ist, dann trag ich das Geld morgen schon fort —“

„Nix tust!“ wandte der Bürgermeister ein. „Kannst nix

mehr aufhalten und sollst auch nix aufhalten. Übermorgen sollen sie nur kommen zum Versteigern, und wir vom Gemeinderat sind auch alle da. Wir möchten das saure Gesicht des Klöpfl sehen!"

„Dem schlag ich das Kreuz ab!" drohte der Sepp lachend.

Dann gingen die drei und überließen die Leute vom Ameishof ihrem Glück. Diese saßen bis tief in die Nacht hinein zusammen und redeten dabei mehr, als sie in den letzten drei Monaten gesprochen hatten. Der Veitl rechnete und plante, plauderte, wie man nun schuldenfrei einen neuen Anfang machen könne.

„Die Schulden bringen wir weg, und wenn wir uns auch das Korn zum Anbauen erst noch kaufen müssen — da wird sich schon was finden. Die paar hundert Mark, die leiht mir im Dorf drunten jeder."

Die Annamirl war jung geworden in diesen Stunden. Sie saß neben ihrem Mann und hieß alles gut, was er plante.

Der alte Sepp war auf seine Kammer gegangen, kam wieder zurück und legte, ohne ein Wort zu sagen, dem Bauern ein Sparkassenbüchl auf den Tisch.

„Sepp! Was willst denn damit?"

Der Knecht lachte: „Da stehen dreihundert Markl drauf. Hab es mir eigentlich alleweil aufheben wollen für einen Zehrpfennig — weißt, wenn wir im Armenhäusl gewesen wären, jetzt aber soll ein Korn draus werden, und das möcht ich selber einackern und einbringen helfen."

Als der Veitl das Sparkassenbuch zurückschob, wurde der Sepp grob: „Entweder du nimmst es, dann bleib ich — wennst es net nimmst, geh ich auf der Stelle!" Und zur Annamirl gewandt, sagte er: „Die dreihundert Mark sollen einmal dem jungen Ameisbauern gehören, von seinem Taufpaten, verstehst? Ich brauch das Geld nimmer. Hab bei euch alles, was ich brauche, und lange werde ich es sowieso nimmer machen. Mein Herz will nimmer recht. Und weil grad davon die Rede ist: Ich möcht euch danken, Bauer und Bäuerin, daß ihr mich so gut gehalten habt und alleweil so gut gewesen seid. Hab meine Heimat da bei euch gehabt."

Die Hauserin war so gerührt, daß sie sich mit der Schürze die Augen wischen mußte. Er fuhr sie an:

„Willst gar trenzen? Lach, ist gscheiter, alte Wachtel!"

Der Ameis und seine Bäuerin sahen den Alten ergriffen an. Nun merkte der Veitl erst, wie krumm und gebrechlich der Sepp geworden war, und er sagte:

„Sepp, gut, ich nehme das Geld als ein Darlehen von dir. Du sollst das Bleiben auf dem Hof haben, als wenn du mein Vater wärst. Dir hab ich viel zu verdanken. Du bist der Hofvater geworden, und als solchen werden wir dich auch halten. Im Frühjahr nehme ich einen Knecht, und dann tust du das Haus hüten und später einmal Kinder hüten. Und die Hauserin — die soll es auch haben wie eins von der Familie — ihr Leben lang, wenn sie so lange bei uns bleiben will."

„Jetzt aber gehen wir ins Bett! Ist der schönste Tag gewesen, so schön, daß ich meine, ich hätte alles grad geträumt", entschied die Annamirl.

Der Klöpfl wunderte sich, wie ruhig und gefaßt der Ameis an dem Morgen war, als sich vor dem Hof der Gerichtsvollzieher und der Notar zur Versteigerung einfanden. Er wunderte sich, daß so viele Steinöder, der Bürgermeister und die Gemeinderäte, gekommen waren und sich gut aufgelegt unterhielten, als wären sie zu einem freudigen Ereignis versammelt und nicht zu einer Vergantung. Auch die Bäuerin und die Ehhalten zeigten nichts von Betrübnis. Als der Bürgermeister sich den Notar und den Gerichtsvollzieher zur Seite nahm, wurde er mißtrauisch. Was ging hier vor? Niemand hatte seinen Gruß erwidert, und allein stehend wartete er auf der Hausgred, bis die Amtshandlung beginnen sollte.

„Wir gehen am besten in die Stube“, schlug endlich der Notar vor und ging voran. Als letzter folgte der Makler und blieb an der Tür stehen.

Als der Notar an den Tisch trat, eine Akte aufschlug und den Anwesenden eröffnete, daß der Termin abgesetzt sei, da der Bauer Veit Ameis Schuldsumme und Kosten erlegen wolle, kannte sich der Moritz Klöpfl aus und wurde zornrot. Man hatte ihn also hereingelegt!

Er bekam einen zornroten Kopf, und das Grinsen der Steinöder brachte ihn in Wut.

Ruhig zählte der Ameis das Geld auf den Tisch, der Empfang wurde quittiert, und der Gerichtsvollzieher bedeutete dem Makler ungerührt, daß er sein Guthaben über das Gericht in Empfang nehmen könne. Er nahm das Geld in seine Aktentasche.

„Dann wären wir hier wohl fertig“, stellte der Notar zufrieden fest.

„Ich hab noch was!“ Der Ameisbauer hatte sich aufgerichtet und der ganze Bauernstolz stand in seinem Gesicht. „Ich hab lange auf diesen Augenblick gewartet, und jetzt ist er da. Klöpfl, hinaus jetzt aus meinem Haus und laß dich nimmer sehen auf meinem Grund und Boden! Hinaus!“

Sie wandten sich alle nach dem Makler um, und ihre Blicke waren voll Verachtung und Grimm. Er wurde blaß, bekam Angst und zog sich, rückwärtsgehend, ganz zur Tür zurück.

„Halsabschneider, verschwinde!“ rief der Meindl aus dem Hintergrund.

Der Klöpfl begehrte auf: „Beleidigen brauch ich mich net zu lassen!“ wandte er sich an die Beamten.

„Wir sind hier fertig“, meinte der Notar kalt. „Wenn Sie sich uns anschließen wollen — das heißt, ich rate Ihnen sogar dazu!“

Die Beamten gingen nach einem freundlichen Abschied aus der Stube, und stumm folgte ihnen der Moritz Klöpfl mit zusammengebissenen Zähnen. An der Tür bekam er noch von hinten einen Fußtritt, daß er in die Hausflötz flog.

„Das ist Tätlichkeit, meine Herren!“ schrie er wütend. „Sie sind meine Zeugen!“

„Der Herr ist hingefallen, weil er sich gehaspelt hat“, zahnte der alte Sepp, der der Stubentür am nächsten gestanden hatte.

„Kommen Sie jetzt“, forderte der Notar den Makler auf. Sie verließen das Haus und hinter ihnen hallte das brüllende Gelächter der Bauern her.

Als sie schließlich wieder gingen, begleitete der Ameis sie aus dem Hof und sah ihnen nach, und der Simandlbauer meinte zu den anderen, sich noch einmal nach dem Nachbarn umsehend:

„Jetzt ist er wieder der Alte. Schaut ihn an, wie grad und aufrecht er droben steht. Grau ist er halt geworden!“

Der Sommer kam über Steinöd, ein Erntejahr, wie man es seit langem nicht mehr hatte. Am Fronleichnamstag weihte der Pfarrer den Kreuzweg der Ameis. Es war eine große Feier, bei der ganz Steinöd auf den Beinen war.

Die Wiesen und Äcker des Ameishofer hatten sich nach dem Unwetter wieder erholt, und in der Koppel weideten zehn kräftige Kühe. Der Herbst brachte eine Ernte, die den Bauern von den letzten Sorgen befreite. Immer noch war der alte Sepp mit dabei, und ein neuer Knecht und eine Kleindirn waren eingestanden.

Ein Winter ging vorbei, und dann schrie in der Stube auf dem Ameishof der Stammhalter. Die Freude im Haus war groß.

Es war kurz vor Fronleichnam gewesen, und sie trugen den kleinen Sepp Ameis bei der Nachmittagsprozession zur Bauernmarter mit.

In seiner Predigt vor der Kapelle „zur Bauernmarter“ sagte der Pfarrer:

„Betend sind wir den Kreuzweg des Herrn heraufgezogen zur Gottesmutter. Für viele unter uns sieht Gottes Ratschluß einen Kreuzweg des Lebens vor, den sie abwandern müssen und auf dem sie ihr Kreuz tragen müssen durch all seine Stationen, bis sie am Ende angelangt sind. Um dieses kleine Heiligtum mitten im Walde weht und webt das Schicksal vieler leidgeprüfter Menschen und scheint noch in den alten Bildern, im alten Holz und im grünen Wad lebendig zu sein. Diese Kapelle steht auf dem Boden eines Bauernhofes, dessen Menschen, schwer heimgesucht, ihren Kreuzweg abgehen mußten. Wollen wir hoffen, daß sie ihre letzte Station hinter sich haben. Sie sind ihren Weg tapfer gegangen, und wenn sie am letzten Ende dieses Weges sind, dann wollen wir darum bitten, daß die Gottesmutter sie dort erwartet und hingeleitet vor das Letzte Gericht. Auf die Ewigkeit hoffen zu dürfen, ist eine Gnade. Aber es ist auch eine Gnade, sich im Leben als Bauer bewähren zu dürfen, für das irdische Brot der Menschen zu sorgen, denn täglich und stündlich ist man dem Walten des Schöpfers in der Natur nahe, täglich hat man einen redlichen Kampf mit dem Bauernschicksal zu bestehen, in der Sorge um Saat und Ernte. Und mit jeder Mühe, mit jeder Not sät der Bauer für das ewige Leben und kann hoffen, daß er einmal ohne irdische Not seine Ernte abzählen kann. Beten wollen wir für alle, die bittend, leidend und hoffend im Gottvertrauen den Weg zu dieser einsamen Kapelle im Wald gegangen sind. Der Herr gebe ihnen die ewige Ruhe."

Im Kobelgrund schwoll das laute Beten der Steinöder an, und die Vögel verstummten im Gezweig.

Dann zogen sie wieder zurück unter blauem Himmel, und über den Feldern und Wiesen lag der fruchttragende Sommer.

Die Jahre zogen über das Waldland.

Auf dem Ameishof lebten und werkten sie zufrieden. Der alte Sepp konnte nicht mehr auf die Äcker, er blieb auf dem Hof und hütete den kleinen Ameis, lernte ihn das Gehen und durfte noch erleben, wie er zum erstenmal nach Steinöd hinunter zur Schule ging. Der kleine Sepp Ameis war ein rankes und schlankes, blauäugiges und blondschopfiges Bürschl, hatte ein gescheites Köpfchen und wurde zum Trost seiner Eltern, denn er brachte Lustigsein und Lachen.

Dann schlief der alte Sepp einmal auf der Ofenbank ein und erwachte nicht mehr. Still und bescheiden, wie er sein Leben verbracht hatte, verabschiedete er sich von dieser Welt. War nur ein Ehhalten gewesen, ein Knecht, aber als man ihn zu Grabe trug, gaben ihm die Bauern von weit und breit das letzte Geleit. Am Grabe weinten die Ameisleute, als hätten sie ihren Vater begraben.

„Bub", sagte der Veit Ameis zu seinem Sepperl, als er ihn an der Hand vom Friedhof weg heimführte, „wenn du so einen treuen Menschen einmal zur Seite haben kannst, das ist ein großes Glück, und das ist soviel wert wie ein halber Hof."

Sonne liegt über dem Bayerischen Wald.

Auf dem Ameishof, der nun nicht mehr mit seinen warmen braunen Holzwänden ins Tal schaut, sondern ein großes gemauertes Haus hat, rattern die Maschinen, weiden die Kühe in den Koppeln und ist der Segen über den wallenden Kornfeldern.

Auf dem Feldkreuz der Ameis schmückt ein Blumenkränzlein das Haupt des Heilands, und darunter stehen zwei fast noch neue Totenbretter. Sie künden den Todestag des Bauern Veit Ameis und das kaum zehn Tage später liegende Sterbedatum der Anna Maria Ameis.

Die alten Kreuzwegtafeln neigen sich auf ihren Pfählen, und die Farben der Bilder hat die Sonne gebleicht und der Frost aufgeblättert. Im Kobelgrund, um die Kapelle der „Bauernmarter", singt der Wald sein ewiges Lied.